首都社区防疫百人访谈录

北京新冠肺炎疫情防控工作领导小组社区防控组
中　共　北　京　市　委　组　织　部　组织编写

北京出版集团
北京人民出版社

图书在版编目（CIP）数据

首都社区防疫百人访谈录 / 北京新冠肺炎疫情防控工作领导小组社区防控组，中共北京市委组织部组织编写. —北京 ：北京人民出版社，2020. 9
ISBN 978－7－5300－0501－9

Ⅰ. ①首… Ⅱ. ①北… ②中… Ⅲ. ①访问记—作品集—中国—当代 Ⅳ. ①I253

中国版本图书馆 CIP 数据核字(2020)第 181212 号

首都社区防疫百人访谈录
SHOUDU SHEQU FANGYI BAI REN FANGTANLU
北京新冠肺炎疫情防控工作领导小组社区防控组
中共北京市委组织部
组织编写
*
北京出版集团
北京人民出版社
出版
（北京北三环中路 6 号）
邮政编码：100120
网址：www．bph．com．cn
北京出版集团总发行
新华书店经销
河北宝昌佳彩印刷有限公司印刷
*
787 毫米×1092 毫米 16 开本 20.5 印张 260 千字
2020 年 9 月第 1 版 2020 年 9 月第 1 次印刷
ISBN 978－7－5300－0501－9
定价：63.00 元
如有印装质量问题，由本社负责调换
质量监督电话：010－58572393

前　言

2020年9月8日，在全国抗击新冠肺炎疫情取得重大战略成果之际，党中央召开表彰大会，习近平总书记出席大会并发表重要讲话，充分肯定了我国抗疫斗争取得的重大战略成果，全面回顾了抗疫斗争的不平凡历程，深入概括了“生命至上、举国同心、舍生忘死、尊重科学、命运与共”的伟大抗疫精神，阐述了抗疫斗争取得的重要启示，对进一步做好疫情防控和经济社会发展工作提出了明确要求，为我们在新的历史起点上继续前进指明了方向，注入了强大精神力量。

习近平总书记指出：“在过去8个多月时间里，我们党团结带领全国各族人民，进行了一场惊心动魄的抗疫大战，经受了一场艰苦卓绝的历史大考，付出巨大努力，取得抗击新冠肺炎疫情斗争重大战略成果，创造了人类同疾病斗争史上又一个英勇壮举！”面对突如其来的疫情，中共北京市委第一时间组建疫情防控工作领导小组，组织部门牵头成立社区防控组，全市7000余个社区（村）党组织、2000余个临时党支部以疫情为“哨”，构筑起领导疫情防控的坚强战斗堡垒。6.7万名社区工作者与近10万名下沉干部、43万余名在职党员、160万余名群众一道，在全市2.3万余个卡口日夜值守，拉网式摸排816万余户，为403.5万名居家观察人员提供基本生活服务，构筑起群防群控群治的钢铁长城。特别是新发地疫情暴发以来，坚持科学防控、精准防控、专业防控，果断对重点区域实行精准封控，对重点人员及时采取集中观察，用短短26天时间就有效遏制了疫情传播蔓延。这次疫情防控，全市各级党员干部经受住了实践的重大考验，特别是广大社区干部不畏艰险、冲在一线、担当奉献，以实际行动诠释了初心使命。在全国抗击新冠肺炎疫情表彰大会上，北京市社区防控战线有4个基层党组织获得全国先进基层党组织称号，1人获得“全国优秀共产党员”称号，8个集体获得“全国抗击新冠肺炎疫情先进集体”称号，16人获得“全国抗击新冠肺炎疫情先进个人”称号。

为深入学习贯彻习近平总书记在全国抗击新冠肺炎疫情表彰大会上的重要讲话精神，讲好身边故事，宣传抗疫事迹，凝聚起全市上下勠力同心、锐意进取的强大精神动力，在市区社区防控组支持下，北京市党的建设研究所联合北京市委前线杂志社，深入基层开展广泛调研，采访了街道（乡镇）和社区（村）党组织负责人、下沉干部、社区民警、医务人员、物业和保安人员、在职党员、楼门长、志愿者、驻京单位人员、外籍人士、湖北（武汉）和境外返京人员、在京居（村）民等各类群体代表100余人，在深入挖掘、精心筛选、梳理编辑的基础上，汇编成册。本书分“党建引领”“群防群控”“精细治理”“服务群众”4个篇章，采取访谈形式，生动呈现8个多月风雨同舟、众志成城、刻骨铭心的疫情防控经历，充分展示了首都党建引领基层治理的工作成效。

本书的编辑出版，旨在弘扬伟大抗疫精神，强化担当作为，加快补齐治理体系的短板弱项，激励广大基层干部群众以更加饱满的精神状态做好首都疫情防控和基层治理工作，为保障首都人民生命安全和身体健康奠定坚实基础。

目录
Contents

党建引领

群防群控

精细治理

服务群众

党建引领

DANGJIAN YINLING

党旗在防疫一线高高飘扬

习近平总书记强调，各级党组织和广大党员干部必须牢记人民利益高于一切，不忘初心、牢记使命，团结带领广大人民群众坚决贯彻落实党中央决策部署，让党旗在防控疫情斗争第一线高高飘扬；基层党组织和广大党员要发挥战斗堡垒作用和先锋模范作用，广泛动员群众、组织群众、凝聚群众，全面落实联防联控措施，构筑群防群治的严密防线。

战疫过程中，北京市各级党组织坚持党建引领，在疫情防控一线普遍建立临时党组织，打造基层党建网络，将党旗插在抗击疫情最前线，统一领导和调配防控力量，统一管理薄弱领域，统筹领导社区（村）疫情防控工作，在夺取疫情战役胜利过程中，一线党支部发挥了核心作用。充分发挥党建协调委员会作用，注重共建共治共享，拓宽居民参与渠道，建立定期会商机制，强化各方责任，整合资源力量，有效提升了各方力量参与的积极性，形成强大合力，共同推动解决疫情防控中存在的突出问题，形成以党组织为中心、基层党建与基层治理相结合，各方力量参与的基层社会治理新格局。动员广大党员干部下沉一线当先锋、做表率，领导干部带头坚守岗位、靠前指挥，党员干部冲锋在前，基层工作者坚守一线。大家用实际行动践行初心使命，带领人民群众顽强拼搏，战胜疫情，为成功抗疫奠定了坚实的组织基础。

丁元竹

全国政协委员，中共中央党校（国家行政学院）
社会和生态文明教研部副主任、教授

赵宏松：

党员干部冲锋陷阵的时候到了

赵宏松，男，1973年6月出生，中共党员，中共北京市东城区委东华门街道工委书记。

新冠肺炎疫情发生后，赵宏松连续奋战在社区疫情防控第一线，始终坚持用“首善标准”牢牢守护“基层防护墙”，成为核心街区战疫前线的“硬核”书记。

记者：疫情发生后的第一时间，作为街道工委书记，您是如何谋划考虑展开疫情防控工作的？

赵宏松： 我首先想到的是辖区5.4万余名常住居民的生命安全和健康。疫情来了，困难来了，党员干部冲锋陷阵的时候到了！我们第一时间成立了防控工作领导小组，成员单位涵盖所有科室和12个社区党委。充分发挥各级党组织领导作用，以党建引领动员辖区一切力量，加强社区防控体系，严格落实联防联控措施。

我们将下沉到12个社区的172名街道干部、169名区支援干部、31名市支援干部、198名社工4支力量混编后成立12个临时党支部，建立12支党员突击队对社区进行全面摸排防控。各社区利用在职党员回社区报到的契机，共发动448名在职党员积极参与社区防控工作。

遇到高风险的任务时，党员领导干部带头上，形成了良好的示范效应。防疫期间，智德社区有1名支援干部出现发热症状，被初步诊断为疑似病例，社区工作团队41名同志全部居家观察。街道工委紧急应变，第一时间成立应急临时党支部，由我担任党支部书记，带领29名党员全面接管该社区的防疫工作。

从除夕开始，街道党员干部连续奋战在社区防疫一线，迎寒风、冒雨雪，早出晚归，许多干部根本顾不上照顾家里的老人和孩子。有的社工受了伤打着石膏还坚守在防控一线，他们用自己的坚守密切了与人民群众的感情。

6月11日北京新发地疫情发生后，刚刚回到原工作岗位不到一周的各级党员干部和社区工作者迅速集结，立即恢复所有卡口点位，摸排有新发地出入史人员，参与组织地区全员核酸检测工作，精准高效地阻断了疫情传播。这些都离不开所有党员干部的奉献和坚守。

记者：结合辖区的实际情况，您是如何加强社区防控组织体系、落实联防联控措施的?

赵宏松：我们街道单位多、企业多、老旧小区多、平房院多，总共1115个楼门院，辖区里有3000多个法人单位、68家酒店旅馆、12栋商务楼宇、16家工地，防控任务非常重。我们第一时间对街道所属“六办、一委、一队、四中心”、12个社区及辖区5个卫生服务站明确职责分工，启动了一系列的工作机制，包括处级领导包社区制度、机关干部联系社区制度、联络员机制、会商机制、分级协调机制、每日信息通报等等，以此来严密组织构架、落实防控力量。

通过党建协调工作委员会，街道与辖区近3000个单位联合形成“党建大网”，共享疫情防控数据，提高防控效率。同时，成立楼宇防疫工作组，点对点、一对一建立与驻区单位的联合防疫机制。

完成疫情防控任务，离不开社会各界力量的广泛参与。我们动员群众力量，组织自治联防。998名楼门院长、528名社区志愿者积极参与了人员情况排查，防控知识宣传，了解离、返京人员的行踪，督促他们配合做好体温检测等工作。

记者：在疫情防控过程中，您遇到了哪些难点问题，又是如何破解的？

赵宏松：疫情防控初期，遇到了各类数据来源不一、重复交叉的问题。为了解决这个问题，街道建立了区—街道—社区三级数据库。此外，我们还融合了接诉即办平台，全方位收集信息。

为了应对地区单位多、经济实体多、活动场所多的难题，街道创新成立“1+12”街道—社区两级综合执法队伍。“1”是街道层面的1支综合执法处置队，“12”是社区层面的12支综合执法小分队。执法队伍对辖区内商务楼宇、地下空间、餐厅、群租房等重点部位进行联合摸排检查，加强区域内的综合执法，形成治理合力，消除安全隐患。

记者：东华门街道地处首都功能核心区，辖区内中央党政军机关单位众多，街道是如何结合疫情防控做好“四个服务”工作的？

赵宏松：我们主动联系中央单位，上门送宣传、送政策、送防疫知识，对辖区41个中央单位宿舍小区进行封闭式管理和24小时值守，为中央单位服好务。

记者：在疫情防控过程中，你们取得了哪些固化成果？

赵宏松：首先，我认为最明显的就是社会动员覆盖面及社区自治能力得到了提高。其次，社区工作者的能力得到了锻炼。突如其来的疫情倒逼社区工作者逐房逐户排查，打破了对部分居民难以入户、难以沟通的僵局。最后，通过妥善处理防疫期间的几起应急突发情况，从多渠道筹措防疫应急物资等工作实践，形成了一套应对突发公共卫生事件的应急工作体系。

（特约记者：黄伟才　责任编辑：陈思）

李德青：

赶上了就要冲上去

李德青，女，1970年1月出生，中共党员，北京市东城区交道口街道福祥社区党委书记、居委会主任。曾荣获“北京市优秀社区党组织书记”“北京市优秀社区居委会主任”等称号。2020年荣获“全国抗击新冠肺炎疫情先进个人”“全国优秀共产党员”称号。

在疫情防控阻击战中，李德青带领福祥社区创立了一整套防控工作法：建立社区“五有防线”，制作“楼房区战疫民情图板”和“平房院战疫民情图册”，打造“线上福祥”同心战疫平台，切实保障了社区居民的安全和利益。

记者：新冠肺炎疫情发生后，社区面临着什么样的考验，社区党委是如何快速响应的？

李德青：我们社区既有平房也有楼房，既有胡同也有大街，是一个非封闭式社区，人员流动性大造成管理压力比较大。社区党委第一时间制定了“福祥社区防控新冠病毒感染肺炎疫情工作方案”，成立由社区专员吕帅帅和我任组长的社区防控领导小组，以4个网格为单元，入户开展多轮拉网式排查。根据摸排情况，社区党委制定了“三表两图一诺一责任书”，即基础台账表、排查汇总表、人员登记表，来京人数曲线图、楼房战疫图，《健康承诺书》和《辖区单位责任书》，切实做到“每户有小账，网格有大账，社区有总账”，为做好社区网格化防疫工作发挥了重要作用。

新发地疫情发生后，各网格迅速反应，严格排查辖区内餐饮企业、单位食堂的进货渠道，逐户筛查居民新发地行踪，建立管控档案，由专人负责每天两次询问、记录居家观察人员的健康状况，确保100%居家观察。接到上级大规模核酸筛查要求后，社区党委认真落实“应检尽检、愿检尽检”工作要求，连夜准备核酸检测居民名单，通过下户、电话、微信群多种形式及时通知居民，争取做到“不漏户、不少人”。最终，福祥社区高效有序完成了两批居民核酸检测，检测率超过90%。

记者：社区内楼房、平房混杂，有两处楼房区还属于“三无”小区，你们对此采取了哪些措施?

李德青：帽儿胡同45号、豆角胡同25号这两处“三无”楼房小区住户密度大、出租率高，是这次疫情防控的难点和重点。为此，我们制作了楼房区“战疫图”，把立体楼房做成平面图，使用绿色、橘色、红色及卡通小人4种形式进行标注。“绿色”代表没有出京户，“橘色”代表返京户或未返京户，“红色”代表有发热人员户，卡通小人代表住有独居、空巢、残疾、低保等特殊群体。当信息发生变化时，“战疫图”颜色同步更新，防控工作重点一目了然。我们还制作了平房院“民情图册”，用红、橙、黄、蓝、绿5种颜色代表5种等级。通过制作楼房与平房院落全覆盖的“一图一册”，形成了院落分等级、标识分颜色、居民分类管理的精准防疫模式。

记者：疫情防控期间，社区党委是如何发动各方力量一起抗疫的?

李德青：疫情防控初期，我们就意识到，单靠社区19名社工是难以打赢疫情防控阻击战的。为此，社区建立“五有防线”，即“院落有人守、胡同有人巡、网格有人查、外围有人卡、重点有人盯”，努力实现“不落一户、不漏一人”，织密社区防控内外两张网。

辖区单位对社区疫情防控工作也给予了很大支持。应急管理部、国家卫健委、国家话剧院等产权单位主动承担院落防控责任；全国工人先锋号“金板寸”、兄弟帮扶中心等主动为社区捐赠防疫用品；物业24小时死盯死守外围卡点，为社区做好防控注入了“强心剂”。

记者：福祥社区老年人居多，在疫情防控中，社区是如何为居民提供服务的？

李德青： 在防疫期间，社区开设了同心战疫平台，一方面为防疫工作提供支持，另一方面为居民“送温暖”。该平台设置了“资源与需求征集区”，及时帮助居民解决问题。新发地疫情发生后，很多家庭需要居家观察14天，为保障他们的正常生活，社工担负起代买生活必需品、去医院开药、倒垃圾的责任。此外，还设置了“阳光宅·心理服务”板块，社工多次上门了解居家观察人员的心理健康动态，对接“睦友社工”心理服务平台和北京大学心理咨询热线等，为居民提供心理疏导服务，让居民“宅家”但不“憋闷”。

记者：社区疫情防控工作中，您最突出的感受是什么？

李德青： 社区处于防疫一线，必须牢记习近平总书记强调的“时刻绷紧疫情防控这根弦，慎终如始，再接再厉”，为辖区居民创造安全的工作、生活环境。同时我深深感受到居民的支持和肯定是我们守好疫情防控第一道防线的强大动力和坚强支撑。社工是职业更是事业，要对得起居民百姓对我们的厚爱。还是那句话，赶上了就要冲上去！

（特约记者：吕帅帅　责任编辑：陈思）

海　峰：
把战斗堡垒建在疫情防控点位上

海峰，男，1963年10月出生，中共党员，中共北京市西城区委什刹海街道工委书记。2019年荣获“西城区优秀党务工作者”称号。

在新冠肺炎疫情防控阻击战中，海峰汇聚各方力量于抗疫一线，带领街道和社区党员干部，建立“全口径、全范围、全闭环”的防控体系，取得了辖区居民“零感染、零疑似、零确诊”的好成果。

记者：在疫情防控阻击战打响之初，平房多、居住人口多、游客也多的什刹海街道面临着什么样的考验？

海峰：什刹海街道处于首都功能核心区，地区人口密集，街巷胡同和平房院落多、失管院半失管院多、“七小门店”多，在人户核对、人流管理、平房区封闭管理、商户和群众宣传动员等方面都面临着挑战。另外，社区工作人员和物业、保洁人员很多都回老家过年了，初期的防控力量捉襟见肘。实行全区域封闭式管理，对205条街巷胡同和20条重点大街进行24小时管控，压力可想而知。

记者：疫情发生后，在时间紧迫、人手短缺的情况下，你们是如何确保全区域封闭式管理顺利实施的？

海峰：街道将649名区、街道、社区的党员、干部和社工纳入网格，采取“清单制+责任制”的方式，围绕信息排查、街区管控、人员看护、宣传动员4类重点工作，细化了22大项41条任务，将任务分解到部门、责任落实到人，严格规范日例会、日对接、日报告，完善清单交办、分级协调、信息通报、联防联控、责任监督等机制，确保按照防控“施工图”推进落实。让我感动的是，很多社区党委书记退掉了机票、火车票，第一时间组织人员摸排情况，开展“敲门行动”。从大年三十开始，社工就对辖区居民和单位开展了全面细致的入户摸排工作，覆盖29104户70836人。西什库社区党委还探索了“三色工作法”，用不同颜色代表社区居民楼、院系统化管理信息的不同情况，入户摸排的社工可以实时更新图中的数据。

我们在全市率先开创了分区分级精准防控的模式，紧扣街区规划功能定位，利用街区整理成果，出台了全域平房区街巷封闭管理实施办法，把22个社区划分为8个街区，区分全天封闭、24小时通行、分时段通行3类，设置管控卡口141个，对29处失管、半失管小区实行封闭式管理，制发实名出入证9万多张，“京心相助”扫码13970人，实现了凭证出入、远端管理、平台登记、宣传动员、民生服务、“技防”保障6个“全到位”。

记者：全民参与防控工作，街道是如何推进各方力量共同发挥作用的？

海峰：我们在抗疫一线组建了84个临时党支部，把战斗堡垒建在防控点位上，以组织引领党员，让党员团结居民群众，携手抗疫。同时，我们还发动辖区内的700多家中央机关、市属单位、“六小”“两新”企业和军民志愿者参与防疫工作。“西城大妈”、楼门院长、在职党员、退役军人和志愿者共2449人投身到卡口值守、政策宣传、清洁消杀工作中，拧成一股绳，打响了抗疫人民战争。

记者：街道、社区是如何在阻断疫情的前提下，保障居民群众正常生活的？

海峰：防疫伊始，我们就把保民生放在了同等重要的位置。街道指导14家生活性服务业网点有序营业、供应物资，4家养老照料中心全部实施封闭式管理。社区依托养老配餐中心为空巢老人、“三无”老人配送“爱心营养餐”2万余份。社区还面向辖区内的老人和居家观察人员，直供“蔬菜包”、“主食包”和日用品，上门配送万余次约11吨，为720余户特困老人配送“公益蔬菜”2770公斤，为176户失独家庭送去健康防疫包。

为了让居民少出门，还能办成事，我们首创“一窗、一网、一号、一米”政务服务机制，倡导网上办、掌上办，还建立了“诉求限时响应”机制，实现一级响应1.5小时办结，二级响应12小时内办结反馈，目的就是最大限度地减少交叉感染，方便居民办事。

记者：在您看来，这次战疫工作积累了哪些宝贵经验，可以应用于今后的工作中？

海峰：这次疫情防控为党建引领基层治理体系建设提供了很多宝贵经验，是推动基层治理体系建设和治理能力提升的生动实践。

首先，强化了组织引领。街道工委扛起属地防控职责的大旗，组建疫情防控工作领导小组和“一办十组”指挥体系，第一时间组织干部返岗，千方百计筹措物资，积极发动群众，各种资源和人员高度集中到社区，社区运行机制瞬间提速，群众的参与意识和能力得到极大提升。

其次，注重用好“群众路线”这个“法宝”。我们有针对性地回应群众呼声，提出具体决策措施和有力工作部署，并及时完善工作举措。我们特别重视发挥群众的主体作用。疫情防控期间，楼门院长、积极分子、志愿者和在职党员广泛参与，在卡口管控、政策宣传等方面发挥了巨大作用。

（特约记者：江帼涓　责任编辑：谭梦）

侯　兵：
困难再大也抵不过团结一心

侯兵，女，1972年6月出生，中共党员，北京市朝阳区安贞街道安华里社区党委书记。曾荣获“北京市优秀社区居委会主任”等称号。2020年，安华里社区党委荣获“全国抗击新冠肺炎疫情先进集体”“全国先进基层党组织”称号。

“报告总书记，我们社区共有2214户居民，目前我们已经完成了辖区所有人员的摸排工作。”2020年2月10日下午，习近平总书记来到朝阳区安华里社区调研指导疫情防控工作，并看望社区一线工作人员。侯兵向习近平总书记汇报了社区疫情防控工作情况。当得知社区居家观察人数一直在下降的时候，习近平总书记欣慰地点了点头。

记者：安华里社区是典型的无物业、无保安、开放式小区，请问您是怎么做到疫情防控不留死角的？

侯兵：安华里社区是20世纪80年代初建成的老旧小区，辖区面积0.25平方公里，有22栋居民楼2214户3735人。疫情发生初期，摸清人员底数是重中之重的问题。

为了保证不遗漏一户，我们14个社工包楼到人，每人负责200户左右，有时候去一趟居民不在家，需要反复入户，比如一栋6层楼，好几个单元，一个单元就10多户，跑一趟下来，衣服都湿透了。针对入户排查中发现的100多户无人户，我们一盯到底，预留社区联系方式，循环上门，动态销账。

记者：咱们社区是个老龄化社区，您是如何针对这一情况做好社区防控的？

侯兵：我们社区60岁以上的老年人口高达40%，80岁以上的老人有300多人。防控期间，我们一直坚持“三必访”工作法，即境外返京人员必访、离鄂返京人员必访、独居老人必访。

疫情时正值春节，很多护理员都放假了，老人们购买生活用品、用餐、买药困难。我们要求社工每周对自己负责的楼门进行走访，除了摸清本楼居民情况外，及时了解社区内空巢、独居老人的情况和需求。对有些老人来说，我们这个走访，真的是救了命了。

社区有一位空巢老人，和女儿一直闹矛盾，平时遇到困难主要靠社工帮忙。2月9日，老人打电话说腰扭了，外出不方便，想让社区帮忙买菜。当天，我就和我们的副书记利用中午时间买好菜给老人送去，到她家的时候我发现她病得挺厉害。第二天下午4点，我再顺道去她家看看，怎么敲门都没人应声，打电话也没人接。我赶紧联系她女儿，她女儿到后发现家门反锁了。后来，我们联系派出所民警和开锁公司破门进入后才发现老人脑袋卡在床和椅子中间，腿在床上，半个身子都悬空动弹不得。我们立刻拨打了120急救电话，120救护车赶到后，我们又一起陪同老人到中日友好医院做进一步检查。

医生诊断老人需要卧床休息一周。老人女儿愿意照顾，但是老人不愿意。我们只好又联系街道民生办找小时工帮忙。第二天一早，我们把护工送到了老人家。这样才解决了老人的陪护问题。

记者：从您的介绍中我能感受到，社区工作者非常辛苦。抗击疫情光靠

社区工作者肯定撑不下来，在动员社会力量这块，您是怎么做的?

侯兵：全封闭管理后，真是哪哪都缺人。但是，困难再大也抵不过团结一心。我们多年来摸索出“阶梯式动员”工作机制，有了这个工作机制，社工们全员加班，无人抱怨无人倒休。社区在职党员及时递交“请战书”，主动参与社区门前站岗。社会单位主动参与，提供了很多帮助。居民们积极配合，为我们的工作开展提供了很大便利。

“阶梯式动员”工作机制就是将不同兴趣爱好的居民组织起来，形成不同的兴趣小组，由社区搭建平台，在居民自娱自乐的基础上，选配小组带头人，将小组带头人进行项目化专业培育，将居民的爱好变成项目。在项目的实施过程中，由社区党委统筹辖区各种资源服务居民，实现了居民、社会单位和各部门之间的良性互动。

记者：为大家解决了难题，难怪大家这么团结一心。听说咱们社区党支部各有特色，疫情防控期间发挥了很大作用，您能介绍一下这方面的情况吗?

侯兵：我们社区有4个党支部，每个党支部的工作都各有特色。比如二支部“治安巡逻平安卫士”主要负责小区的日常巡逻工作。疫情期间，他们积极参与社区出入口值守和所在楼门的居家观察人员管理服务工作。三支部的品牌是“楼院天使”，主要针对楼院卫生，定期开展环境卫生大扫除。他们所在的这个院没有物业管理，疫情期间，无论是出入口值班还是楼道消毒，我们主要是依托这个党支部开展的。

（特约记者：胡海佳　责任编辑：徐玲玲）

冀国瑞：
党建引领是战疫关键一招

冀国瑞，男，1974年6月出生，中共党员，中共北京市海淀区委曙光街道工委书记。

曙光街道位于昆玉河西岸，面积5.45平方公里，常住人口9.6万人，辖区里有京西最大商圈——世纪金源商圈，潮汐人口多、流动性大。

新冠肺炎疫情突然来袭，曙光街道工委发挥党组织领导下的社区治理合伙人机制优势，短时间形成疫情防控责任体系，严标准实施疫情防控具体措施，构筑了基层疫情防控的铜墙铁壁，持续保持“零确诊”“零病例”。

记者：在疫情防控中，曙光街道制定了“三抓五紧四到位”的疫情防控总体工作思路，请问包括哪些具体措施？

冀国瑞：疫情伊始，街道工委按照市区两级工作部署，明确了“守一方净土、保一方平安”工作目标，确定了“三抓五紧四到位”工作思路。“三抓”就是切实抓好排查、抓好管控、抓好组织动员。“四到位”就是坚决做到思想到位、责任到位、发动到位、落实到位。“五紧”是防控工作的具体措施。

“五紧”措施，一是靠紧党组织。运用党建引领社区治理合伙人机制，搭建社区党组织、居委会、物业服务企业、业主（居民）代表、上级各级部门下沉力量和社会共建单位的联动工作平台。二是看紧出入口。发动群防群治力量，辖区所有小区、楼宇大厦全部实行封闭管理。三是盯紧重点人。对辖区32140户9.6万常住人口及4000余家经营商户开展地毯式摸排，采集人员、房屋等基础数据并形成动态台账。四是扎紧防护网。充分发动群众参与疫情防控，构筑邻里守望预警机制。五是绷紧舆情弦，滚动播放防疫须知和防疫工作要求，协调辖区自媒体同步发声，确保不出现负面舆情影响。

记者：咱们街道利用社区治理合伙人机制搭建的“五张网”在疫情防控工作发挥了很大作用，请您详细介绍一下。

冀国瑞：党建引领是关键一招。我们深化“吹哨报到”要求，创新实施党组织领导下的社区治理合伙人机制，搭建了社区疫情防控“五张网”。

一是搭建高效运转的“指挥网”。辖区17个社区党组织第一时间成立“战旗党支部”，将各方力量凝聚到临时党组织下，2200余名各类志愿者参与社区防控。

二是形成无缝对接的“巡查网”。辖区46个自然小区全部实行24小时封闭式管理，建立“门长负责制”，使用“红色海淀”电子通行证，落实进出门“双验证”制度和返京人员“两书一表一平台”登记要求。

三是构筑固若金汤的“管控网”。社区党组织、物业公司和业委会实现信息共享，建立逐家逐户的管理动态示意图，按照常住居民、外来人员、小区公司、空置房屋等情况，用不同颜色标注并实行每日图标更新。

四是建立温情互助的“服务网”。街道共服务国内外抵京人员25859人，排查新发地农贸市场等新增中高风险地区人员354人，除224人实施集中医学观察外，绝大多数都是采取居家观察措施。我们采取社区代购、邻里互助、物业服务、第三方服务4种方式，最大限度为其提供基本生活保障，保证“衣食无忧”，确保“足不出户”。

五是织密紧凑高效的“联动网”。创新开展“四早工作法”，利用社区返京报备小程序做到返京前早报告，通过居家观察条件审核前置做到报告后早核实，制订个性化返京后居家观察方案，做到核实后早决策，明确责任做到决策后早备案。陆续为453名入境进京人员、736名滞留湖北（含武汉）返京人员解决回家的后顾之忧。

记者：街道工委在做好社区常态化防控机制建设方面还有哪些设想？

冀国瑞：我们正以“防控效能最大化、社会痛苦最小化”为目标，不断改进完善社区常态化疫情防控各项举措。

一是建设韧性社区。以收放自如、灵活调档为目标，将小区封闭式管理防控级别定为4个等级，按照不同等级的防控标准，实现防控人员力量合理调配。

二是建设安便社区。以管服结合、安全便利为目标，提供不同形式的便捷服务，促进疫情防控“硬管控+暖服务”融合发力，最大限度保障居民基本生活保障和复产复工需求。

三是建设透明社区。以底账清晰、动态调整为目标，通过疫情防控工作不断完善社区治理分类信息台账，实现基层治理各类数据信息动态更新。

四是建设智信社区。以信息化支撑、可持续防控为目标，持续提升“智信社区”建设水平，通过社区治理大数据智能信息化系统建设，为全面实现基层精细化治理提供科技保障。

（特约记者：郝雷　责任编辑：宋丽群）

任乃青：
党组织是群众的主心骨

任乃青，女，1977年2月出生，中共党员，中共北京市丰台区委组织部副部长。先后两次荣立个人三等功。系丰台区新发地周边封闭小区管理服务工作专班战时临时党委书记。

北京新发地疫情发生后，周边12个封闭小区成为疫情风暴的中心。丰台区委第一时间组建新发地周边封闭小区管理服务工作专班，并成立专班战时临时党委。任乃青受命担任临时党委书记。

记者：疫情发生后，新发地周边小区一夜间实施封闭管控，您认为当时面临的最大考验是什么？

任乃青：疫情发生后，区委果断对新发地周边12个小区实施封闭管控。新发地周边小区流动人口多、人员构成复杂，要守住每道门、看好每个人，压力可想而知。由于人手严重不足，安抚居民情绪、解决居民生活等问题面临着严峻考验。

记者：面对这种严峻考验，社区防控组是如何快速响应的？

任乃青：在紧要关头，区委高位统筹，连夜增派下沉干部，充实一线防控力量。6月13日凌晨，170名区内下沉干部率先进驻新发地周边小区。随后，15名区委组织部机关干部和市委组织部紧急抽调的60名市级机关及国有企业干部先后到达封控小区，有效缓解了人手不足问题。

工作专班就位后，迅速成立战时临时党委，并在12个封闭小区建立临时党支部，凝聚起各级下沉干部、志愿者的力量，形成“党组织统筹、党员干部冲锋、群众积极参与”的联防联控局面。封闭小区竖起党旗，亮出党员先锋岗，群众看到党旗，心里就踏实了，就有了主心骨。

6月14日，我们组织12个封闭小区的44310名居民按楼门、分时段第一时间完成核酸检测，确保了封闭区域“应检尽检”，有效遏制疫情扩散蔓延。

记者：面对封闭管控小区4万多居民的生活需求，工作专班是如何在阻断疫情的前提下保障居民群众正常生活的？

任乃青：专班临时党委在落实封闭管控的同时，紧扣居民需求保障抓好4项工作。一是保障居民生活。成立7支服务保障小分队，实现蔬菜粮油充足供应、快递外卖专人转送、看病购药有人服务、居民诉求专线回应、卫生安全有人保障。二是推进精准管理。摸清底数，细化各类人员台账，做好224名独居老人、295名特殊疾病人员、127名孕妇、85名中高考考生等特殊人群精细化服务。三是以楼门为单元建立工作网格，畅通诉求渠道，第一时间解决居民急事难事。四是充分发挥党员先锋模范作用。320名党员干部冲在前、做表率，带动1300余名物业人员和志愿者共同筑起了联防联控、群防群治的防线。

粗略统计，封控期间我们每天平均为居民送快递900余件，搬运蔬菜、水果等生活物资约750公斤。工作最忙时每人日均走1.5万步，工作13小时。看到工作人员化身为排查员、快递员、宣传员、保洁员、安全员在身边为自己细心服务，社区居民们吃下了“定心丸”，安心居家观察。

记者：在新发地封闭小区服务管控期间，您最大的感受是什么？

任乃青：居民的支持和肯定是我们做好服务管控工作的强大动力和坚强支撑。

封闭之初，一些居民有抵触、恐慌情绪，专班人员和社区村干部耐心解释、面对面沟通。第一时间把蔬菜包、米面油运到小区。居民燃气卡余额不足，工作人员二话不说爬楼帮助及时充值。居民购买的大件电器、西瓜，工作人员毫无怨言帮着扛上楼。开通封控小区居民开药绿色通道、中高考考生考试绿色通道……随着服务的细致深入，居民投诉越来越少，快递也在不知不觉地“减量”。越来越多的居民加入志愿者队伍积极参与防控保障，昔日小区出了名的“刺儿头”主动加入志愿者队伍，居民自发为工作人员送来绿豆汤、酸梅汤、防护口罩等慰问品。

防疫吃紧时，居民从窗子里举起红旗无声支持我们。看到汗流浃背的我们，居民说：“你们一定是党员！”封控期间，居民给临时党委送来23封表扬信、24面锦旗。解封当天，许多居民自发高喊：“感谢党！感谢国家！”看到这一幕幕情景，大家都觉得我们所有的辛苦都值了。

记者：您认为此次新发地疫情防控取得显著成效的关键是什么？

任乃青：我认为关键是我们把党的政治优势、组织优势、密切联系群众优势转化为疫情防控的强大合力。首先是充分发挥了党组织的政治优势。市委高度重视，统筹调度全市力量火速驰援丰台。区委始终把责任扛在肩上，坚持高位统筹、快速决策、强力推进，有效遏制了疫情扩散蔓延。其次是充分发挥了党组织的组织优势。临时党委、党支部充分发挥战斗堡垒作用，把各方力量紧紧凝聚在党旗下。最后是充分发挥了党组织密切联系群众的优势。临时党委着力解决封控小区的难事、急事、愁事，最大限度激发各方力量参与社区防控，实现了共建、共治、共享的社区防控格局。

我们深知，大考还未到交卷时，必须一鼓作气，努力夺取疫情防控的最终胜利。

（特约记者：赵海娟　责任编辑：陈宁）

高文娟：

以心换心才能融为一体

高文娟，女，1977年5月出生，中共党员。时任中共北京市丰台区委卢沟桥街道工委书记，现任北京市丰台区王佐镇党委书记。

卢沟桥街道辖区面积59.73平方公里，是北京城六区中面积最大的街道。街道下辖社区42个，常住人口23万余人，流动人口多，属于典型的城乡结合部。在新冠肺炎疫情防控中，街道工委找准社区治理的短板和漏洞，综合施策，密切党群干群关系，推动辖区基层治理体系建设向前迈进一大步。

记者：面对错综复杂的防控形势，以及城乡结合部社区分布点多、面广、人杂的特点，街道工委是如何破解上述难题的？

高文娟：我们把疫情防控看作是对街道多年来基层治理体系和治理能力建设的一次大考。为了照顾好30多万名群众、协调好几千家企业，街道工委要求党员干部全力以赴强担当，摸清每一户情、守住每一道门、看好每一个人、凝聚每一颗心。

对于未成立社区的“空白点”小区、“三无”小区、平房区、医院周边小区等防控重难点地区，街道工委专题研究，分类施策，挂图作战，街道班子成员包片包社区，社区干部包人包楼门。通过采取“街道总管、就近协管、共治共管、居民自管”的方式，确保了辖区防疫无死角、全覆盖，补齐了社区防控短板。

为了壮大强化一线防疫队伍，区级172名下派干部和街道150名机关干部全部下沉社区，“不论职务高低，一律听从社区党委书记指挥！”这是街道工委对下沉干部提出的明确要求。与此同时，3000余名在职党员、1000余名物业人员，还有自发加入的居民志愿者们，积极参与卡口执勤、居家服务、政策宣传、文明劝导等各项防控工作。在他们的共同努力下，卢沟桥街道198个防疫先锋岗牢牢守护住了街道的每个社区。

记者：通过因地制宜实施疫情防控，卢沟桥街道在基层社会治理方面有什么新收获？

高文娟：街道积极探索“街乡联合，共谋发展”体制机制，持续打造“携手物业，互惠共赢”防疫局面，充分利用“科技防控，智能防疫”技术手段，有效破除了“各扫自家门前雪，莫管他人瓦上霜”的壁垒。

卢沟桥街道处在丰台区、海淀区、石景山区3区交界处，管辖范围与卢沟桥乡犬牙交错。以五里店平房区封闭问题为例，该区域面积近5万平方米，有万余名流动人员在此聚集居住，“房屋密、人员杂、出口多、胡同浅”的特点给封闭管理带来了巨大挑战。街道工委班子成员3天之内深入2375户居民家中征求意见，在广泛了解民情民意的基础上，细致研究“成片封闭”方案，全力降低封闭管理给老百姓造成的不便。在各方共同努力下，卢沟桥路全长4公里的封闭围挡成为疫情期间五里店平房区最强的“守护线”。

在街乡联控的基础上，街道积极将物业企业纳入社区联防联控工作体系。工委、办事处积极协调，属地企业慷慨解囊，通过多方筹措，街道给辖区物业企业第一时间送去3万个口罩、400桶消毒液，有效缓解了物业物资紧缺的状态。“投之以桃，报之以李”，此举换来的是街道132个物业企业团结一致，

1189名物业安保全员上阵。力量上相互补充，管控上相互配合，街道、社区、物业并肩战斗、携手前行、共护家园，大家真正地融为了一体。

多元参与、联防联控的同时，街道充分运用现代科技和信息化手段提升防控效能。10天内建立了1.4万户4.1万名返京人员台账，高效管控、实时更新，彰显出数字化、精细化管理城市社区的巨大优势。利用科技手段强化疫情防控的举措还有很多，比如，启用红外微波智能报警监控平台监测人员进出小区情况，采用手机GPS、"连心通"腕表管理服务居家观察人员。

记者：在防控过程中，需要不断向群众宣传防控政策，做大量的入户走访工作。在这个过程中，您感受到哪些新变化？

高文娟：我最大的感受是以心换心才能融为一体。街道和社区干部的全身心付出，让一些居民从不理解防疫到支持防疫，再到积极参与防疫，党群、干群关系越来越亲密融洽了。

卢沟桥街道一直坚持"暖心服务"，提倡干部群众将心比心，以心换心，疫情防控期间经常能够看到社区工作者推着小车为居家观察群众送米面果蔬，送快递外卖的场景。社区包楼干部更是24小时在线，每天与居家观察人员联系，询问健康状况，疏导心理压力，夜间送奶粉、深夜陪同就医的例子更是比比皆是。居民的回应也让我们深受感动。一位古稀老人到居委会扔下1万元现金，道一声辛苦转身就走；春园社区10多名居民拿着灌满姜茶的暖壶，顶着风雪为值守一线的社区干部、在职党员送温暖；居家观察期满的群众主动请缨，接过接力棒，积极加入防控志愿队伍中……这一幕幕动人的场景，全部都化作了街道社区干部攻坚克难、持续作战的防控动力。

（特约记者：许亚辉　责任编辑：蔡庆悦）

宁慧娟：

挑起疫情防控的“千斤重担”

宁慧娟，女，1966年4月出生，中共党员，中共北京市石景山区委八宝山街道工委书记。曾荣获“北京市三八红旗手”称号，2020年，八宝山街道工委荣获“全国抗击新冠肺炎疫情先进集体”“全国先进基层党组织”称号。

面对突如其来的新冠肺炎疫情，宁慧娟靠前指挥、扎根一线，以高度的政治责任感和勇于担当的精神，挑起了地区疫情防控的“千斤重担”，展示了新时代基层干部的责任担当。

记者：在新冠肺炎疫情防控期间，作为街道工委书记，您是如何统筹部署工作的？又是如何破解难题的？

宁慧娟：疫情虽然来得突然，但我们开展工作快中有序。防控疫情，首要一点就是坚持党建引领，把“四方责任”压紧压实。街道第一时间成立了领导小组，由我担任组长，健全完善了1个工作专班和12个专项工作组，确保防疫工作体系严密高效。在此基础上，我们统筹16个社区，成立临时党支部和党员防疫先锋队，4000多名党员干部投身一线，登记排查、蹲点值守、服务保障连轴转。

疫情期间，我们面临的第一个难题就是老旧小区物业管控上有难度。街道工委积极发挥“党建+”作用，设立“党员先锋岗”，党员干部主动认领，开展24小时“护家行动”。我们率先使用“平安八宝”二维码进行人员登记，并加强人脸识别、可视门铃等科技手段的运用，切实“守好门”。第二个难题就是如何落实好属地责任。辖区内有中国国际广播电台、市检察院一分院等单位，我们依托党建工作协调委员会，进一步延伸防控工作“末端”。我们主动向国际台专家公寓赠送了口罩、手套等紧缺物资，收到了国际台送来的锦旗，凸显了携手共进、共渡难关的深厚情谊。第三个难题是如何应对6月份新发地突发疫情带来的新挑战。街道工委紧急动员、集结力量，仅用3天时间便完成了5.4万余人核酸检测的任务，结果全部为阴性。回想那些天的经历，我们的党员干部战高温、斗酷暑，有的脚磨出水疱，脱了防护服满身都是痱子，有的嗓子喊哑了，皮肤也晒伤了。可即便如此，大家依旧坚守岗位，在烈日下“晒”出了党员干部的忠诚与担当，也“晒”出了党员的本色。

记者：据了解，街道在居家观察人员服务中有一些创新，比如制作“安心包”、开展“飞吧小纸鹤”主题活动、采取“非常2+1”服务模式。请您介绍一下这方面的情况。

宁慧娟：辖区内的居家观察人员累计有上万名。为了保障居家观察人员身心健康，我们制作了包括体温计、防控手册、垃圾袋、联系卡在内的“安心包”，给返京人员送去了温暖。居家观察人员难免产生紧张情绪，我们开展了“全民战‘疫’，为你‘鹤’彩”活动，在职党员、老街坊、学校师生近万人参加活动，亲手折叠了12万只千纸鹤，纸鹤的翅膀上还印着“京心互助”二维码和社区联系方式，纸鹤挂在了返京人员家门口。我们还把这个活动录制成视频，以“飞吧小纸鹤”为主题，传递祝福和期盼。我们采取“非常2+1”模式，就是2名在职党员（其中包括1名社区工作者）“点对点”服务居家观察人员，为他们提供直播采买、清理垃圾、代送快递等服务。同时，我们还延伸服务范围，为社区高龄老人代买代收、送报送水，实现了居民“点单”、社区“接单”的爱心循环。

记者：据了解，疫情期间你们印发了“三封信”，这对凝聚群防群控力量发挥了什么作用？

宁慧娟：疫情初期，我们面临人员少、任务重、压力大的局面。为动员辖区各方力量积极参与疫情防控，我们印发了“三封信”。

第一封信是写给全体党员干部和群众的。街道广泛动员社区党员、老街坊参与入户排查、门岗值守、政策宣传等防控工作。严格落实“联系点”制度，形成了处科级干部包社区，社区党组织书记、居委会主任包居民楼，社区干部包住户的“三包”责任机制，112名机关党员干部下沉基层参与值守。同时，还利用新时代文明实践所（站），向居民群众发布志愿者招募令，把在职党员、老街坊志愿者等力量充实到防疫一线。

第二封信是写给党建工作协调委员会成员单位的。辖区成员单位积极响应，纷纷伸出援手。市检察院一分院充分发挥职能优势，制作下发了疫情相关的法律知识，开通微信公众号留言平台，为群众答疑解惑。市第一中级人民法院组织党员到社区参与防疫工作。

第三封信是写给全体社区干部家属的。在这次战疫中，正是因为广大党员干部、工作人员的家属在背后默默地支持和付出，社区防控工作才能井然有序地开展，社区干部才能心无旁骛地当好居民的守护者。所以，我们要特别感谢家属们。当然，我们也注重在工作上激励、在人文上关怀、在物资上保障社区一线人员，帮助他们解决实际困难。

（特约记者：周戎若　责任编辑：许海）

黄　景：
“到防控一线去”是口号，更是行动

黄景，男，1981年6月出生，中共党员，北京市门头沟区永定镇党委副书记、镇长。

既当“指挥员”，又当“战斗员”，在连续作战中，黄景坚持每日一会商、每日一调度、每日一巡查、每日一慰问，探索创新“三色管理法”等基层治理常态长效做法，用为民情怀守护着辖区百姓的平安，经受住了疫情的大考。

记者：对于基层党组织来说，您认为这张大考“考卷”中的“难题”有哪些？

黄景：半年多的防控工作中，这个“难”字一直伴随着我们，也鞭策着我们。我的体会，难就难在“两大”“两多”——体量基数大、管控难度大，出租房屋多、流动人口多。

我们镇有24个行政村、27个社区，社区类型包括农民回迁社区、棚改回迁社区、老旧社区、新建商品房社区、“三无”社区，还有商住两用社区。仅在前期入户摸排中，我们就摸排了近5万人。一个更大的难题就是，外地来京租房人数占常住人口的1/5，最高峰时全镇外地返京居家观察人员近9000人，管理起来可真不是件容易的事。除了村、社区，辖区还有9座商务楼宇、

4条大型商业街、736家商业门脸和69家工地。既要严格落实属地责任，又要督促指导社会单位落实“四方责任”，这些都给疫情防控工作带来了很大压力。新发地疫情发生后，永定镇被列为中风险地区，我们立刻组织51个村（居）进行桌面推演，争分夺秒与病毒赛跑，6天完成101428人的核酸检测工作，日平均检测量达到1.6万余人，筛查结果全部为阴性，创造了“永定速度”。

记者：面对这样复杂困难的局面，你们是如何应对的？

黄景：我们主要做了3项工作。一是探索了“三色管理法”。按照本市常住人员、本市出租人员、外省市租住人员3种类别建立台账，制作了3种颜色的出入证，便于对不同人员进行分类管理、分类施策。二是签订“三方协议”和“两方协议”。建立村（居）委会与房产中介机构、房主、承租人、离京房屋产权人等五方沟通承诺机制，压实各方责任，实现出租房屋协同整治、协同管控、协同监督。三是开发了“安居永定”线上平台，梳理了各村（居）5000多套闲置房屋和20多家有资质的中介，搭建规范有序的房屋租赁平台，既有利于镇、村（居）精准掌握出租房屋、流动人口信息，村（居）民还能获得略高于市场价的小额补贴，一举双赢。

记者：在疫情防控阻击战中，基层党组织发挥了主心骨、顶梁柱的作用。请具体谈谈你们是怎样发挥党建引领作用守护群众健康安全的。

黄景：党的力量在组织，抗击疫情也在组织。在抗疫过程中，镇党委坚持党建引领，紧紧依靠群众、有效发动群众，形成了联防联控、群防群控的防控格局。党员干部在危难关头义无反顾地冲上去，毫不犹豫地担当作为。战疫中，党员干部喊出的最响亮的口号是：“到基层一线去，到防控一线去！”对我们来说，这不仅是口号，更是行动。

从大年初三开始，全镇机关干部、村居“两委”干部、党建助理员、社区工作者全部停休，291名机关干部除了必要的后勤保障之外，都下沉到村（居）卡口执勤。全镇2000余名党员干部带头签订了创建零感染单位“十承诺”责任书，掀起了争当“五个表率”活动热潮。

全镇51个村（居）党组织也迅速反应，第一时间成立了工作小组和应急小组，很多村（居）党组织书记都是吃住在办公室，发挥主心骨、顶梁柱作用。我们成立了包括基层志愿者、派出所民警、“两代表一委员”在内的6支联防联控巡查队，构筑起“人防+技防+巡防”的钢铁防线。新发地疫情发生后，我们沿用了这个方法，取得了很好的效果。

记者：通过这次抗击疫情，作为镇党委副书记、镇长，您对基层治理工作有什么新的思考和认识？

黄景：居民群众追求的美好生活不仅仅是衣食住行的“硬需求”，还有获得感、幸福感、安全感等“软需求”。要满足“软需求”，就要把工作重心落在社区服务、社区管理上，通过多种形式延伸管理链条，提高服务水平，激发社会活力。

我们将充分总结这次疫情防控的经验，坚持以“红色门头沟”党建为引领，在“自治有招”上发力，通过打造“集约式车棚、智能式电梯、花园式小区、文娱式客厅、识别式门禁、立体式服务”，加强对智慧型、服务型社区的实践探索；在“精治有方”上给力，推行社区联管会、商业街商联会、村居“议事会”和楼门长“三会一长”制度，积极落实两个条例，全力提升物业“三率”水平，形成更多“永定经验”“永定模式”；在“共治有效”上聚力，创建“户内小桶分，户外大桶投”垃圾分类等社区治理品牌，全力推进“五个永定”建设。

（特约记者：陈晨　责任编辑：谭丁）

李红忠：

当好战疫排头兵

李红忠，男，1969年3月出生，中共党员，中共北京市门头沟区委大峪街道工委书记。

新冠肺炎疫情发生以来，李红忠带领机关、社区党员干部，坚持深入一线督导防疫工作，创新思路、凝聚力量，筑牢防控网，谱写了“一个党员一面旗”的大峪篇章。

记者：作为全区最大的街道，大峪街道在疫情防控之初面临着什么挑战？你们采取了哪些行之有效的应对之策？

李红忠：大峪街道占地4.4平方公里，下辖33个社区，疫情防控面临着辖区情况复杂、老旧小区多、基础设施不完善、人员流动大等问题。

街道工委及时召开防控工作部署会，全体机关干部停休，加入社区防控工作中。街道把落实防控措施作为“第一责任”，组织社区干部、包片干部连夜制订出入口封闭管理方案。街道辖区有184个出入口，当天就封闭了80个。随着防控形势日益严峻，我们又采取了“交叉社区卡口重叠、单独小院夜间锁门”等措施，封闭了13个出入口，优化社区防疫人员力量布局，做到卡口防控无死角。

在此基础上，我们严格执行“五步工作法”：一看出入证，二测体温，三查车辆出入证、健康宝+行程卡、是否属于需要居家观察人员，四登记，五报告。按照这“五步工作法”，把社区第一道防线牢牢掌握在自己手中，有效破解了难题，确保了防控工作规范有序。

记者：大峪街道针对返京人员多，防输入、防反弹压力大，尤其是新发地疫情发生后的严峻形势，有什么应对的高招？

李红忠：防控疫情，说到底是要做好人的工作。起初，我们重点摸排已返京和准备返京的人员，分别居住在哪个社区，有没有密切接触情况，有没有相关病症，等等。新发地疫情出现之后，我们按照要求重点摸排前往人员、货品密切接触者和进货商户等。总的来说，我们一直坚持街道、社区协同联动，制定了“查、劝、管、控”4字措施。

查，就是在所有社区进行地毯式入户排查，开展“敲门行动”，把楼门长、志愿者发动起来、融合进来，逐门逐院地排查，包括出租房和“五小”行业，做到底数清、情况明。新发地疫情出现后，我们的摸排更加注重“北京速度”，用最短的时间把社区、楼门、商户、大数据反馈的户籍地涉及人员都摸了个遍。劝，就是社区干部通过打电话、发短信、微信视频、QQ聊天等渠道，对了解到的即将返京人员进行耐心劝阻。管，就是加强对返京人员和去过中高风险地区人员的管理，包括传达政策精神、即时互通信息、了解身体状况、掌握返京时间、前往时间和事由、居家观察所需服务等。控，就是采取“人防+技防+群防+网防”的措施，确保所有需要居家观察的人员足不出户，做好健康监测。

记者：我们了解到，大峪街道的“技防”措施很有特色，您能具体介绍一下吗？

李红忠：我们采取科技防疫，其实是街道的复杂情况倒逼的结果。最忙的时候，一天内进入所辖33个社区的返京人员有5000多人，防控难度可想而知。我们的党员干部、志愿者连续作战，都很辛苦，时间一长肯定疲惫，必须引入科技手段，分担工作人员的压力，提高防控的科学性和有效性。

随着疫情由战时转常态再转战时的特点，街道要求所有其他省市返京、境外入境和来自中高风险地区相关人员全部进行居家观察，“技防”措施尤为重要。每个干部能同时服务管理多个居家观察对象，大大节省了人力。我们的“技防”设备是循环使用的，为未来常态化防控积累资源。

记者：疫情防控阻击战中，基层党组织起到了举旗引路的关键作用。在这方面，大峪街道工委有哪些值得总结的经验？

李红忠：疫情防控工作取得显著成效离不开党建引领这个根本保证。我们实行了“支部承包制”，对部分社区值守卡口，由党支部直接承包管理；社区里的环境消杀工作，由在职党员承担；入党积极分子负责重点服务管理人员的外卖、快递、垃圾清理、门口消毒等工作。可以说，在这场战疫中，我们的党组织和党员都展现出了超强的战斗力。

我们把防控一线作为培养教育党员、入党积极分子的重要战场。向阳社区的马兰在防疫期间表现突出，成为全区首批“火线入党”的同志。在这期间有23名干部递交了入党申请书。辖区内的“两新”组织还开展了“争当抗疫‘红色先锋’”活动，积极地为社区防疫助力，如爱眼协会党支部带领党员职工为社区居民讲解护目镜使用方式和防疫知识。

只要我们每名党员干部都有当“排头兵”的自觉，用脚步丈量民生、用汗水浇灌未来，我们就一定能赢得这场疫情防控阻击战的最终胜利。

（特约记者：宋歌、王一明　责任编辑：谭丁）

王永民：

必须对全镇26万百姓的健康安全负责

王永民，男，1978年12月出生，中共党员，北京市房山区长阳镇党委书记。

临近过年了，王永民心里盘算着得让辛苦了一年的同志们好好陪陪家人。未曾想到，一场前所未有的疫情大考即将来临。大年三十，全镇启动“战时”状态，王永民担起了守护全镇26万人民群众健康安全的重任。

记者：长阳镇外地人口、流动人口、外籍人员都比较多。疫情之初，全镇面临着不小的考验吧？您作为第一责任人，如何应对这些考验？

王永民：疫情来临，给全镇带来了巨大考验。长阳镇人口总数超过26万，当务之急就是先“管住人”。我们立即实行了横向到边、纵向到底的封闭式网格化管理模式，224个疫情防控检查服务岗迅速设立，成为全区最早实行封闭式管理的乡镇之一。

大年三十晚上，全镇紧急召开了班子成员扩大会，要求全员停休，坚守工作岗位。我们以社区（村）网格为“战斗”单位，把全镇36个村、52个社区、3个物业自管项目划分为91个防控单元，每个班子成员包4~5个防控单元，科级干部带队成立工作组进驻社区（村），社区（村）“两委”干部包楼到户，做到有人的地方就有防控单元。同时，建立了会商、监督督导、应急值守等8项制度，对防控知识宣传、人员排查追踪、防控点位设置、环境卫生整治、困难群众帮扶等工作进行了严密部署。大年初一一早，400多名机关干部、564名社区（村）干部取消了春节假期，全员下沉社区（村）疫情防控一线，带着我们印制好的24万份宣传材料走村入户，确保把宣传动员工作做到位。

记者：两轮疫情，长阳镇都出现了确诊病例，您当时压力肯定很大吧？出现确诊病例后，全镇主要通过哪些措施强化疫情防控工作？

王永民：出现确诊病例之后，的确有不小的压力。但是，我心里清楚，这个时候必须顶上去，不能让疫情扩散。

年初疫情发生时，我们迅速现场调度指导对楼栋和小区实行封闭措施，从封闭公示、集中观察，到垃圾处理、防疫消杀，再到生活保障，每个环节都安排得井井有条。我们建立起居家观察人员责任清单，明确专人负责居家观察人员生活服务、体温监测等各项工作。为解决服务人手短缺问题，我们从镇里统筹调度了精干力量到出现确诊病例的小区，为居民提供全天候服务保障，“封闭”不“封情”。长阳镇的确诊病例无一例出现扩散情况。

新发地疫情发生时，压力集中在地毯式排查和全覆盖消杀上。我们利用几天时间迅速对10675名大数据筛查人员进行了逐一核查，同时，设立了3个镇级大型核酸检测点和若干个社区核酸检测站，组织1.5万名去过新发地周边及相关从业人员进行核酸检测，利用5天时间完成全域20余万常住居民的核酸检测工作。

记者：我们了解到，长阳镇许多党员、群众都自发行动起来，加入社区（村）疫情防控工作中。那么，镇党委是如何汇聚合力，把联防联控工作落到实处的？

王永民：联防联控、群防群治是我们的重要“法宝”。除了市区镇三级下沉干部、社区（村）“两委”干部，许多在职党员、群众志愿者以及街坊邻里、大爷大妈纷纷行动起来。在前期动员的过程中，我们努力凝聚各方抗疫力量，做到了“两个最大限度到位”。

一是最大限度宣传到位。前后开展三次“敲门行动”，共发放50多万份宣传材料。我们挖掘宣传一线志愿者、工作人员和下沉干部等先进典型和战疫事迹，增强大家的荣誉感和使命感。组织社区（村）张贴“疫情防控工作党员、志愿者光荣榜”，让党员亮出身份，叫响“我先上”，带头“跟我上”，全镇4000多名志愿者踊跃加入。

二是最大限度保障到位。镇里启动应急保障联动机制，采购口罩、体温枪、消毒液等防控物资，配发给一线人员。每天给125个防控岗亭值守人员和志愿者派送盒饭。通过暖心举措，让大家全力以赴投入防控工作。

记者：在疫情防控阻击战中，长阳镇在党建引领方面有哪些卓有成效的做法？

王永民：我们最深切的感受是，打赢疫情防控攻坚战，必须坚持党的领导。在镇里16个无居委会、无党组织覆盖的商办项目，我们及时成立了“战时临时党支部”，从镇里下派临时党支部工作组，按照“做表率、教方法、盯落实、找问题”的要求，统筹做好疫情防控期间的各项工作。同时，启动“次序动员机制”，设置了“政策宣传岗、防控检查岗、志愿服务岗、党员先锋岗”4类岗位，及时把党员组织起来，把队伍建起来，协调物业公司、志愿服务队等力量分工协作，推动党建工作与疫情防控工作深度融合。我们还充分发挥“双报到”机制作用，全镇2235名在职党员闻令而动，为疫情防控注入了活力。

（特约记者：李斯语　责任编辑：马春梅）

仉锁忠：
“零感染”和“促发展”我们都要

仉锁忠，男，1967年6月出生，中共党员，北京市房山区窦店镇窦店村党委书记。2020年，窦店村党委荣获“全国抗击新冠肺炎疫情先进集体”称号。

窦店镇窦店村党委多年来始终坚持走发展壮大集体经济的道路，曾被国务院命名为“社会主义现代化新农村的雏形”。在这次新冠肺炎疫情防控中，村党委书记仉锁忠因地制宜组织开展疫情防控工作，一手抓疫情防控不懈怠，一手抓经济发展不动摇，实现了全村“零感染”目标，保证了经济发展的活力。

记者：咱们村党委荣获了“全国抗击新冠肺炎疫情先进集体”的荣誉，您在大会堂现场聆听了习近平总书记的重要讲话。请您跟我们谈一下感受。

仉锁忠：有机会现场聆听总书记的讲话，我的心情非常激动。总书记的一句话让我感受最深，他说：“衡量一个国家的制度是否成功、是否优越，一个重要方面就是看其在重大风险挑战面前，能不能号令四面、组织八方共同应对。”在这次疫情防控中，我们窦店村守护住了3万余名村民和企事业职工、居民的健康安全，实现了“零感染”目标，经受住了考验。党委就是“大家长”，在困难面前，有党组织在，群众就有了主心骨、有了依靠。

记者：疫情防控期间，咱们的工作面临哪些难题和考验？村党委是如何发挥党建引领作用的？

仉锁忠：说到难，我们村的防控主要难在事多面广。村里常住人口有3万多人，平房736户，楼房34栋2000多户，还有50多家企业以及100多家门店。防控工作必须方方面面都要考虑到。

大年初一我们就集体停休，第一时间启动了突发事件应急预案，召集村“两委”干部、党员、志愿者、企业员工等260多人，在所有卡口站岗执勤，落实“测温、查证、验码、登记”等工作。村里居住着汉族、回族、满族、蒙古族4个民族村民，我们2020年停办了已连续举办19年的庆祝开斋节活动。为了更好地发挥党建引领作用，我们广泛发动在职党员成立党员防疫先锋岗，党员签订“五带头”承诺书，党员、村民代表包片包户，成立疫情防控流动摸排队，坚决筑牢疫情红色防护墙。为了帮助村内的企业做好防控工作，我们先行制定了企业“防疫六条”，为防疫工作的有序开展奠定基础。

记者：据我所知，咱们村的企业在较短时间内就实现了复工复产，各项经济指标与去年同期基本持平。请问村党委是如何做到防疫、复工两不误的？

仉锁忠：疫情防控很重要。疫情发生后，经济社会发展按下了“暂停键”，但经济发展不能停滞，“零感染”和“促发展”我们都想要。正月初九前后，在做好防控措施的基础上，我们有序安排集体企业以不同方式复工复产，着力化危为机。比如，安排利元车业公司所有在京的企业员工对重点客户进行逐一的电话慰问，了解大家存在的困难，并安排维修人员到合作的大型物流企业驻场服务，增强客户“黏性”。在餐饮行业方面创新营销方式，为客户提供半成品桌餐送餐服务，鼓励厨师在疫情期间积极研发新菜品。我们要求企业履行好社会责任，维护信誉和口碑，恒升牧业在每公斤牛肉平均亏损7.4元的情况下，依然坚持平价销售、送货上门。

为进一步坚定企业与窦店村共克时艰的决心，我们实施了一系列“援企助企惠企”举措，村“两委”班子集体讨论通过决议，为受疫情影响的32家企业和个体工商户减免租金39万元，让企业感受到村党委的关怀和支持，开工有信心、复产有底气。

记者：您认为这次疫情防控中咱们村最成功的经验是什么？对于今后的发展有什么启发？

仉锁忠：老百姓心里都是知冷知热的，我认为最重要的是以心换心、不负于民，这样才能不断地提升村民对村集体的归属感、认同感。疫情期间，为了减少支出，有管理人员曾建议缩减或停发村集体企业员工的工资，以节省两三百万元支出。在困难的时刻，就算集体经济有些困难，我们也得让员工们安心。村党委没有同意这个建议，最终决定所有工资照常发放。事实证明，我们是对的。许多员工深受感动，发来感谢短信，复工复产之后，大家精神振奋、紧抓快干，凝聚力、战斗力空前提升。

在天气比较恶劣的那段时间，我每天都关注天气变化，预报降温的时候，我们马上给卡口人员送军大衣、送手套、送帽子，预报有雨的时候，赶紧给大家买帐篷、买伞，每天给大家准备消瘟茶，逢节日还送慰问品，让大家感受到党组织实实在在的关心。辛苦付出换来的是群众的信任、员工的归属、党群干群关系的融洽，大家对于村党委的决策高度认可、充分信任，全身心投入防控阻击战中。我们相信，经过这次检验，今后的发展中不管遇到什么样的困难，都能团结一心、共同克服。

（特约记者：李斯语　责任编辑：蔡庆悦）

范亮亮：

大事难事看担当

范亮亮，男，1979年8月出生，中共党员，北京市通州区漷县镇党委书记。

“明天起全镇各村（社区）实行封闭式管理。”2020年1月25日，大年初一，范亮亮在漷县镇党委会上，果断吹响了村（社区）封闭式管理的“冲锋号”。

范亮亮靠前谋划、主动作为，牢牢把住党建引领这条主线，打好4套“组合拳”，压实各方责任，服务保障企业开、复工，用行动把对党的忠诚和使命担当书写在疫情防控的大考上。

记者：疫情来势汹汹，漷县镇第一时间实行了村和社区封闭式管理。你们采取了哪些措施切断病毒传染渠道？

范亮亮：疫情突袭，首要任务就是阻断病毒的传染渠道。兵贵神速，但又要从实际出发。漷县镇地处京津冀三地交界之处，人员和车辆往来频繁，全镇下辖61个行政村和3个社区，登记检查点位有195个，数量是全区最多的。

防控工作再难也要做，大事难事看担当。我们要求61个村和3个社区的所有路口自行封闭。在主要路口195个登记点设置了党员志愿岗，党员佩戴红袖标，亮明身份，与群众一起日夜执勤。启动8个进京卡口的防控工作，协助公安部门把辖区内的一个综合检查站和一个治安检查站关口前移，与津冀地区开展区域合作，实行联防联控。在与津冀地区交界的各村设立卡口，分别对本地往返人员、外地进京人员进行体温检测和车辆安全检查，做好信息登记。为了管理流动人口和出租房屋，我们拟定了书面建议和工作指南，规范各项工作标准。

面对新发地疫情，我们迅速完善、成立检疫检测等15个工作组，第一时间完成有关人员和环境采样检测，做到“应检尽检”。

通过这些措施，镇党委迅速稳住局面，牢牢把握住疫情防控的主动权。

记者：伴随着疫情防控的常态化，在构建疫情防控长效机制上，你们有哪些具体做法?

范亮亮：村和社区是城市治理的基本单元，也是疫情联防联控的最前端、主战场。我们采取4套“组合拳”，提升基层党组织的组织力和战斗力，把各方力量凝聚在一起，形成群防群控、共建共享的整体格局。

第一套“组合拳”，党建引领为核心。我们组织全镇500多名党员领导干部和3000多名党员分别在《疫情防控责任状》和《承诺书》上按下了红手印，并向党旗庄严宣誓。那一刻，很多党员都眼含热泪。镇政府大厅和各村宣传栏中，一排排“军令状”，一个个“红手印”，让群众看到的是党员抗疫的信心和决心。哪里有需要，哪里就有党员的身影。全镇党员主动请缨战疫，涌现出了很多感人事迹。西黄垡村74岁老党员张万举，从正月初二起就主动参与执勤检查，坚守岗位风雨无阻。他说：“越是这个时候，咱越得像个党员的样！”党组织和党员发挥作用，在疫情面前筑起了一道“红色屏障”。

第二套“组合拳”，压实责任为基础。我们把网格化精细治理用于疫情防控，构建了领导干部、包村干部、村“两委”成员、党员和村民代表四级网格工作责任体系。全镇有一级网格14个，每名领导干部负责4~5个村。二级网格有64个，由各村党组织书记和1名包村干部负责。三级网格有219个，每个村都被分成3~4个片区，由包村干部或村“两委”成员负责。四级网格有439个，以街巷为单位，由村里1名党员或村民代表负责。我们还安排了200多名机关干部下沉各村（社区），特别组织了50多名“85后”、“90后”甚至“95后”年轻干部火线上岗，在防疫一线历练和成长。

第三套“组合拳”，宣传发动为重点。我们总结了宣传方法，讲好滶县防疫故事，凝聚防控最大共识。在村级、镇级层面加强宣传，依托宣传车、大喇叭、微信群、宣传员等，大力宣传防疫知识。开展“防疫四讲”，讲明白政策、讲经验亮点、讲好人好事、讲警示典型，使防疫工作深入人心。通过宣传，把全镇8万多名老百姓充分发动起来，确保疫情防控无死角、抓到位。

第四套“组合拳”，严肃纪律为保障。镇里建立了自查自纠机制，成立了镇疫情防控指导组，实地检查600多次，严肃处理工作不到位、层层加码等问题。

记者：疫情防控进入常态化后，你们是如何统筹推进疫情防控和经济社会发展，做到“两手抓、两不误”的？

范亮亮：企业难在哪里，我们就瞄准哪里发力。镇里组织包村干部和村党支部书记入户做好出租户的思想工作，以整租村民住房、趸租宾馆等方式解决企业返岗职工集中观察问题。我们为甘李药业、春立正达等10多家重点企业配发了近2万只口罩和消毒液、体温枪等防疫物资，并为企业适当减免房租，解企业的燃眉之急。制定“一企一策”，精准服务企业。这些措施为全镇的复工复产起到了保驾护航的作用。

（特约记者：王传杰　责任编辑：高维海）

李子腾：

天竺能打硬仗，更能打赢仗

李子腾，男，1976年3月出生，中共党员，北京市顺义区天竺镇党委书记。

被誉为“国门第一镇”的天竺镇环抱首都机场，既是顺义区的窗口，也是首都的重要窗口。作为天竺镇党委书记，李子腾牢固树立“第一国门”意识，坚持党建引领、党员干部冲锋，筑起新冠肺炎疫情防控的坚强堡垒，实现全镇无一例确诊病例。

记者：天竺镇是顺义区的窗口，防疫责任重大、任务艰巨，您是如何组织领导，实现疫情防控“零感染”的？

李子腾：天竺镇地处顺义临空经济区核心地段，交通便利，人员流动性大，常住人口有4万多人，辖区有宾馆、酒店46家，航空机组人员达4620人，来京务工人员3.4万人，还有100多名外籍人员。保证机场和周边安全稳定的政治责任重大，工作标准必须高。

面对挑战，镇党委带领全镇党员干部，坚持党建引领，发挥组织优势，在全区做到了“五个第一”。

第一批实施封闭村（社区）管控措施。疫情防控一开始，我们镇就对村

（社区）进行了有效管控，对所有居住在村（社区）的人员详细摸排，建立台账，排查所有进入村（社区）的车辆、人员并登记信息，劝导大家尽量居家少出门、出租房屋不再新租，有效阻断疫情传播。

第一个推出出入证管理、解除居家观察程序等多个防疫举措。为2万多人办理了出入证，大大提高了管理效果。为便于居家观察期满人员的正常工作生活，率先探索并实施了居家观察人员信息登记、健康监测、解除观察全流程管理。

第一个实施酒店集中有序管控。率先对全镇46家酒店全方位动员，宣传防疫形势，动员酒店主动暂停营业，得到积极响应，酒店防疫风险降为零。

第一个对公寓实施封闭管理。镇里有13家公寓，住着3000多人。我们及时成立工作组，把公寓管理者列为第一责任人，全部参照村居模式纳入防控范围，有效杜绝了管理漏洞。

第一个将社会单位纳入全镇防控体系。安排综治、安全、城管、工商等部门包行业、包网格，对辖区内的“三类”“七小”场所和企事业单位大院进行摸排建账，指导督促落实“四方责任”，实现防疫全覆盖、无死角。

新发地疫情发生后，全镇抗疲劳、战酷暑，做到排查、“技防”、把关、监督和检测“五到位”，完成核酸检测2.3万人，保持了辖区零病例，常态化防控有序运行。

记者：这“五个第一”充分体现了镇党委的担当和组织能力，彰显了党建引领的力量。请您介绍一下全镇党员干部在疫情防控中发挥作用的情况。

李子腾：近年来，天竺镇的党员干部养成了“五特”精神。这次抗击疫情取得成果，靠的就是这“五特”精神。有了这样的精神，天竺能打硬仗，更能打赢仗。

一是特别能担当。1月26日晚8点，我们突然接到任务，要求协调一个能够安置国外旅游转京的湖北旅客的酒店。完成这项艰巨任务，我们责无旁贷。经协商，锦江之星酒店毅然接下了这项任务。当时镇里只有司机是全套防护装备，其余人员戴的都是一次性医用口罩，也没有医用手套、护目镜和防护服。在这样的情况下，我们仅用了90分钟，就完成了首批14名湖北籍抵京旅客的酒店安置工作。累计承接6批次43人，没有出任何问题。

二是特别能团结。通过党建协调委员会，镇党委将所辖的38个党支部、18家报到党组织和45家社会重点单位纳入防控体系，指导14个临时党支部领导下派干部、志愿者拧成一股绳，共同抗疫。

三是特别能战斗。镇党委组织全体党员干部集体重温入党誓词，按下红手印。各村（社区）党组织和党员干部在防疫工作中担当作为、勇于创新，探索出了很多有效做法。比如，小王辛庄村为村民办理三色出入证，实施分类管理，精准到户；楼台村把辖区划分成若干网格，由包村干部、村（社区）“两委”干部、人口管理员组成工作队，把防控责任落实到户、到人。

四是特别能吃苦。在抓好自身防疫的同时，我们在新国展入境人员集散点启用后，协调21家酒店安置本区境外返顺人员集中医学观察、区级密接集中观察，以及新国展工作人员、国航机组和企业员工等各类人员。紧急响应成为我们的工作常态，经常要连夜现场布置各种防控措施，任务密集、工作量巨大，但是我们的党员干部没喊过一声苦、没叫过一声累。

五是特别能奉献。从大年初一开始的最初两个月内，全镇党员干部持续作战，没有休息一天。工作专班有名干部，儿子刚满月，但因为总有紧急任务，为了保障防疫，他经常是半夜爬起来处理，一直忍着很长时间没回家。像这样的同志还有很多，正是他们用无畏的奉献，完成了一个个急难险重的防控任务。

（特约记者：张士慧　责任编辑：李爽）

王红敏：

“小汤山精神”给了我们巨大的精神动力

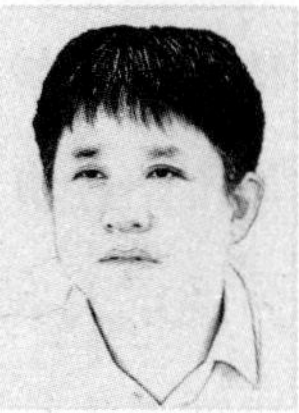

王红敏，男，1977年12月出生，中共党员，北京市昌平区小汤山镇党委书记。

小汤山镇，是小汤山医院的所在地。“非典”疫情17年后的2020年3月16日，因为境外输入已成北京新冠肺炎疫情防控重点，北京小汤山医院重新披甲上阵，用于境外进京人员中需筛查人员、疑似病例及轻型、普通型确诊患者的筛查和治疗。

小汤山镇再一次受到社会的关注。

记者：新冠肺炎疫情发生以后，您作为镇党委书记，面临的考验一定不小吧？

王红敏：是的。这个考验，首先是做好全镇防控工作的考验。我们镇有常住及外来人口约10万人，不仅要做到“内防扩散、外防输入”，还要确保人民群众的基本正常生活。

其次，是服务保障重点点位的考验。春节前后，1万多名建筑工人来到小汤山医院参与医院修缮扩建。医院启用后，1000多名医护人员来支持工作。九华山庄是市里确定的境外进京人员临时中转站和新发地市场人员的集中医学观察点，红栌山庄是区级集中医学观察点。

最后，是做好维稳工作的考验。要及时应对回应社会对重点点位的关注，避免造成群众猜测和社会恐慌。

经过努力，我们全镇在疫情大考中交出了合格答卷。

记者：围绕小汤山医院等重要点位，你们在专项保障方面分别做了哪些工作?

王红敏： 1月23日，市委市政府紧急启动小汤山医院改造和新区的建设工作，我们镇于当天就成立了工作专班，制订了专项工作方案。我们确定了辖区内医护人员和工人的集中住宿点，并紧盯北京城建、北京建工2家施工单位防控责任的落实，共同确保工程建设期间零病例发生。九华山庄作为境外进京人员临时中转站和新发地市场人员的集中医学观察点，从3月13日启用到工作结束，累计安排入住了8684人。我们派专人与酒店方一起做通九华养老社区老人的工作，最大限度地取得了老人的理解和支持。我们为红栌山庄区级集中医学观察点组建了专项巡查队和群众巡逻队。

记者：面对这么多复杂情况，小汤山镇依然能把各项工作做好的关键是什么?

王红敏： 首先是打好疫情防控的人民战争。我们镇91个封闭卡口有1700多名一线值守人员，为确保防控高效准确、辖区安全有序，我们及时梳理形成了卡口管理“5+2”法和包村（社区）工作队“十查”；精准对接群众的“忧、急、盼、愁”，全面加强水电气热和生活用品服务保障；严格落实“接诉即办”一级响应疫情件2小时内办结要求；精心组织人力物力对大数据人员、重点行业从业者和防控一线工作人员16370人次进行核酸检测。

其次是打好疫情防控的总体战。我们号召广大党员领导干部率先垂范，通过“敲门行动”、微信群、电话联系等多种方式动态更新台账，联合公安、市场、卫生监督等科队站所全方面开展摸排检查，形成了全面动员、全面部署、全面加强疫情防控的工作局面。

最后是打赢疫情防控的阻击战。我们重点采取了封闭式管理、强化监督检查、人员管理3项措施，成立了湖北及武汉重点人员转运专班、中高风险地区返京人员“二次核酸检测”工作专班，形成了点对点、一站式全程“闭环式”管理；成立了25个专项工作组，高效精准又有条不紊地完成了北京新发地疫情大数据反馈人员和自行摸排人员的居家观察、检测、转运工作，有效阻击了疫情。

记者：在此次疫情防控工作中，党员先锋模范作用是如何体现的？

王红敏：疫情发生后，镇党委于1月27日第一时间组织动员党员干部下沉一线，各村（社区）发起“同心抗疫”的倡议。众多党员、群众积极响应，主动担任“义务检查员”“义务消毒员”，一面面党旗高高飘扬在疫情防控斗争的第一线。

镇里成立了1支镇级党员突击大队和11支党员突击中队，承担辖区小汤山医院、九华山庄等重点点位巡逻，“三无”小区等疫情空白盲区摸排管理，以及突发事件协调解决处理等艰难险重任务，突击队队员全部为自愿报名。镇环卫中心党员刘淼捷，妻子还有10余天就要分娩，仍主动申请参加党员突击队。阿苏卫村党员突击队队员陈达通，专门负责夜班值守，连续查出2起小汽车后备厢载人。这些战斗在疫情防控工作最前沿的党员，用实际行动诠释了共产党员的责任和担当。

记者：在疫情防控工作中，我们常常听说一个词，就是“小汤山精神”。请谈一谈您对“小汤山精神”的理解和认识。

王红敏：在疫情防控工作中，“小汤山精神”给予了我们巨大的精神动力。作为小汤山镇的建设者和守护者，我们义不容辞地走上防疫第一线，传承发扬了“非典”时期的抗疫责任担当，形成了新的“小汤山精神”，那就是：迎难而上，勇于承担；团结协作，无私奉献；科学求实，敢打必胜。

（特约记者：李理　责任编辑：曹晓晨）

李文慧：

上情下达“明白纸” 打通小区“内循环”

李文慧，女，1971年7月出生，中共党员，中共北京市昌平区委龙泽园街道工委书记。

“你是哪个社区的？”

“我是龙泽园街道的。”

“街道就是大社区啊！你们基层干部辛苦啦！”

回忆起2020年2月15日市委书记蔡奇“四不两直”在龙泽苑社区检查新冠肺炎疫情防控工作情况时的情景，李文慧记忆犹新。

记者：此次疫情防控对基层社区治理体系和治理能力都是一次大考，您是怎样带领社区把“规定动作”做到位的？

李文慧：年初一接到通知，全体班子成员停休。正月初二，我们通知全体机关干部停休返岗。随后，机关迅速成立社区（村）防疫工作组，设置综合、数据、物资保障、应急协调等专项工作小组，抽调专门力量集中开展工作。我们还分设了12个指导组，与辖区12个片区社区进行无缝对接，确保各组内有1名城管队员、1名安监员以及若干安保人员。

我们街道社区数量多，共有36个，还有若干商务楼宇。为防止开会形成人员聚集，同时又要保证政令传达不过夜、指令执行不走样，我们设计制作了“明白纸”作为上情下达的沟通工具。结合最新政策要求，我们用最简练的语言、最准确的方式，明确工作要点，传达工作要求，由工作组及时带到社区，用于指导防控工作。

记者：您所说的“明白纸”，具体是怎么制作的？这张纸在本次社区疫情防控工作中的效果如何？

李文慧：这个“明白纸”，是指针对市、区每日下发的各类文件，在详细解读最新政策、严守保密纪律要求的基础上，结合我们街道实际，最终落实到“一项要求一句话”，让工作人员一目了然、精准掌握、方便操作。通过这样的方式，不论是在日常疫情防控工作中对各类人员的梳理、分类登记，还是在后期对境外及中高风险地区返京人员进行集中或居家观察引导，我们都用最简洁的语言、最明确的要求，让工作人员第一时间掌握政策变化，做到精准判断执行，收到了很好的实际效果。

记者：在疫情防控阻击战之初街道面临着哪些考验，你们具体的应对方法是什么？

李文慧：主要是工作人员人手不够和物资紧缺的问题。疫情初期，我们36个社区76个卡口，平均每个卡口需要24个人，总数需1800人，那会儿很多物业人员还在外地没返京，仅仅依靠社区的力量远远不够。此外，还有天气寒冷、经验不足等问题。当时政策要求所有返京人员均需居家观察14天，高峰时我们辖区同时有1.4万人居家观察。这些人的服务保障怎么办？只能靠我们的社区工作者。大家顶风冒雪为他们采买生活物资、取送快递外卖、清理生活垃圾，在社区里楼上楼下一趟趟地跑，每天走个两三万步都是家常便饭。因为人手不足，各社区还涌现出很多的“夫妻岗”“父子兵”“母女档”，真的就像蔡奇书记当时跟我们说的，基层社区工作者在防疫一线日夜值守，做到了“无我”！

记者：在筑牢社区防线时，您是如何通过集思广益、对症施治来解决遇到的难题的？

李文慧：市里发布的“京十条”要求所有社区全封闭式管理，对我们而言是个极大的挑战。我们很多社区规模比较大，基本都在两三千户，很多小区内部被分割成了几块，有的还有隔离带，机动车辆无法跨区域通行。通过实地走访，我们把物业公司、职能部门都叫来召开专题协调会，决定打通小区“内循环”，把小区内部隔离带打通，拆墙、填沟、筑坡、铺道，能想的办法都想到，能用的招数都用上。最终，每个社区仅保留一个出入口，人车分流，单进单出，既实现了社区“内循环”的畅通，又精准解决了防控难题。

后来，为有效应对每日大人流进出社区、重点人员服务保障等，各个社区充分发挥积极性、主动性，创造出许多鲜活的经验做法。比如，龙跃苑二区社区采用电子扫码登记信息，北店嘉园社区在节假日期间使用彩色出入证，龙泽苑社区用微信视频通话、实时位置共享等技术手段落实重点人员管理。这些都是大家各展所长、集思广益的结果。

记者：新发地疫情发生后，街道又面临了怎样的挑战？

李文慧：新发地疫情发生后，广大干部群众迅速进入紧张状态，高效应对大范围核酸检测工作：一是全力组织人员，第一时间与高风险人员逐一沟通，确保应查尽查、应控尽控；二是果断连夜选取核酸检测点，对接医院、筹集物资、配备力量、安排检测，确保核酸采样工作周密完善；三是提前部署谋划，除中高风险地区人员外，在市、区通知重点行业人员检测之前，按照网格化管理原则，对所辖片区各类底商、重点行业人员进行无死角排查并统一安排环境采样，累计完成核酸检测2.2万余人次，参与服务保障人员千余人次，实现应检尽检、愿检尽检。

（特约记者：刘婕　责任编辑：曹晓晨）

莎红高：大事难事当前　尤需担当作为

莎红高，男，1980年5月出生，中共党员，北京市大兴区黄村镇党委书记、黄村地区党工委书记。

新冠肺炎疫情发生后，莎红高主动扛起责任、靠前指挥、快速反应，带领全镇党员干部群众，构筑起疫情防控的坚固防线。

记者：在疫情防控阻击战之初，黄村镇面临最大的考验是什么？镇里是怎么统筹应对的？

莎红高：黄村镇有“城”有“村”，还有工业园区，流动人口多、央属市属企业多、各类社会单位多，全镇55个村、11个社区，户籍人口6.6万人，流动人口是户籍人口的2倍多，点多、面广、线长，错综复杂的情况给疫情防控带来巨大挑战。

我们坚持“哪里有疫情，哪里就有党组织”，全面拉起党建防疫“一张网”。大年三十，镇党委连夜召开动员部署会，成立疫情防控工作领导小组，制订防控方案，快速抽调骨干力量，组建综合协调等8个工作组，形成集中、高效、统一的防控指挥工作体系。第二天，镇党委紧急调度，全员返岗，140个基层党组织3500多名党员干部全部行动起来，150多名机关干部下沉参与卡口值守，各村社迅速启动封闭化管理，全面进入战时状态。

与此同时，我们结合实际，成立了企业、社区和狼垡地区3个战时联合党委，将北京建筑大学、武警后勤基地等37家央属市属企业及部队、高校全部纳入防控网。物资保障是打胜仗的重要保障，我们安排干部到口罩生产企业门口蹲点采购，全力保障一线供给……在镇党委统筹调度下，每一条战线、每一个组织都主动担当，实现了联防联控，横向到边、纵向到底、靶向到人，做到了上下一条心、全镇一个令、镇企一盘棋。

记者：健全的组织体系是打赢疫情防控阻击战的重要保证。在发动组织群众方面，镇党委做了哪些工作？

莎红高：群众支持是抗疫的最大动力。在健全组织体系的基础上，我们重点是把所有个体的活力调动起来，把人民群众的防疫智慧激发出来，坚决守住社区防线。我们启动封闭化管控，仅用4天时间就设立291个卡口，在29个村、11个社区、4个无物业小区全部实现了封闭化管理。开始实行这些措施时，我们也遇到许多难题。比如，有的村干部对政策把握执行不到位，产生了“过度防控”问题，一些外地返京人员进村难，频频打“12345”市民服务热线投诉。我们连夜改进工作，在党员干部逐户敲门做好出租房主工作的同时，给全镇2756名湖北籍租户打电话、讲政策，变卡口筛查为村内管控。不到两天，“12345”市民服务热线投诉量从单日300多件降到单日20多件，群众也从不适应到逐渐理解、支持，并配合工作。

我们镇狼垡地区距离新发地批发市场约3公里，与新发地关联人员近万人。新发地疫情发生后，镇党委立即调整管控方案，看住村社大门、户门“两道门”，做到居家观察人员足不出户、封闭人员不出村社区、高风险人员不出京“三个不”，这些工作能够顺利推进，都离不开基层群众的支持和配合。

记者：在组织全民抗疫的过程中，咱们镇是如何体现人文关怀的?

莎红高：我们设置集中医学观察点，共接收湖北籍、境外人员325人。开始时有些人存在抵触情绪，甚至误认为是政府创收的手段，我们的工作人员就不厌其烦地讲解，打消他们的每一个顾虑，并提供“十个一”温馨服务。我记得有一位群众拍摄了一个短视频，讲述了他接受集中医学观察的过程，里面一句“一线工作人员真的很辛苦”，让我感到莫大的欣慰。对于居家观察人员，我们提供送菜、送餐、送药、送物资“四送”上门服务，让他们安心在家接受观察。对于辖区企业，我们开通高管群，搭建上下游平台，推出补贴、提供班车等“十大锦囊”，点对点精准服务。在雨雪交加、十级阵风等恶劣天气时，镇党政领导走遍每一个疫情防控卡点，送上姜汤、热饭、棉衣，给同志们加油打气，送去镇党委的关心关怀。这些措施，让各类群体感受到了组织的关爱和温暖，全镇上下拧成了一股绳、攥紧了一个拳，让抗疫充满了温度、充满了温情。

记者：疫情防控中您最大的体会是什么?

莎红高：可以用四句话表达。第一，党的领导是战胜疫情的根本保证。第二，党员干部是战胜疫情的中流砥柱。第三，人民群众是战胜疫情的力量之源。第四，创新担当是战胜疫情的不竭动力。大事难事当前，尤需担当作为。在这个看不见硝烟的战场上，要打胜仗，关键看有没有招、有没有胆。比如，疫情防控相对稳定后，我们按下复工复产“加速键”，2月初就召回258名工人，狼垡城市森林公园等项目逐步复工。一季度，财政收入达到3.15亿元，完成全年任务的71%，实现了防疫、发展两不误。在大考面前，我们扛起了应有的责任担当。

（特约记者：张晟楠　责任编辑：齐士英）

付　强：
“五个全覆盖”确保“零感染”

付强，男，1974年7月出生，中共党员，中共北京市平谷区委兴谷街道工委书记、北京兴谷经济开发区党委书记兼开发区管委会主任。

面对突如其来的新冠肺炎疫情，作为兴谷街道、兴谷经济开发区总负责人，付强沉着冷静，主动作为，压实责任，带领街道、开发区干部职工确保了辖区新冠肺炎疫情“零感染”，确保了辖区疫情期间安全稳定和复工复产的有序进行。

记者：据了解，兴谷街道既有社区，又有行政村，还有市级开发区，人员情况十分复杂。请您简要谈谈当初面临的疫情防控形势。

付强：兴谷街道有11个社区、5个行政村，还有兴谷经济开发区。辖区面积15.2平方公里，常住人口7.2万人，流动人口1.3万人，外来务工人员多、出租房屋多、企业员工在周边村租房多，是兴谷街道的主要特点，做好全面管控、确保“零感染”无疑是个巨大的挑战。

记者：面对如此复杂的情况，您都用哪些办法实现“零感染”的？

付强：我们一开始就成立了疫情防控专班，实施“五个全覆盖”，统筹推进疫情防控。一是区域封闭管理全覆盖。辖区全部实行封闭式管理，共封闭出入口245个，设置出入口卡点86个。统筹协调下沉干部、党员、志愿者、特勤等力量，确保24小时值守不间断。二是舆论宣传引导全覆盖。创设流动宣传阵地，6辆宣传车、30多个拉杆式音箱、70多个手持喇叭走街串巷滚动宣传，利用各村大喇叭广泛宣传。三是人员排查摸底全覆盖。动员下沉干部、楼门长、网格员、居民代表、退休老党员参与地毯式、滚动式排查，层层压实责任，健全人员管理台账，确保排查精准不漏统。四是重点人群管理全覆盖。对于来自疫情高发区返京人员或有疫情高发区人员接触史的人员，全部登记在册。五是公共区域管理全覆盖。对4家老年公寓实施封闭式管理，娱乐场所全部关闭。16支流动劝导队每日开展流动巡查。街道每日对公共区域和楼道消毒。

记者：您刚刚提到封闭出入口245个，请问是如何化解管理要求和方便居民生活矛盾的？

付强：当初封闭式管理确实不方便出行，有的居民向社区、街道提意见。我们从宣传引导和卡口服务两方面着手解决。在宣传引导方面，一是实施“敲门入户+电话联系”结合方式，告知每一户疫情防控情况，取得居民理解；二是利用党员群、居民群等微信群广泛宣传告知疫情防护知识；三是设置引导牌，告知居民小区卡口出入路线和开放关闭时间。在卡口服务方面，开展友善服务，卡口工作人员规范服务流程，用真情服务取得居民支持。坚持便民原则，街道实施“双证管理”加“电子备案”管理，后来又安装人脸识别系统，借助科技力量加强防控。宣传和服务到位，赢得居民理解支持。

记者：兴谷开发区已经全面复工复产，管委会是如何做好服务保障的？

付强：我们做到提前谋划，加强街道和开发区间的联动配合，统筹做好疫情防控和企业复工复产工作。首先，建立3项机制做好外来务工人员疫情防控。一是信息共享机制。将“以房管人”与“以业管人”相结合，开展地毯式排查，明确兴谷街道和兴谷开发区管委会数据对接人，实施信息互通共享，确保不漏一人。二是点对点对接机制。配备装有安全舱的专车接送疫情高发地区返京人员，核实好工作单位、所在村（居）及房东情况，明确各方责任，确定专人联系，每日健康打卡，点对点服务开展疫情防控。三是联防联控联动机制。兴谷街道与兴谷开发区管委会对返京人员齐抓共管。

其次，解决外来返京务工人员居家观察住所问题。一是加强出租房屋管理。具备居家观察条件的，在出租房屋观察。明确出租户责任。租房户返京时，由出租户到卡口核实接人，租房人员签订居家观察14天承诺书，出租户签订监督租房人员居家观察承诺书，实行街道、村（居）、企业、出租方、承租方“五方”共同监管。二是开设临时租住区。在上纸寨村开辟返京人员临时租住区，将村集体135间房改建成临时租住区，能容纳200人，临时租住区采取集中服务、集体配餐、统一管理方式，共有2000多名员工观察期满后返厂复工。三是设置集中观察区。针对企业部分员工因返京没有做好沟通而不具备居家观察条件问题，街道与兴谷开发区共同设立集中观察区，临时征用辖区内速8、汉庭等3家酒店的281间房间，分批次解决了800多名企业员工集中观察问题。

最后，做好居家观察期间的服务保障。街道专门成立外来企业员工服务保障工作小组，对每个返京的企业员工免费赠送“暖心服务包”，里面包括致市民的一封信、告知书、口罩、体温计、火腿肠、方便面、矿泉水等。居家观察期间，由专人提供日常生活服务。

（特约记者：孔月新　责任编辑：孙昶）

李凤春：
当好战斗员才能当好指挥员

李凤春，男，1974年2月出生，中共党员，北京市怀柔区北房镇党委副书记、镇长。

“这位大妈，您能告诉我，猪棒骨是什么垃圾吗?”

“是厨余垃圾。”

“我原来也是这么想的。实际上猪棒骨是其他垃圾。”

5月31日早上9点钟，在北房镇裕华园社区北广场“环保大市集”活动中，镇党委副书记、镇长李凤春担纲“垃圾分类宣传互动”主持人。

“无论什么工作，当好战斗员才能当好指挥员。这是镇党委对每名班子成员的硬性要求，也是我们取得新冠肺炎疫情防控成果的关键一招。”李凤春对记者说。

记者：在这次疫情防控阻击战中，既要让群众安心居家防疫，又要严密防控社会人员流动，镇党委是如何发挥党建引领作用的?

李凤春：疫情防控防的是病毒疫情扩散，考验的是党建工作质量。镇党委有针对性地开展战时党建工作，牢牢把握了工作的主动权。我感受最深的是“三个一”。

第一，开展主题实践活动，让党旗在镇村每一个角落“飘了起来”。1月28日，镇党委下发通知，要求每名党员牢记使命、进入战位、担当奉献。镇党委牵头建起了党建联防、护村巡防队等62支以党员为核心的队伍，设立党员责任区、示范岗、流动岗86个，开启党员流动“小喇叭”28个，在镇域内建起了支部引领、党员带头、群众参与的群防群治严密防线。

第二，召开一次民主生活会，上上下下进一步提高防控标准。2月15日晚上，镇党委组织召开了镇二级班子成员“抗击疫情党旗红”实践活动民主生活会，学习习近平总书记在京调研指导新冠肺炎疫情防控工作时的重要讲话精神，复盘前期防疫工作，查缺补漏提高防控标准。随后，镇党委班子成员参加包村党支部专题民主生活会。这次民主生活会在疫情防控最严峻的时候起到了突出党组织政治功能，提升党组织组织力、战斗力的重要作用。

第三，组织一次专题视频党课，形成了党群同心的强大合力。镇党委书记李志遂说，防控阻击战是一场特殊的战斗，特殊时期我们就要用特殊的“战法”。他以“守好阵地、不忘初心”为主题给全镇党员干部上了一次专题视频党课，进一步增强了全镇党员干部持续作战的决心和斗志。

记者：我看了咱们镇的疫情防控大事记，发现“动手早”是北房镇这次疫情防控工作的亮点之一。你们是怎么做到每项工作都超前谋划、务实有效的?

李凤春：要打赢这场硬仗，就要抢占阵地、守住阵地。为此，我们坚决把好“四道关”:

一是把好“排查关”。全镇划分为18个大网格，每个网格配置班子领导、科级干部、村干部、网格员和流管员，包户到人、包房到人、包宣传到人，“五位一体”实现了全方位无死角精准防控。针对新发地疫情，我们结合地区实情，对标防控各环节，及时修订工作方案。迅速对全镇9117户27029人和65家企业所有人员的户籍、出行地等进行了全面排查，为管理好中高风险地区人员奠定了基础。

二是把好“入口关”。北房镇是平原大镇，道路四通八达，我们将全镇126个卡口精减为34个，形成“人防+技防”全时段动态排查。镇领导班子成员每天与村干部一起在卡口值守，发现问题，立行立改。3月18日晚刮大风，我们对各村（居）的防控工作进行了“对抗式”检查，结果我们一个村（居）也没能进去。

三是把好“诉求关”。防控期间，我们建立了当日实时通报、当日件件办理、当日汇总研判“三个当日”工作机制，做到“未诉先办”。在疫情严峻的2、3月份，我们的“接诉即办”工作连续两个月全区排名第二，3月全市排名第八。

四是把好“观察关”。对从重点地区返怀人员我们建立了“一户一档”，配发“五个一”爱心服务包（一支体温计、一瓶消毒液、一根跳绳、一张居家服务卡、一份四方责任书），实行“三个一”暖心行动（每天一个暖心电话、每天一次生活慰问、每天一次心理疏导）。对居家观察的学生，我们还及时送去了课外读物，等等。

记者：我们看到咱们镇的防控工作使用了人脸识别、移动摄像头等“技防”手段。这些实招你们是怎么想出来的？

李凤春：只有深入一线当好战斗员，才能听得见枪响、闻得到硝烟，才能及时出实招，打赢每一仗。这些实招都是我们在防控现场发现“人防”不能解决的棘手难题后，被逼着想出来的。在卡口管理中遇到使用假证和借证出入的问题后，我们购置了60台人证核验一体机，杜绝了失管漏控的现象。新发地疫情发生后，我们与中国联通合作，建立“北京智护”子平台，与“北京健康宝”对接，居民群众通过刷脸或扫描本人二维码，一次性可完成卡口检查4项任务。

（特约记者：谢明霞　责任编辑：闫正宇）

林　立：

创造"北庄效率"　展现"北庄力量"

林立，男，1980年3月出生，中共党员，北京市密云区北庄镇党委书记、镇长。

在新冠肺炎疫情防控中，以林立为"班长"的北庄镇党委坚持党建引领，统筹推进口罩加工生产、京冀联防联控、复工复产复游等各项工作，践行初心使命，在大考中交出合格答卷。

记者：面对沉甸甸的疫情防控责任，您是怎样结合北庄镇实际发挥好"班长"作用的？

林立：北庄镇有11个行政村4406户8651人。我们把抗击疫情斗争作为践行初心使命、体现责任担当的"试金石"和"磨刀石"，第一时间成立疫情防控工作领导小组，统筹推进疫情防控和经济社会发展"双线作战"，取得了阶段性成效。我们注重发挥党建引领作用，成立了功能型党支部，在口罩生产、护城河工程、居家观察等节点部位设置了6个党小组，在疫情防控最前沿筑牢了战斗堡垒。全镇479名党员以"须臾不可放松"的恒心，投身疫情防控工作，宣传发动、入户排查、站岗执勤、捐款捐物……真正做到了让党旗在疫情防控第一线高高飘扬。

记者：疫情之初，口罩供应告急，北庄镇服装企业即刻转产口罩缓解防疫物资的短缺状况。请您介绍一下这个过程。

林立：北庄镇党委把“多出、快出、出好口罩”作为当时最光荣的政治任务。接到区委命令后，我第一时间逐个和镇内的党员服装企业主沟通，号召放下手中原有的服装订单迅速转产口罩，当晚就征集到了近百名工人和近百台机器，组建了北庄镇口罩生产突击队。我们还和企业一起解决了厂房消毒、车间改造、达产技术、人员培训等问题。2天后厂房改造达标，3天实现量产，15天产量破百万，37天共生产了378万片口罩，为缓解口罩供应紧张做出了贡献，被称为是“北庄力量”和“北庄效率”，中央电视台也对此进行了报道。

记者：北庄镇地处山区，又与河北省接壤，你们是如何解决疫情防控难点问题的？

林立：北庄镇防控空间广，我们着眼实际，通过“内筑网格+外守防线”的形式，破解防控难题，强化防控效果。

一是发挥网格作用。北庄镇第一时间成立了由我任总指挥、班子成员任网格负责人的工作专班，全镇机关干部、村“两委”成员、党员志愿者全部纳入网格队伍，分片包格进入182个网格，在格内开展“扫街”“敲门”行动，建立动态台账，构筑起群防群控的严密防线。

二是守出口把好门。镇域共有5个进出口，其中两个与河北的一乡一镇交界。我们依托“护城河工程”，与河北建立联防联控机制，实现疫情信息互通、人员有序流动、防疫物资互进互帮，在环京检查站实行跨省联合值守。同时，我们在京承高速路出口、101国道、涧子峪设立3个检查点，由党员和民兵24小时执勤。

三是上“技防”增助力。我们引入智慧灯杆设备，安装在镇域主要路口和进山口，可实时监测各卡口值守情况、人员流动情况和车辆通行情况，大大提升了防控的精准化水平。我们还利用基层党建全程记实系统调度各村工作，充分发挥镇综合治理平台作用。

记者：民生稳则民心稳，社会稳。在疫情防控逐步进入常态化的过程中，北庄镇是如何有序推动复工复产的？

林立：在确保疫情防控安全的前提下，我们通过摸底排查、分类施策，不断优化营商环境。

北庄镇春播面积达到2.27平方千米。为确保农业生产不误农时，我们主动联系企业，帮助打通农资生产、流通、供应各环节，督促其抓紧时间复工复产，保障市场供应。

针对蜗牛小镇、山水甜源养蜂专业合作社等重点农业企业，我带领班子成员实地调研，力促企业及时调整经营方式，帮助申请贴息贷款和电商补贴，并拿出政府闲置用房供企业使用，为企业恢复生产撑足底气。

我们在招商工作中积极探索新方法，与重点企业、结对协作单位视频连线，转达区委区政府的关心问候并赠送口罩等防疫物资，由“面对面”转为“屏对屏”，确保对接合作和产业发展“不掉线”“不暂停”。

记者：听说您在疫情期间多次直播带货，把北庄的农产品从“地上经济”迅速转变为“线上经济”，您是怎么想到的？

林立：北庄镇绿色生态农产品丰富，但受疫情影响，农产品一度滞销，农户都很着急。镇党委镇政府主动作为，大胆尝试，让农业插上“电商的翅膀”。一方面是发挥直播平台作用，我本人就先后参与了3场直播带货活动，还特别邀请了阿里系的优酷直播团队为北庄量身打造了一档线上推广节目，推动了农旅深度融合，农产品的热卖和民宿异常火爆就是最好的证明。另一方面是与京东、抖音等互联网平台对接，注册了京东“北庄礼物馆”，同时利用公众号、朋友圈等渠道推介农产品，并尝试了由京东冷链快递配送北庄果蔬每周“到家服务”的新模式。

（特约记者：杨君　责任编辑：任征）

卫洪英：

不放过“针尖大的窟窿”

卫洪英，女，1973年9月出生，中共党员，北京市延庆区沈家营镇党委书记。曾荣获“北京市三八红旗奖章”称号。

面对肆虐的新冠肺炎疫情，卫洪英带领沈家营镇35个基层党组织1046名党员、17403名群众凝聚起群防群控的强大战疫合力。

“只要疫情防控没有取得最终胜利，就一刻也不能放松。我们必须采取更加精准的措施，不放过‘针尖大的窟窿’，对全镇老百姓负责。”卫洪英这样告诉记者。

记者：新冠肺炎疫情来势凶猛，你们的精准施策体现在哪些方面？

卫洪英：大年三十晚上，镇党委统筹成立了由我任组长的镇防控领导小组，下设党建引领、社会面防控、民俗户及养老机构监测和企业、设施农业园区管控等10个专项工作组，构建起镇防控领导小组统全局、领导班子包片、机关干部和村书记包村（社区）、群防群治包网格、党员联户的工作体系，层层压实责任。

我们通过“条”“块”结合，“属地＋行业”交叉排查的形式，对全镇7356户和24家“两新”组织、213家企业商户、485户出租房屋、1521名流动人口全部实现精准排查见底。新发地疫情发生后，我们再次迅速进入战时状态，对1979人进行核酸检测，结果全部为阴性。

随着疫情形势变化，服务好居家观察人员成了精准防控的关键。镇党委提出“以暖心服务实现精准管理”的理念，安装电子门磁，安排专人24小时做好服务管理，一批党员干部纷纷变身“代购员”，提供日需帮购、事务帮跑、健康帮询、误会帮解、政策帮宣、垃圾帮处、心理帮疏“七帮”服务。居家观察人员全镇累计1180人，整个居家观察过程平稳、有序、有温度。

我们还建立了巡查督导和会商研判工作机制。镇领导班子成员、88名机关干部每天深入一线，就卡口值守、人员排查、定期消毒等情况，对23个村（社区）、商超等重点区域进行巡查指导。同时，每天召集“一办十组”工作人员进行会商，结合市、区有关防控要求，及时完善我镇防控措施。每次会后，我们都会把会议精神整理成当日工作重点，转发给全体镇村干部，抓好工作落实。

记者：沈家营镇采取了哪些有效措施，构筑起“内防扩散、外防输入”的安全屏障？

卫洪英：疫情面前，只有万众一心，才能共克时艰。我们广泛发动镇域内党员、人大代表、驻镇单位、驻地部队、村公益岗位就业人员、村民代表，“点”“线”“面”立体化布防，确保精准排查零疏漏。

千名志愿力量盯紧“点”。吹响战疫集结号后，全镇2000余名干部群众积极响应，主动化身为防疫工作的宣传员、排查员、信息员、监督员和服务员，用实际行动展现了“厚德沈家营人”的责任担当。

58个卡口设防管住“线”。491名村级防控力量、72名部门支援力量24小时值守在58个卡口，严格落实出入证、身份证、车证“三合一”查验机制，对返延人员坚持“一测一扫一告知一登记一专人联系”工作流程，筑牢了卡口防线。

236个基层网格广布“面”。对全镇23个村（社区）、213家企业商户进行网格化管理，常态化开展地毯式排查和“敲门行动”。针对复工的企业、商户，第三方公司、镇复产复工企业检查组明察暗访疫情防控和安全生产工作，起底摸排、动态监管，确保了不漏一户、不漏一人。

同时，结合爱国卫生运动，加大人居环境整治力度，各村（社区）广泛发动党员、群众清理卫生死角，镇市政市容所对全镇150余处重点点位每天2次消毒作业，阻断疫情传播途径。

记者：落实好疫情防控措施的同时，你们在细心关怀一线工作人员和服务群众方面有哪些特色做法?

卫洪英：疫情防控工作中，最辛苦的是奋战在23个村（社区）的一线工作人员，他们24小时在岗，牢牢守住了家门。为了更好地关心、关爱一线值守人员，每天晚上带班领导都要带队逐村开展夜间巡查和慰问。镇村干部、党员群众和企业主动奉献爱心，累计向一线工作人员提供了冲锋衣22件、棉大衣160件、暖贴2500张、消毒液300箱、姜茶200盒、方便面和奶茶2500余箱等。

镇党委成立“接诉即办”防疫专班，妥善解决涉疫工单。2月23日，社区居民张某来电反映集中医学观察制度不合理。了解该工单情况后，我们一边指导社工耐心向居民讲解市区防控政策，一边联系区卫健委说明张某家中有3个幼儿希望人性化管理的愿望。经过2个多小时的劝解协调，张某一家终于答应接受集中医学观察。后来，我还安排社区干部多次电话了解张某一家在集中医学观察点的情况，让他们感受到关爱和温暖。疫情期间，我们共收到社区居民和群众送来的锦旗4面、感谢信3封、感谢信息100余条。镇党委通过耐心细致的工作解民忧、纾民困、暖民心，筑起了一堵坚实的防疫“民心墙”。

（特约记者：张兵　责任编辑：魏晔玲）

孔祥森：

同心谱奏抗疫新曲

孔祥森，男，1971年10月出生，中共党员，中共北京市大兴区博兴街道（由北京经济技术开发区托管）工委书记、人大工委主任，高级政工师。

疫情就是战斗，就是大考。博兴街道第一时间吹响集结号，孔祥森带领全体党员干部，科学应对新冠肺炎疫情，以必胜的信心和钉钉子精神，将防控工作落细、落小、落到位，交上了满意的答卷。

记者：作为工委书记，您是如何在街道疫情防控工作中做到党建引领的？

孔祥森：在北京经济技术开发区工委的直接领导下，博兴街道坚持党建引领，突出“三起来”。一是指挥部建起来。建立战时决策指挥机制，成立“一办七组”，确保命令一个声音。二是党组织强起来。在辖区9个社区、4个党建工作站、1个指挥部办公室、1个集中医学观察点，共计建立15个临时党支部、7个党小组，统一管理机关党员、下派党员、“双报到”党员、物业公司党员及志愿者党员，充分发挥政治功能和组织优势。三是典型标杆树起来。疫情期间，党旗在防控一线飘扬，党员干部在防控一线锤炼，吸引了群众向党组织靠拢。共收到入党申请书17份、思想汇报31篇。我们每周推荐一两名表现突出的典型。

记者：在疫情防控工作中，咱们街道是如何在所有社区实现统一管理的？

孔祥森：我们围绕“五个全”，统筹做好疫情防控工作，确保了街道辖区“零疫情、零感染”。

全员停休。从1月20日开始，街道社区党员干部全员停休，会同社区、党建工作站参加值守。

全体动员。统筹北京经济技术开发区组织人事部下派的80名干部、巡防支队下派的38名巡防队员、开发区企事业单位在职党员干部1000余人、16家区域化党建成员单位、17家物业公司、派出所的所有民警和500余名志愿者，由社区调配开展群防群控。

全面覆盖无死角无盲区。对辖区15902户居民，182名外籍人士和港澳台人员，78名80岁以上老人、残疾人和社会救助人员，29家有照无证幼儿园和教育培训机构，4家非星级酒店，1家养老机构，264家“七小”场所，42家复工企业，以及所有社区的地下车库、出入口，开展地毯式摸排，确保底数清、情况明。新发地疫情发生后，我们第一时间进入临战状态，顺利完成核酸检测应检尽检和愿检尽检工作任务。

全时段把口盯人。严格落实街道领导带班值守制度，明确机关和社区值班要求，做到信息传递、处置及时准确。街道班子成员带队夜间巡查、明察暗访。对居家观察人员提供“一对一”管家服务。

全方位做好宣传引导。每天汇总情况形成防疫工作简报，利用电子显示屏、微信公众号、“战疫金盾”小程序、横幅、展板等多种形式，将防疫应知应会的指引、知识传到千家万户，营造良好舆论氛围。

记者：在社区防控中，你们利用了哪些现代化治理手段？

孔祥森：从人员排查、出入口管控到居家观察人员管理，由面到点，从人工到智能，现代化科技手段、治理手段在社区防控中发挥了重要作用。在人员信息摸排上，北京市“京心相助”和开发区“战疫金盾”两个应用程序，高效便捷、及时准确地提供了数据支持。在社区出入口管控上，投入230多万元，在街道辖区的16个自然出入口安装摄像头32台，为社区人员出入管理及人脸识别技术应用奠定了基础。在居家观察管理上，投入13.25万元，购买530台人体物联观察监测设备，对居家观察人员实现100%覆盖。下一步，我们将继续推动智慧街道建设，让“技防”发挥更大威力和作用。

记者：结合社区工作的重点和难点，您认为社区建设要在哪些方面着力？

孔祥森：在社区工作中，要聚焦法治、德治、共治建设。

在疫情大难面前，社区由“生人社会”变成“抱团取暖”互相依存，居民对社区干部敲门入户的行为给予理解支持，认识到大家好才是真的好，对法治有了新的认识、认同。我们要乘势宣传好落实好《北京市物业管理条例》《北京市生活垃圾分类条例》《北京市文明行为促进条例》等一系列与社区治理有关的法律法规，规范物业公司、居民的行为，培养居民良好生活习惯。

在德治上，要用好居民公约，更好地发挥社区居民自我管理、自我教育、自我服务的作用。要持续开展“美丽家庭、美丽青年、美丽志愿”文明创建活动，营造“社区是我家，美丽靠大家”的环境氛围，发挥家庭、家教、家风在基层社会治理中的重要作用。

在共治上，我们要定期组织召开社区议事协商会，将楼门长、居民代表、社区达人凝聚起来，有事多商量、好商量，集中民智民意，实现党组织领导下的居民自治。集中会诊解难题，直面问题，向前一步解决问题，主动有为强服务，让居民舒心、企业安心。

（特约记者：闫泽宇　责任编辑：徐玲玲）

群防群控

QUNFANG-QUNKONG

众志成城筑起抗疫铜墙铁壁

新冠肺炎疫情是对人类意志品质和力量的考验，也是对国家和社会治理能力的挑战。在党中央的坚强领导下，北京市委市政府指挥若定，缜密谋划，首都地区各方力量迅速动员、有序集结、主动作为、科学应对、众志成城，及时有效地遏制了疫情扩散蔓延之势，取得了抗疫斗争重大战略成果。

回望北京对新冠肺炎疫情防控的历程，我们深切体会到在解决重大公共事件问题上我国的制度优势，真切感受到北京广大干部、社区工作者、医务工作者、公安民警、物业和保安人员、社会工作者和各方志愿者的坚定责任意识，切实领略到北京广大居民识大体、顾大局、热爱生活和共同体精神。

对于重大公共危机事件来说，其应对的关键在于党和政府的科学决策和执行力，在于应对危机事件的社会基础。事实表明，北京有很好的解决重大社会问题的社会基础。这来自多年来党中央、北京市各级党委和政府对社会治理体系的建构，来自各系统、各单位对首都责任的体认和实践，来自广大居民的首善意识和对和谐生活的热爱。

面对重大疫情，全市上下一心，沉着应对，站位高，基础牢，实现了对疫情的有效防控和治理，这是建设人人有责、人人尽责、人人享有的社会治理共同体的生动实践。

王思斌

北京大学社会学系教授，中国社会工作教育协会名誉会长，
中国社会工作学会会长，中国社会工作联合会副会长

马海忠：
我们都是社区的“最佳守门员”

马海忠，男，1985年10月出生，中共党员，北京宏源餐饮管理公司党支部副书记。曾荣获市工商联“北京市非公有制经济组织优秀党务工作者”、天坛街道“优秀共产党员”等称号。

“老马，你天天都来，都快成我们小区的人了。”

“这儿就是我家。我这是‘胸怀坛根儿情，当好守门员’。”

在东城区天坛街道南门社区防控卡口，正在值守的马海忠和居民们亲热地聊着。疫情防控阻击战打响之后，他带领公司党员参与社区值守，从严冬到酷暑，成为社区居民熟悉的面孔。

记者：驻街单位是基层疫情防控的重要力量，宏源餐饮公司为社区疫情防控做了哪些工作？

马海忠：天坛地区需要值守的卡口多，社区遇到了应急物资短缺、人手不足等难题。看到值守人员在寒风中坚守岗位，早班、夜班的同志常常顾不上吃饭，我们十分感动。董事长马龙及时联系超市，为街道和社区捐赠了价值8万元的暖宝宝、面包、巧克力和饼干等物资。新发地疫情发生后，我们积极参加了街道工委组织的“党员献爱心”和“迎七一为党送祝福”活动，支部党员纷纷捐款，并送出对党的真诚祝福。在公司党支部的号召下，全体党员主动与门店所在社区联系，积极参与社区防控工作，与社区工作者一起站岗值守，站到了疫情防控的前线。

记者：作为驻区单位，公司是如何落实“四方责任”，配合社区开展工作的？

马海忠：公司第一时间成立了应急管理小组，董事长马龙担任组长，负责部署和指挥疫情防控期间的相关工作。制订了《宏源餐饮疫情防控应急预案》，明确责任人、责任事项，梳理突发事件应对流程，衔接政府处置方案，确保事事有人管、件件有落实。同时，落实企业防控职责，在全国各分店陆续做出暂停营业决定后，为留店员工统一安排食宿，开展环境消杀。返乡员工在微信群中每天视频打卡、早晚测温。公司在经营受影响的情况下，依然为员工发放全额工资，保障职工的福利待遇，解除了他们的后顾之忧。党支部、团支部联合成立工作小组，精选网络舞蹈、健身视频，引导员工进行室内活动，释放心理压力。新发地疫情发生后，我们组织公司全体员工进行了核酸检测，每日固定时段全店消杀，加强菜品采购环节安全保障，引导顾客通过“北京健康宝”扫码登记，确保全方位、全过程安全有序。

记者：在参加疫情防控中，您有哪些难忘的经历？

马海忠：这次和街道、社区干部一起站岗值守，有了更多近距离交流的机会，让我对他们有了新的认识，看到了很多感人的画面。

和我共同值守的一名街道干部，老家在外地，他早早就买好了回家的车票。除夕当晚，正在参与值守的他突然接到通知，要求在京随时待命。他坚决服从要求，果断退票，春节期间从未间断值守。他说，这就是“坚守初心”。

一名社区干部家住大兴，每天上下班都要辗转换乘多趟地铁和公交，单程就要两个小时。为了不增加其他人的工作负担，她坚持与大家一起参与早、晚班值守，每天早上4点多就要起床，晚上到家已是11点。但她从没有任何怨言。

难忘的还有恶劣天气中的坚守。3月18日，北京遭遇大风异常天气，帐篷被风刮跑了，我们没离开卡口一步；赶上大雨，头上顶着雨伞，下半身却早已湿透……但是，居民送来的热水、板凳，甚至有小朋友送来零食、糖果，让我们的值守有欢乐，有泪水，有感动。从值守的同事身上我看到了党员的责任担当，看到了干部的无私奉献，从居民身上我感受到了温暖和亲切，感受到了信心和团结。在疫情防控中，我们都是社区的“最佳守门员”。

记者：疫情期间，餐饮企业受到了一定影响，在恢复生产经营中你们做了哪些工作？

马海忠：为减少疫情带来的损失，我们较早就制定了一系列主动措施，及时调整了经营策略。2月初，公司启动了外卖送餐服务，在窗口推出了主食、熟食、蔬菜、早餐等，得到了居民的好评。疫情逐渐平稳后，区商务局、街道、社区等单位主动与我们对接，提供复工复产政策，安排工作人员到店现场检查指导，规范验收流程。自3月20日起，公司各分店陆续开始营业，逐步恢复了正常经营。

疫情防控进入常态化后，公司采取了一系列措施确保安全恢复生产经营。一是党员带头垂范。4月18日，我们召开了公司全体党员大会，大家就如何在疫情防控中发挥党员先锋模范作用进行了交流。党支部书记贾敏要求党员全部到一线，以党员示范引领作用推动企业复工复产。二是继续严防严控。通过微博、微信、视频自媒体，以及店外宣传等方式，线上线下配合，做好防控宣传。严格执行疫情防控标准，设立“一米线”、保证餐桌间距、推行公筷制，坚持到店测温，保障食客安全，消除疫情隐患。

（特约记者：陈琦　责任编辑：袁瑛）

肖洪钦：

落实“四方责任” 织密战疫防线

肖洪钦，男，1966年6月出生，中共党员，国家发展和改革委员会基建物业管理中心党委书记、主任。中组部第八批援派干部杰出代表，2019年6月被评为“优秀援藏干部人才”。

国家发展和改革委员会基建物业管理中心（以下简称“基建中心”），主要负责国家发改委机关及所属单位房屋的基建维修改造项目、委机关房产管理和住宅小区的物业管理服务工作。基建中心下辖14家物业公司，服务5个城区33个社区140余栋楼宇，管理覆盖面积110多万平方米，服务约1.45万住户5万余人。基建中心及其所属单位近千名员工和所辖物业小区居民，保持新冠肺炎病例“零输入、零感染”。

记者：您作为基建中心党委书记、主任，在疫情防控中是如何通过党建引领应对疫情的？

肖洪钦：疫情防控阻击战是没有硝烟的战争，更是检验党员干部初心使命的考场。基建中心党委强化党建引领，实行准军事化管理，立令立行，先后召开31次党委（扩大）会，及时学习贯彻习近平总书记关于新冠肺炎疫情防控工作重要讲话精神和党中央、国务院疫情防控决策部署，在委党组的坚强领导下，明确科学认识和指导原则。疫情发生后，我们就成立了由党委牵头的防控领导小组作为战疫指挥部，针对基建中心战疫范围遍布，战疫任务艰巨复杂的情况，认真分析和部署疫情防控措施，结合实际制订预案，明确职责，细化分工。党委书记打头阵、党委委员当标兵，级级传导压力，层层压实责任，做到疫情防控任务延伸到哪里，党的组织和党的工作就覆盖到哪里，确保基建中心内部安全稳定和战疫行动组织领导坚强有力。

记者：作为在京单位，基建中心是如何按照首都疫情防控要求，严格落实“四方责任”，高效实施战疫行动的？

肖洪钦：基建中心党委自觉扛起委内防控机制成员单位的政治责任，落实“四方责任”，做到守土有责、守土尽责、守土担责。我们首先确定公务员集中居住区、单身宿舍和新华办公区为战疫防控的重点地区。基建中心所属安恒泰物业公司和市场化签约的邻睦里物业公司，立即重点落实三里河一区、社会路、新华办公区等10余处防控工作；紧急筹措防控消毒物资、器材，率先在三里河一区1号、2号、3号、5号院和新华大厦购置安装了红外测温仪；在公务员居住小区、单身宿舍大门和楼宇单元门口设立消毒地毯，对所有电梯提出限载建议；严格加强“错峰就餐”和盒饭管理。我们认真落实“三排查”，排查面覆盖基建中心所有在京员工、员工共同居住人员、使用基建中心（新华公司）办公（经营）用房的承租合作单位人员。坚持做到“三关心”，关心每一位在职员工健康的同时，指定专人每日了解各经营单位及退休员工健康状况和需求，要求京外工勤人员坚持每日异常体温及时报告、正常体温零报告制度。

坚持超前谋划，强化“多渠道、多途径保障”。春节前就完成首批防控物资采购储备，确保值班安保人员和每个处室有1个体温枪，并为一线防控人员配备足量防护口罩。为保证小区人员安全，基建中心率先建立集中医学观察点，为紧急召回的60多名返京人员、有发热症状和去过医院的员工落实集中医学观察措施，做到先观察无事后上岗，并为集中医学观察和小区居家观察人员提供送餐、送菜、送生活用品等人文关怀。

安恒泰物业公司积极配合社区和派出所提供人员情况的相关数据，与合作单位签订《疫情防控责任书》，每周更新机关企事业单位大院人员统计表并及时提供给社区，切实落实好“四方责任”。

记者：作为月坛街道属地单位，基建中心如何与街道社区加强联防联控，支持属地疫情防控工作？

肖洪钦：基建中心党委紧密联系地方政府、街道、派出所，加强协调沟通和信息互通，做到疫情联防联控联查，确保小区返京人员动态信息及时共享，加大对返京人员和其他外来人员进出物业小区的筛查、管控力度。同时，我们加强了与中央国家机关小区物业单位的联动交流机制，共享防控经验。

疫情以来，我们积极响应月坛街道办事处工作部署，基建中心所属企业安恒泰物业公司负责在月坛保洁范围内全面开展疫情防控消杀作业工作，共涉及14个社区200多栋楼宇70个成型院落，约有39万多平方米，对各社区公共楼道、院落、健身器材、垃圾桶、垃圾车等每天进行消杀作业，成为月坛街道指定的“兜底”物业，凡是弃管、失管的小区都由安恒泰物业公司来“兜底”提供消杀服务。

我们积极参加社区防控工作。在得知社区疫情防控工作人员紧张时，我们立即安排员工到三里河北街路口进行疫情防控值守，严格落实街道交办的外来人员、返京人员管理，查验出入证登记等各项防控工作，通力协作，压实责任，构筑群防群控严密防线。

（特约记者：唐茉　责任编辑：李聪）

张宝英：

老党员的先锋模范作用

张宝英，女，1947年3月出生，中共党员，北京市西城区德胜街道裕中西里社区老党员先锋队队长。曾荣获“北京市离退休干部先进个人”、“北京社会好人榜”上榜个人、“北京市巾帼志愿者”等称号。系疫情防控志愿者。

退休18年了，张宝英是一个闲不住的人。从2020年1月25日开始，她一直带领着老党员先锋队参加社区网格化防控工作。值守之余，她发挥自己特长牵头成立“微+N”编辑部，组织老党员利用“美篇”“彩视”等软件制作战疫作品在社区各微信群进行宣传，成为一名退休不褪色的战疫宣传员。

记者：您这么大年纪了，却给编辑部起了“微+N”这么个青春又新潮的名字，它的含义是什么？您是怎么想到成立这样一个编辑部的？

张宝英：“微+N”中的“微”就是微信平台，包括朋友圈、微信群等等。“N”就是各种在微信平台可以发布的宣传作品，包括“美篇”“彩视”作品，等等。

我退休前一直是做宣传工作的，熟悉这些网络软件的使用。在疫情防控中，我想到有必要发挥特长，带动老党员利用值守和社区服务进行采访拍摄，制作成宣传作品，让更多的人了解党和政府的疫情防控工作要求、了解疫情防控一线的生动故事，激励大家共同打好疫情防控阻击战。街道领导非常支持我的想法，两位副主任和几位职能科室的科长还应邀承担了编辑部的策划、协调、统筹等工作。

记者：在制作宣传作品的过程中，您是怎样调动大家积极性的？您自己又是怎么发挥党员先锋模范作用的？

张宝英：老党员中人才济济，有擅长摄影的，有擅长摄像的，还有擅长“美篇”编辑的。我们结合大家特长，设立了编导、文字、剪辑等岗位，让每名老党员都能发挥所长。我常和老党员们说，在“微+N”编辑部工作，就是做一名战疫宣传员。因此，一定要高扬主旋律，传播正能量，要把习近平总书记重要讲话精神宣传好，把社区党员的生动故事讲述好。所以，我们一个是及时学习习近平总书记的重要讲话，中央和市、区委的要求；一个是像“战地记者”一样到防控一线进行采访；再一个就是精雕细琢、精心制作。编辑部的10名老党员在做好义务值守、楼层消毒、上门服务等工作之外，个个都是“银发战疫宣传员”。

我每天早晨起来，吃过降压药后，8点钟基本就投入到工作中了。除了组织活动、值守、组织线上讲座、协调各类资源之外，就是撰写脚本、精修图片、选择音乐、审核稿件这些工作。有的时候，完成一个作品要用修图软件精修100多张照片。每天虽然都很累，但得到了组织和居民的认可，觉得特别开心。

记者：咱们编辑部制作的宣传作品发布以后反响怎么样？您有哪些体会呢？

张宝英：我们制作的第一个“美篇”作品是在2月3日发布的。题目是《做好新型冠状病毒肺炎防控工作　裕西老党员先锋队在行动》，其中介绍了老党员先锋队的老党员们每天用环保酵素在居住楼层和垃圾分类收集点进行有氧消毒、净化空气的情况，还有第一批参加社区值守工作的40余名老党员先锋队队员的工作风采。作品在微信群和朋友圈发布后，得到了社区居民和老党员们的好评。网友“谦谦君子”留言：“谢谢你们的无私奉献。”

我们先后推出了《先锋引领凝聚力　挥毫泼墨战疫顽》《全民齐心抗新冠　以艺战疫克时艰》等27个作品，总访问量已经超过1.5万次。特别是北京新发地疫情发生后，我们又推出了反映老党员在社区坚持值守抗击疫情的《党建引领先锋行　勠力同心抗疫情》系列作品。打开这些作品的主页面，在鼓舞人心的战疫歌曲声中，习近平总书记关于疫情防控的重要讲话、党员干部防控值守的生动照片、令人感动的党员故事、正气满满的抗疫书画作品琳琅满目，不仅丰富了社区居民的宅家生活，也坚定了大家众志成城、战疫必胜的信心。

另外，我还把老党员制作的优秀作品推荐到区委老干部局。《身边的“感动”——记抗疫前沿逆行者老党员马文泰》《抗疫四勇士　社区守闸口》等作品被重新制作后在区委老干部局微信公众号上发布。

以艺战疫，靠的是大家的力量。这里面有老党员们的积极参加，有街道领导的大力支持，还有在职党员的积极响应和居民群众的主动配合。可以说，我们都是战疫宣传员。

记者：除了编辑部的工作，老党员先锋队还在疫情防控方面发挥了什么作用呢？

张宝英：老党员先锋队中40余名队员积极请战，主动第一批承担了小区封闭值守任务。老党员马文泰年近70，是一名糖尿病患者，不久前又因胃癌刚做了胃摘除大手术，仍然坚持值守社区卡口。老党员韩斌身患多种疾病，疫情值守期间突发三叉神经痛，治疗康复后又回到抗击疫情的战场。老同志们以实际行动诠释了共产党员冲锋在前的奉献精神、担当精神。

（特约记者：郇美俏　责任编辑：闫正宇）

齐　伟：
用心记录社区抗疫勇士

齐伟，男，1982年9月出生，中共党员，北京柠檬微趣科技股份有限公司党支部书记、董事长、首席执行官。

面对新冠肺炎疫情，齐伟带领公司员工利用企业优势，发挥“头雁”作用，投身战疫宣传，在疫情防控和安全复工复产中展现出非公企业的活力和战斗力。

记者：在抗击新冠肺炎疫情过程中，柠檬微趣面临着什么样的考验？作为非公企业，如何扛起自身的社会责任？

齐伟：柠檬微趣是国家高新技术企业，主要从事移动休闲游戏的研发和运营。从2008年公司成立至今，每一步发展都离不开政府的支持。这次疫情发生后，西城区给了我们很大的支持。中关村科技园区西城园、展览路街道多方筹措，及时帮助我们采购到了口罩和酒精，解了我们公司急需防疫物资的燃眉之急。全力参与疫情防控工作是非公企业义不容辞的责任。2020年1月28日，公司向湖北省慈善总会捐赠了100万元，希望为抗击疫情贡献一点绵薄力量。

记者：在疫情防控期间，员工都是居家办公。这个时候，您作为党支部

书记，如何保证企业党建工作不断线？

齐伟：疫情期间，虽然员工都是居家办公，但党建工作不能断线。我们通过召开“隔离疫情　不隔离关爱”的线上主题党员会，组织党员进行定期工作汇报和思想交流。2月25日，我们召开了一次线上党员会。会上，党员们轮流发言，分享自己在疫情期间的工作、学习和生活情况。这次党员会让大家的心更近了。有的党员说：“在全民抗疫的关键时刻，我们更要牢记初心和使命，起好模范带头作用，配合做好疫情防控。”我在会上要求大家，要用实际行动发挥党员的先锋模范作用。

记者：作为高新技术企业，公司是如何发挥自身优势积极参与抗疫的？

齐伟：社区是疫情防控的第一道防线，在每个社区都能看到社区工作者和党员们日夜值守的身影。那段时间，这些身影不断在我的脑海里浮现。抗击疫情，我们要展现出非公企业的力量！

3月初的一天，我和公司的党员们召开了一次电话会议，大家一致赞同利用公司视频技术优势，把那些奋战在联防联控一线的美丽身影记录下来，为社区制作抗疫宣传视频。我们迅速制订了宣传方案，我和3名党员一起梳理素材，配音乐、录旁白，一遍遍完善细节，每个画面、每条配音，大家都反复推敲，有时候开会讨论到夜里两三点钟。组织委员熊晓曦、宣传委员龙美辰、党员周保民分别负责沟通协调、剪辑、录制旁白等工作。

经过多次的修改完善，宣传视频第六版以最好的呈现效果交付使用。我们制作的这些视频成为西城区广大党员干部和群众在抗击疫情斗争中担当作为、忘我奉献的生动见证。视频在“学习强国”平台北京频道播放，在西单地区的一些商场和北京西站北广场的大屏幕上播放，还在“西城组工”和“柠檬微趣”的公众号上播放，受到了广泛好评。一位看过视频的居民说：“社区工作者这么辛苦，我们更要配合好工作，做好防护，共抗疫情，不能让他们白辛苦。”听了这话，我觉得我们所做的一切都是值得的。

记者：在疫情防控阻击战取得阶段性胜利后，公司党支部如何发挥战斗堡垒作用助力复工复产？

齐伟：在复工复产中，为了让员工安全工作，我们设计制作了防疫手册。手册上印制了公司游戏产品中的卡通人物，以图文并茂的形式，生动地为员工讲解防疫知识和措施。

为鼓励滞留湖北无法返京的同事，支委会的小伙伴们策划拍摄了一个温馨短片。“你是我们部门表情包的发源地，希望你一如既往地乐观自信，相信疫情很快就会过去。”“等疫情过去了，我们一起拥抱各种美食、各路美景。”“在线天天审阅我们的代码，您辛苦了，希望早日回到开发团队中，带领我们前进。”“是不是很想念我们一起加班的日子？希望你照顾好自己，早点回来！”……收到这份“礼物”后，滞留湖北的任翔立即录了一段回复视频。他说：“感谢大家的关心，希望早日见到大家，和大家一路共进。”公司和员工的这种互动真的非常有爱，也让同事们体会到了党支部在关键时刻对大家的关怀，这种凝聚起来的力量为复工复产打下了坚实的基础！

让我感动的不仅是公司员工的团结，更有上级对我们非公企业的关怀。疫情防控期间，西城区为我们申请了国家扶持政策。公司享受到缴纳社保部分“三险”减免、医疗保险减半等优惠政策，滞留湖北员工3月、4月的临时性岗位补贴也已经申请。在房租方面，我们也享受到了3个月的房租减免和财政资金补贴。目前，公司已累计享受到各类资金减免和补贴超过400万元，下半年预计还将享受到400万元左右的减免，为我们减轻了不少负担。

在感恩的同时，企业唯有做好经营、不断发展，才能回报国家和社会。

（特约记者：焦烈　责任编辑：谭梦）

秦　涛：
守家园　护平安

秦涛，男，1972年2月出生，中共党员，北京市朝阳区黑庄户乡党委书记。

疫情形势严峻、吃紧的那段时间里，在“黑庄户人口管理系统”大屏幕前，秦涛经常是目不转睛地看着每一个村、每一个社区的数据变化，比对、分析每组数据的特点，研判发展的趋势。

自疫情防控工作开展以来，秦涛通过“支部建在门岗”的特色做法，严把“两道门”，加强科技防控，注重人文关怀，实现了辖区疫情“零感染、零疑似”，辖区居民生活平稳有序。

记者：黑庄户乡是典型的城乡结合部，人员结构复杂、流动性大，乡党委是如何统筹领导、有针对性地开展防控工作的？

秦涛：党建引领疫情防控，关键在于建立组织体系。完整扁平的组织架构，是指令畅通、快速反应的基础。黑庄户乡成立了地区防控工作领导小组，指挥调度下设的“一办十一组”，安排部署疫情防控具体工作。

守住战斗堡垒就是守住家园，就是守住百姓安危。乡党委按照将“支部建在门岗”的要求，把全辖区101个村、小区出入口压缩成38个岗亭，在每个岗亭成立1个临时党支部，设书记、亭长各1名。社区（村）书记或机关科长担任书记，社区（村）“两委”成员担任亭长，党员和志愿者轮流排班值守，带头防控，每名党员包户到人，逐户宣传、逐户排查、逐户登记，确保无死角、无遗漏，实现一个党员一面旗，党旗插到防疫阵地上。

除包村领导干部外，全乡统筹人力资源，抽调机关科室党员干部100余人、专业保安队伍300余人，下沉到社区（村），扩充基层力量，强化包楼、包片、包户、应急、值守、摸排工作，加固了基层防线。

记者：疫情期间，居民以及返京复工人员生活或多或少存在着不便，乡党委是如何在疫情防控中体现人文关怀的呢？

秦涛：我们围绕“暖”字做文章，切实做到“四个针对”，问群众所需，做好关爱服务：一是针对群众外出购买生活用品风险高的情况，将村内停车场部分区域设置为“临时便民服务站”，动员有资质的供货商将便民菜车开进村里，为居民提供服务，确保品种齐全、菜品新鲜、价格不涨；二是针对群众取快递的风险问题，设置临时快递收取点，专人消毒、专人看护，并为居家观察、出行不便人员安排专人接取快递；三是针对返京人员，及时对接房东，并安排党员、志愿者为他们在居家观察期间提供全方位的帮助和暖心服务，对返京没有居家观察条件的人员，由乡级统筹，免费提供食宿、集中观察；四是针对证件管理，本地人与租户一律同等对待，人人都有归属感。解决百姓的后顾之忧，让他们真正有获得感、幸福感、安全感，才会有更多百姓理解、支持，甚至主动参与到疫情防控工作中来。

赵女士一家在京打工居住两年多了，春节前赵女士的女儿不幸查出患了血液肿瘤，治疗不能中断，孩子必须每周5次往返医院治疗。疫情期间，多次往返医院，会给自身和左邻右舍带来感染风险。村委会和党支部了解到赵女士的实际困难后，经村“两委”研究决定，在村口值班岗亭安装空调、水、电，改造后供其居住，村委会专人负责消杀、采买、送饭等事宜，房东也主动减免了这个困难家庭的房租。孩子情况好转后，赵女士的爱人主动当起了村里的志愿者，投身防疫工作。

记者：疫情防控期间，许多地方都运用科技手段智慧防疫、精准抗疫，请您介绍一下咱们乡在这次疫情大考中的“科技助攻”情况。

秦涛：在技术防控上，我们形成了以“一套系统”为主的“四个一”体系。“一套系统”是“黑庄户人口管理系统”，精准掌握辖区人员疫情防控信息，无须基层反复填表，切实减轻了基层负担。

“一张表”“一份笔录”“一张证”与这套系统是相互支撑的。

“一张表”是一张纸质版临时出入证申请表，囊括系统需要的所有信息。

“一份笔录”是针对节后返京人员，获取信息采取问询方式，即由2名工作人员（1名询问人、1名记录人）与返京人员面对面沟通一问一答的方式，最终形成被访人、询问人、记录人三方签字的健康询问笔录。

“一张证”是进出黑庄户地区的出入证，它是这套系统的产出成果，由系统自动生成并打印，分为A、B、D 三类，每类颜色各不相同。A证面向居住或租住在社区（村）人员，B 证面向企业员工，D 证专门针对办公地点在社区（村）内的企业员工，实行“一人一码”。

我们在前期38个岗亭和乡机关配备升级了人口流动预警管理系统。该系统采用人脸识别技术与“黑庄户人口管理系统”配合使用，形成全乡域范围内6万余人口信息大数据，全乡联网同步动态管理。

（特约记者：杨冬　责任编辑：徐玲玲）

阿巴西·祖里菲卡尔：
我要当北京的抗疫“外援”

阿巴西·祖里菲卡尔（Syed Zulfiqar Hussain Abbasi），男，56岁，巴基斯坦人，来中国37年，目前居住在北京市朝阳区麦子店街道枣营北里社区。系疫情防控外籍志愿者。

半年多的时间里，人们常常看见一位留着白胡子、手拿测温枪、说着流利汉语的外国志愿者，与其他志愿者一道，在朝阳区麦子店街道枣营北里社区出入口，对进出小区的人员进行询问、登记，守护着小区居民的健康安全。

记者：在您原来的计划中，春节假期会怎样度过？

阿巴西：2020年孩子们放寒假后，都回到了北京。我本想趁着这个假期，好好在家跟孩子们团聚团聚，但是疫情的发生，打破了我的计划。

我通过电视、手机看到相关的新闻报道，当时全国的形势都开始紧张起来，许多小区开始封闭管理。我觉得一定有许多事情需要人来做，我很想出点力为大家做点什么，就想到了去做志愿者。

记者：作为一个外国人，您怎么会想到加入社区防疫志愿者队伍？

阿巴西：作为一位在社区居住了13年的“老居民”，看到疫情下的防疫工作很紧迫，我觉得自己也应该贡献出一份力量，我要当北京的抗疫“外援”（笑）。

中国有句俗话说得好："一根筷子折得断，一把筷子折不断。"我当时还想不出来到底能做什么，就向社区报名说我要参加志愿者工作，希望社区安排一下。

社区对我的积极参与表示了欢迎和鼓励，随后安排我在社区西3门进行值守，负责查看居民出入证和测量体温等工作。

记者：您还记得第一天"上岗"值守时的心情吗？

阿巴西：当然记得。2月13日是我成为社区防疫志愿者的第一天，那天我很激动。早上8点40分，我在家中戴好口罩、一次性手套和志愿者红袖标，"全副武装"后，来到了社区西3门。虽然社区工作人员已经提前告诉了我工作内容，但在真正"上岗"后，我却不知道该从何做起。在其他居民志愿者的热心指点下，我很快熟悉了值守流程，开始检查进出人员及车辆的出入证，并测量体温、登记信息。

记者：您在中国生活了37年，还会很多种语言，您的语言特长对参与社区防疫工作起到了什么样的作用？

阿巴西：中国是我的第二故乡，在中国居住这么久，我已经会汉语了。刚开始在社区门口进行值守时，有很多居民会到社区办理出入证，但不知道居委会怎么走，我就会给他们指路，他们都很惊讶我的汉语说得这么好。

我还会说英语、阿拉伯语等语言。麦子店是一个国际化的社区，我居住的枣营北里社区有很多外籍居民。我会发挥自己的语言特长，为辖区内的外籍居民提供服务。在整个防疫值守期间，我遇到过很多外籍居民，他们中的大多数都不会说汉语。只要看到他们和其他志愿者沟通有困难，我便会主动上前帮助。多语言的优势能让我的工作更好地开展。当然，我最主要的工作，还是为我居住了13年社区的中国朋友服务。

记者：您戴的口罩好像和普通人的不一样，能告诉我们它的来历吗？

阿巴西：我戴的口罩是超大号的，市场上是买不到的。说起它的来历，我深深地感受到街道和社区对我的关心，因为这是他们送给我的一份具有特殊意义的礼物。刚参与社区防疫工作时，我戴的是普通口罩，社区工作者看到我的口罩被胡子撑着，容易漏风，也存在一定的安全隐患，在得知朝阳区一个口罩工厂开工后，社区负责人就去那里专门为我定制了超大号口罩。

记者：除了定制口罩，您还感受到哪些来自社区工作者的关心？

阿巴西：我刚加入社区防疫志愿者队伍时，正是天气最冷的时候，社区工作者担心我的身体，为我准备了御寒的外套，虽然我因觉得做这些是应该的而没好意思接受外套，但是他们对我的关心我都感受到了。大家的互帮互助，让我感到没有过不去的困难，只要我们团结一心，一定能打赢这场疫情防控阻击战。

记者：在知道您加入社区防疫志愿者队伍后，您的家人是怎么看的？

阿巴西：一开始，我并没有告诉我的妻子和孩子我想成为社区防疫志愿者，就连打电话联系社区时都瞒着他们，因为我怕他们担心。直到“上岗”的前一天晚上，我才将我加入社区防疫志愿者队伍的事情告诉他们。我的妻子和孩子知道后很支持我，觉得我是他们的“榜样”。我们都觉得，红袖标既是标志，也是一份责任和荣誉。如果社区需要更多人手，他们也都会参加到志愿者队伍中。

通过5个多月的站岗，我结识了很多新朋友。这次疫情，让我看到了中国人民在危难时刻携手共同抗击困难的坚定决心，更让我体会到，疫情当前，不分国籍，人人都能成为志愿者冲向一线。今后，我还会当好志愿者，继续把志愿精神发扬光大！

（特约记者：杨晓晴　责任编辑：曹晓晨）

赵小云：
每一个人都是英雄

赵小云，女，1965年3月出生，中共党员，北京市海淀区西北旺镇党委书记。

“这次疫情防控告诉我们，只有坚持不懈抓实党建，才能自信从容应对各种挑战。”2020年6月4日，赵小云在全镇农村党支部书记工作例会上强调。

记者：西北旺镇流动人口多、部队大院多、园区企业多、公租房小区多、平房村公寓多，防控任务重。您是如何应对这种复杂挑战的？

赵小云：“五多一重”是我们的镇域特点。疫情发生前，全镇有流动人口11万余人。

我常跟干部说，在关键时刻，尤其是像突发疫情这种危难关头，关键是看党组织，核心是看干部，必须挺身而出。从防控开始，我们就实行班子成员分片管、机关干部定点管、基层干部包片管、党员群众协助管的模式，推行党组织书记一线负责制，一级带一级，层层压实责任，其中最为关键的就是基层党支部书记。

冷泉村是未拆迁平房村，支部书记闫战勇是我们镇派干部，从年三十就一直坚守在村里，将村里人当自家人，因为落实防控要求不留情面，被村民称作“黑脸书记”。范振禹是天阅西山社区党支部书记，社区里有1356户2000多人，社区工作人员只有3个人。为了让其他同志多休息，他每天坚守16小时，泡面就是“军粮”，办公室就是休息室，居民都叫他“泡面书记”。

记者：除了发挥干部带头作用之外，您还采取了哪些办法来解决一线防控力量不足的问题？

赵小云：我们专门成立了党群动员组，开展突击队旗飘起来、党员党徽亮起来、志愿队伍动起来“三起来”行动，累计动员4500余人参与群防群控。

从值守卡口一设立，我们就在72个点位上竖起了党员突击队旗，42支党员突击队、28支老党员先锋队全部走上防控第一线。13位“第一书记”从除夕前就停休到岗，直接到村（居）一线指导开展防控。春节后，全镇机关事业单位干部全部提前返岗，下沉一线支援。全体一线党员身穿红马甲，佩戴党员徽章亮明身份。通过党员干部带动，地区群众踊跃参与到疫情防控中，承担起监测、巡查、宣传、保障、消杀等职责。

新发地疫情发生后，我们开展了“站在党旗下、战在最前沿”云端主题党日活动，对全体党员再动员、再鼓劲。在镇级核酸检测点，7月1日战旗党支部组织开展现场主题宣誓活动，当日完成检测7129人，用“西北旺速度”跑在了疫情前头。

自疫情发生以来，全镇累计返京人员近10.8万人，接转湖北返京人员1559人。高峰时期，居家观察人数达到1.65万人。这每一个数字的背后，都需要大量的志愿者去做好服务保障工作。

未拆迁的平房村，各村每日居家观察人数长时间都保持在1000人以上。很多流动人口居住地没有独立卫生间。为了保证居家观察不出门，村委会买了便桶送给返京人员。志愿者每天都要定时为他们清倒便桶，保证他们安心返家、安心居家。在疫情防控中，每一个人都是英雄。

记者：请您介绍一下辖区单位在疫情防控阻击战中发挥作用的情况。

赵小云：我们提出“全动员、全响应、全领域”打响有温度的疫情防控战，全力发动驻镇单位和各类治理主体在各个领域支援疫情防控工作。

1月30日，组织召开了2020年首次地区党建协调委员会，邀请成员单位共商防控事宜，形成信息共享、资源共用、责任共担机制，压紧压实“四方责任”。辖区单位从人力、物力上积极支持全镇防控工作。

我们还坚持党建引领，推动物业服务企业、公租中心等治理主体融入基层治理。比如，友谊嘉园地区物业公司成立驻地党员突击队，调度150余名物业员工及志愿者组建9个返京人员服务群。通过党员包服务群模式，为居家观察住户、高龄老人、残障人士提供全方位服务保障，高峰时期每天保障1000多人。

记者：镇党委提出打造“智慧西北旺”，巩固防控成效，提升基层治理水平。请您介绍一下这一工作设想。

赵小云：推进“城市大脑”建设、打造“智慧西北旺”，通过智能化升级推进智慧治理，这是未来的治理方向。疫情期间，我们积极探索智能防控模式，极大地减少了人力、物力投入，也摸清了流动人口底数等基础数据。我们大力推进智慧化封闭管理，在平房村入口安装智慧门禁系统，稳步推进智慧社区建设，用智慧手段为居民“看家护院”，实行常态化管控。我们还将把疫情期间统计上来的各种基础数据纳入“城市大脑”建设和运维中，实现数据的有效化利用、常态化更新和精准化管控，不断提升基层社会治理精细化程度。

（特约记者：白金亮　责任编辑：宋丽群）

张伟伟：

坚守是我最好的担当

张伟伟，女，1983年1月出生，中共党员，北京市海淀区城管执法局组织人事科干部。曾荣获“海淀区优秀联合执法队员”“海淀区直机关系统优秀党务工作者”等称号。系下沉参加社区（村）疫情防控干部。

新冠肺炎疫情发生后，海淀区城管执法局吹响集结号，143名党员干部下沉到清河街道毛纺南小区等7个社区。“去时千山雪，归来万里春。”从雪花飞舞到繁花盛开，再到烈日炎炎，作为下沉干部中的一员，张伟伟始终坚守在社区防疫的第一线。

记者：您下沉社区参与疫情防控后，还要兼顾单位的工作。作为女儿、妻子和母亲，您是怎样做好这些事情的？

张伟伟：我是女儿、妻子和母亲，但也是一名党员、一名党务工作者，是单位的中层干部。在党和人民最需要的时候，就应该舍小家顾大家。令人欣慰的是，家人特别理解和支持我。下沉值守这段时间，我每天早上六点半开车将睡眼惺忪的女儿送到爷爷奶奶家，然后赶往下沉社区值守岗。社区值守结束，回到单位完成日常工作，晚上八九点再接上女儿回家，有时因为加班太晚还没等回去孩子就已经睡着了。这半年来，这种作息就是我每天的常态，我也逐渐适应了社区和单位这两个“战场”。

记者：您在社区值守时曾经帮助一个和父母走散的小女孩找到了家长，请介绍一下当时的情况。

张伟伟：五一假期的一天，我在小区停车场入口值守时，无意中发现一个五六岁的小女孩远远地看着我，欲言又止。我上前询问："宝贝，爸爸妈妈呢？你家住哪里？"小女孩突然放声大哭起来。我把小女孩抱在怀里擦干眼泪，轻声细语地抚慰，让小女孩慢慢地平静下来。经过了解，原来是孩子找不到妈妈了，看到穿着制服、帽子上有国徽的城管阿姨，就想过来寻求帮助。

几经周折，我联系上了孩子家长。孩子妈妈见到孩子喜极而泣，再三向我表示感谢。一件小事，让我深切感受到城管人头顶国徽、肩扛责任的光荣，更感受到了肩上的使命担当。

记者：您在社区参与值守过程中，遇到过什么矛盾和问题，又是如何解决的？

张伟伟：对社区防控工作，大多数居民是理解和配合的。但也有个别人有抵触情绪，不予配合。这时候我一是做到言行彬彬有礼，二是做到坚持规定。如果遇到居民不耐烦的时候，我会耐心地跟群众解释："您好，请您不要着急，虽然现在疫情形势有了好转，但是我们仍然不能放松警惕，所以还得麻烦您出示一下出入证件。"

在社区工作中，遇到这些矛盾和问题是正常的。我想还是要更加注重与群众沟通的方式方法，多做解疑释惑的工作，用如沐春风的态度化解群众的抵触和质疑，不断提升做好群众工作的能力。

记者：您作为单位的专职党务干部，能否介绍一下本单位党员干部下沉社区参与疫情防控的情况？

张伟伟：疫情发生后，按照海淀区委组织部、区直机关工委的要求，局机关党总支全力组织广大党员干部投入到疫情防控战斗中。局直属各党支部共下沉7

个社区，从早8点到晚10点，143名下沉党员干部参与小区门口值守任务，重点参与社区、楼栋、院落的人员排查，做好测温、查证、验码、登记等工作，协助做好密切接触人员居家观察，完成社区各类巡逻值守和环境整治任务等。

6月11日新发地疫情发生后，党员干部更是毫不松懈、持续加油、全力以赴，在下沉值守的同时，成立4个督导检查组，对青龙桥街道的20个社区54个小区开展滚动式全覆盖检查，以更谨慎的态度、更务实的作风，精准落实疫情防控各项措施，努力守住了疫情防控防线。

记者：您单位在下沉干部中制定了“一支部一岗一旗”制度，请您介绍一下具体内容。

张伟伟：我们设立共产党员先锋岗，在每个党支部值守社区悬挂“北京市海淀区城市管理综合行政执法局共产党员先锋队”旗帜，通过这种方式，让党员干部“亮身份、当先锋、做表率”。在“一支部一岗一旗”的引领下，我们全体党员干部在疫情面前没有一人退缩，全部奋战在防疫战场，与社区工作者肩并肩共同战斗，切实发挥了“一个党员就是一面旗帜、一个岗位就是一份责任”的先锋模范作用。几个月以来，我们共收到社区送来的感谢信14封、锦旗6面，这是对我们极大的认可和鼓励。

记者：您在这次社区防控工作中，有什么深切的体会和感受？

张伟伟：下沉社区，是在特殊时期开展的最基层、最贴近群众的一次工作体验和实践。社区值守工作，让我对党建引领下的全民战疫有了最直接的感受和最深刻的体会。党的力量来自组织，是组织的激励和关怀让党员干部团结一致，齐心战疫。同时，社区防控也离不开广大群众的参与和支持，只有依靠广大人民群众才能打赢疫情防控阻击战。

（特约记者：康晓峰　责任编辑：宋丽群）

高菲斐、丁久达：
感受平凡背后的伟大

高菲斐，女，1973年6月出生，中共党员，中国政法大学教师、副教授。丁久达，男，1998年9月出生，群众，中国石油大学（华东）理学院学生。高菲斐、丁久达母子系疫情防控志愿者。

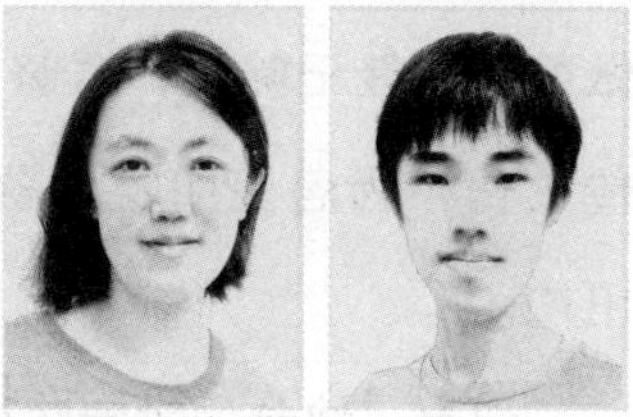

在海淀区清河街道美和园社区，一对母子志愿者在小区四处奔走，他们有时为居民测量体温，有时帮助保安登记车辆，有时协助社工张贴宣传标语。他们奔走的身影成为社区一道亮丽的风景线。他们就是高菲斐和她的儿子丁久达。

记者：是什么原因让你们选择挺身而出加入社区疫情防控志愿者的队伍中？

高菲斐：我是一名高校教师，是一名中共党员，是奋战在社区防疫一线的一名普通社区志愿者。我参加志愿服务活动已经有五六年了。我的初衷就是源于热爱，想通过参与社会活动了解社会，为社会做些力所能及的事情。疫情防控的紧要关头，我正在与家人团聚过春节，但考虑到社区防控任务艰巨，作为共产党员就应该走在前面，于是立即报名参加社区志愿者家园防控值守活动。

丁久达：从小母亲就教育我要成为一个对社会、对国家有用的人，我也一直以母亲作为自己的榜样。这个春节，在母亲的感染和带动下，在学校团委的倡导和鼓励下，我就决定利用课余时间与母亲一起为社区疫情防控贡献自己的力量。

记者：作为防疫志愿者，你们在参加社区防控中做了哪些工作?

高菲斐：我在社区主要是参与小区门口防控值守，检查来往人员的出入证件、测量体温、检查出入车辆的车证、指导外来返京居民填写个人信息并嘱咐他们做好外出的防护措施等。

丁久达：疫情期间，我每天的主要工作有两项内容。一是社区门口值守，做好测温登记筛查，监督重点人员，劝离非小区人员。二是帮助社区做好宣传工作，为居民朋友们普及防疫知识，提醒居民朋友们注意防护，尽量少出门。

记者：您参加家园防控值守活动有什么感受?

高菲斐：参加防控值守工作，我特别感动。在疫情突然暴发的时候，尤其是刚开始的时候，大家普遍对病毒有未知的恐惧。但是社区工作者们一个个无所畏惧，冲锋在前，无私奉献，勇敢坚强。我在值守的时候，每次都能看到社区的值守干部，不论白天还是晚上，都坚守岗位。尤其是新发地疫情发生后，我协助社区组织人员核酸检测。社区的物业服务人员，像保洁员和保安人员，他们也一直坚守在一线，保卫着我们的家园，让我时刻感受到平凡背后的伟大，也更坚定了我成为一名防疫志愿者的决心。

记者：作为一名大学生，您在这次家园防控值守活动中有什么收获呢?

丁久达：参加防疫工作让我收获了很多。首先是思想的提升。在这面对生与死、安与危的关键时刻，共产党员的先锋模范作用得到了充分体现，千千万万共产党员挺身而出，履行作为一名党员的义务。我深受鼓舞，坚定了要成为一名党员的决心。其次，通过这次防疫值守活动，我的人际交往能力和沟通能力都得到了提升，和邻居们更亲近熟悉了，对社区工作有了新的认识。社区工作者们正向宣传、平复不良情绪、引导居民居家观察、日夜奋战保卫家园，我很感谢他们，我也要向他们学习，为美好家园的建设出一份力。

在这个过程中，我还感受到了社区和谐稳定的重要性。在这次防控阻击战中，社区工作者、物业、居民团结一心、共克时艰，筑起了家园保卫线，共同守卫我们的大家庭。我相信在大家的共同努力下，我们的社区一定更加温暖、美好！

记者：您认为此次社区疫情防控治理取得成效的关键是什么？

高菲斐：疫情防控取得成效，我觉得首先是党和政府的科学决策和各级地方政府的果断执行力，全国人民团结一心，每个人都尽自己最大的努力去做好防疫，去做好自己的本职工作。尤其是广大的基层工作者，他们身体力行，扎扎实实地把上级要求的防疫防控措施落实到位，使我们的疫情防控工作取得成效。

记者：在这次疫情防控阻击战中涌现出了很多“90后”“00后”青年的身影。作为教师，作为母亲，您想对这些孩子说些什么呢？

高菲斐：作为师长，我想告诉孩子们的是，作为“90后”“00后”，在国家最需要的时候不能退缩，要迎难而上，承担起社会责任。要努力学好本领，有能力为社会上更多的人服务，为国家做出自己的贡献，实现人生价值。同时，要学会保护好自己，多了解防疫知识，学科学、信科学、用科学，培养不怕挫折、不怕困难的健康人格。

记者：这次与母亲并肩参加防疫阻击战，母亲对您最大的影响是什么？

丁久达：母亲的言行对我是一种鼓舞和鞭策，教会我无论在工作中还是生活中，都要努力做一个有价值的人。我要学习母亲这种志愿服务社会的精神，通过自己的努力为更多的人服务。

（特约记者：武文慧　责任编辑：宋丽群）

阿里·阿尔巴德：
我要为中国抗疫出一份力

阿里·阿尔巴德（Ali Albade），男，尼日尔共和国驻华大使馆商务专员。11年前，阿里来到北京语言大学学习，精通法语、英语和汉语，大学毕业后，留在北京工作。系疫情防控外籍志愿者。

“您出入证我看一下。车座后面有人吗？没有就行了，行，行，行。”听到这口流利甚至略带北京腔的中文，你会想到说话的是一位黑皮肤、大眼睛的非洲小伙儿吗？

2020年3月初以来，每周一、二、五，在海淀区学院路街道富润家园社区门口，总会看到一个高高瘦瘦、佩戴红袖标的非洲志愿者小哥。他时而忙着检查出入证，时而为居民测体温，随时在汉语、英语和法语等多种语言间来回切换，为居民服务。小伙儿名叫阿里·阿尔巴德，30岁，来自遥远的西非内陆国家尼日尔。

记者：新冠肺炎疫情刚刚暴发时，您想过要离开中国回国吗？您是怎么参加到社区志愿者队伍中的呢？

阿里：没有想过离开。我来北京11年了，是个“老北京”了，熟悉这里的大街小巷、一草一木。这里是我的第二个家。

疫情发生以来，看到很多医务工作者奋不顾身地救治病人，很多社区工作者日夜守护家园，我觉得自己也要站出来做一些力所能及的事，保护我的第二个家，我也为它出一份力量。

看到社区微信群里招募志愿者的通知后，我马上报了名。经过培训后，我戴上了“志愿者”红袖标。做一名志愿者，用自己的力量帮助战疫，是一件很快乐的事儿。

记者：学院路街道制订实施《学院路街道外籍及港澳台人员疫情防控工作方案》，推动“中外互助”“外外互助”共同抗疫。您具体做哪些工作呢？

阿里：富润家园社区居住着将近100个外国人，常住的有44人，有美国人、法国人、西班牙人等。我是3月初开始上岗的，每周去社区工作三四次，帮助量体温、查证件。有时，我会帮外国朋友送快递到房门口。一家美国人从外地回北京后，我就告诉他们社区居家观察的具体规定，帮着办好了进入社区的手续。

社区里的外国人大多不懂中文，我把社区的防疫宣传册翻译成了英文和法文。我拿着多语种的宣传单与外国朋友当面交流，效果很好。社区“富润抗疫者联盟”外籍住户微信群里有将近30位外国朋友。我将社区通知翻译成英语、法语发到群中，帮助不会汉语的住户及时掌握疫情防控最新情况。群里的外国朋友也会问各种各样的问题，诸如居家观察期间家里的垃圾怎么办、从国外回来要不要做核酸检测等等。看到这些问题后，我就赶快用英语、法语回答。

住在社区里的外国朋友看到我在做志愿者，都很高兴，他们说有一种安全感。路飞、肖恩、阮爱兰等外国朋友，也参加到志愿者队伍中来了。

记者：这次参加社区疫情防控工作，您对中国的志愿者更加了解了，有什么感受吗？

阿里：社区就是我的家，能为大家健康做点贡献，我很高兴。现在我和社区里的中国居民朋友更熟悉了，有一种更加融入的感觉，我也更喜欢我们的社区了。和一直坚守在岗位上的社区工作者相比，我现在所做的这些都不算什么。接下来，只要社区需要我，我会随叫随到。

记者：对于这次参与社区疫情防控工作的最突出感受是什么？

阿里：中国政府不仅仅保护中国人民，还保护着在中国居住的外国人，对外籍人士一视同仁。我们社区里贴上了多语种的公开信和图文并茂的中英文疫情防控知识海报，多语种防控提示卡片和中英双语的接诊医院信息也在外籍住户中发放，这些细节令我感到暖心，也非常感动。

阮爱兰来自美国，是北京语言大学的一名学生。得知与她一同飞回中国的航班上有体温异常者后，她迅速和社区工作人员联系，按照规定居家观察。4天后，阮爱兰发烧了，她第一时间拨通了社区的电话。不到5分钟，工作人员来到了家门口，把她送到了医院。各项检查指标证明她只是感冒。现在，阮爱兰也加入到社区志愿者的队伍中来了。

记者：您觉得北京的防疫工作做得怎么样？

阿里：北京的防疫工作做得非常好。有些外国人不能理解中国政府为什么要采取如此严格的防控措施，从我亲身经历来看，我觉得抗疫措施都是必需而且卓有成效的。不是任何国家都能像中国这样采取强有力的措施。中国做到了，我觉得真的非常了不起！我还把中国的抗疫经验分享给在尼日尔的家人和朋友。我说出门戴口罩、勤洗手、消毒等都是我在中国经历过的，是行之有效的经验，大家都很信服。

（特约记者：张俊华、吴美双　责任编辑：宋丽群）

钱　诚：
迎难而上做好社区“守门人”

钱诚，女，1988年5月出生，中共党员，北京市丰台区花乡地区天伦锦城社区党总支书记、居委会主任。曾荣获丰台区2018年度“最美社工”等称号。2020年，天伦锦城社区党总支荣获“全国抗击新冠肺炎疫情先进集体”称号。

“钱书记，我们给社区送的锦旗，您收到了吧！”

“钱姐，家里还有社区送的西瓜，解封了来家吃啊！”

“闺女哎，大妈才几天没见你，怎么又瘦了呀！”

“钱阿姨，我在家可乖了，答应我的冰激凌可别忘啦！”

居民口中的称谓不同，指向的却是同一个人。她，就是北京市丰台区花乡地区天伦锦城社区党总支书记、居委会主任钱诚。北京新发地疫情发生后，钱诚带领党员干部和社区工作者扛起社区防疫的重担，赢得了全体居民的支持和信任。

记者：北京新发地疫情发生后，天伦锦城社区面临着怎样的防控难题？社区党组织是如何破题的？

钱诚：天伦锦城与新发地市场仅一路之隔，共有居民3314户9779人，是距离新发地市场最近，也是人数最多的封闭小区。这里居住的居民多从事农贸产品批发工作，人员流动性强，管理难度大，防控形势严峻复杂。

6月12日傍晚，我们接到紧急防控通知，即刻以战时状态，用最坚决、最果断、最严格的行动封闭小区。次日凌晨3时，社区全面进入封闭管控。在居民足不出户的前提下，保障近万人的日常生活是我们遇到的最大难题。

破题的关键，就是充分发挥党的组织优势，筑起抵御疫情的坚固防线。在封闭的同时，市、区、乡里给我们下派了45名干部，加上我们的原有力量和志愿者，共有278人参与到防控工作中。在新发地工作专班临时党委领导下，我们迅速成立战时临时党支部，由乡里包片领导任支部书记，有效整合各级下沉干部、社区工作者、物业人员，成为防控工作的领导核心。临时党支部成立后，组建防疫宣传组、问医送药组、快递投放组等9个工作小组，形成以党组织为核心、以服务小组为保障的“1+9”机制，推动各项防控措施落实，有效解决近万名居民的服务保障。

记者：在这次防控过程中，社区防疫的重点防线有哪些？

钱诚：防疫工作中，社区发挥群众工作优势，主要抓好三道防线。一是筑牢管控防线，避免交叉感染。按照“居家观察、足不出户”的要求，我们在加强小区大门管理的同时，加强各楼门管控，安排人员24小时值守，确保居民足不出户。二是筑牢宣传防线，凝聚防疫共识。我们通过敲门宣传、张贴公告、微信平台、实地劝导等多种形式，特别是用50把“流动小喇叭”不间断广播宣传方式，有效地将管理措施和健康防护知识传入千家万户。三是筑牢消杀防线，阻断传播链条。党员干部、物业人员在公共区域、单元楼门等重点位置，定期开展全方位消杀，对于确诊病例单元门进行“人防＋技防”的24小时盯守，及时清运生活垃圾，确保环境安全。

记者：在封闭管控期间，社区居民的日常生活是如何保障到位的？

钱诚：如果说抗击疫情是一场没有硝烟的战争，那团结一心、守望相助就是我们战胜疫情的法宝。小区封控期间，是党员干部发挥先锋模范作用的关键时刻。从小区喇叭的“硬核”喊话，到紧张有序的核酸检测；从逐门逐户的地毯式排查，到精细严密的网格化管理……党员干部不顾风险包楼包单元，带队为居民送去生活物资。疫情在哪里，党旗就飘扬到哪里，党员就战斗在哪里，社区实现了封闭楼栋不封闭服务、封闭小区不封闭温暖的防控格局。

在党员干部示范带动下，社区居民踊跃参与疫情防控，迅速集结起一支130人的志愿者队伍。昼夜奋战中，党员干部和志愿者哪里有需要就往哪里去，哪里有空缺就到哪里补位，累计解决群众反映的各类需求问题1000余件，为居民投放快递19500余件、问医送药500余人次3000多盒药、配送蔬菜4000余份，保障了社区居民的基本生活，将为民服务延伸到社区各个角落。

记者：咱们社区中特殊群体和弱势群体日常生活照料问题，请问是如何保障的？

钱诚：疫情发生伊始，临时党委就明确提出要摸清底数，特别关注特殊群体的管理服务。社区第一时间深入摸排孤寡独居老人、重大疾病人员、重点人员等信息。我们摸清人员底数后通过系统建立台账，并安排专人沟通服务，帮助他们解决生活问题。

社区紧急开通4条电话服务专线，并第一时间将所有社区干部的手机号进行公开，便于居民反映诉求。一户人家因妻子在集中医学观察，社区干部就主动承担起其卧床丈夫和12岁孩子的一日三餐与生活照料；对于不熟悉网络购物的孤寡老人，社区干部定期入户，送去蔬菜与鸡蛋……

（特约记者：江晓　责任编辑：陈宁）

王希强：

用日记记录这段闪光的历程

王希强，男，1970年7月出生，中共党员，北京市丰台区人力资源公共服务中心党建科科长。系下沉参加社区（村）疫情防控干部。

作为丰台区人力社保局下沉太平桥街道的疫情防控队临时党支部书记、队长，在社区工作的118天里，王希强以疫情为令，鏖战前沿，团结带领下沉干部建强战疫堡垒，协助社区绘制疫情防控“作战图”，总结“黑脸、伸手、微笑”的“三步工作法”，撰写了近10万字的“抗疫日记”。

记者：您带领的下沉队伍被誉为“党员尖刀小分队”。请您介绍一下“小分队”发挥的重要作用。

王希强：疫情发生后，街道“吹哨”，部门“报到”，我们第一时间对接街道，进行定点支援。在各项工作中，“党员尖刀小分队”冲锋在前，战斗在前，为了居民群众的健康安全，不怕苦、不喊累。

疫情初期，面对居民害怕被传染的恐惧心理，我们参加了社区开展的“敲门行动”，广泛排查辖区情况，为社区提供了第一手的数据资料。下沉干部和社区的同志们一同开展“包楼包户包人”工作，明确管片责任，强化网格化管理，形成全覆盖、无死角的工作局面。同时，全面参与对居家观察人员管控工作，24小时三班倒，并为他们送水送饭送药，做好各项生活服务保障，确保其足不出户，有效降低疫情传播风险。可以说，哪里最危险、哪里最辛苦，哪里就有我们“党员尖刀小分队”的身影。

记者：您作为区派出的下沉干部，还参与了哪些社区疫情防控工作？

王希强：我下沉的精图社区下辖精图雅苑、华源二里、精图55号院和精图56号院4个小区，有业主，有租户，还有底商，人口多、组成复杂，工作难度比较大。疫情防控初期，出现了一些居民不理解、不配合的情况。比如，有的居民认为自己去过哪、住哪里是个人隐私，不配合登记检查；有的居民担心会传染病毒，不让工作人员靠近；有一些物业人员担心管得太严会得罪业主，收不上物业费；等等。这些都给防控工作带来很大困难。

为推动疫情防控工作落细落实，我协助社区绘制了“民情图”，精准掌握辖区“人事地物情”。同时，总结出了“黑脸、伸手、微笑”的“三步工作法”，对小区门口进行分区管理，划分车行“主岗”和人行“辅岗”，明确分工，通过“黑脸”耐心说服不配合居民接受检查和测温，通过“伸手”拦截劝导车主接受规范化检查，通过“微笑”劝解消除物业值守人员顾虑和担忧，各项防疫措施得以精准落地。辖区1498户2605人，在这次疫情中没有出现确诊病例。

记者：听说您写下了近10万字的微信疫情防控日记，您都写了些什么内容呢？

王希强：每逢重大节庆或者历史事件纪念日，我都会写日记，目的是总结工作成效，保存珍贵记忆。抗击疫情是一场史诗般的伟大斗争，我要用日记记录这段闪光的历程。

下沉118天，我写了123篇“见证抗疫”日记，其中疫情防控和社区管理的占到了80%。我把值守和巡查中的感人事情、好人好事和对社区治理的思考写进日记。日记记录了大风天队员到岗前喝到我们送浓姜汤时的感动，记录了万泉寺战斗队的张征敏、郝文昌、邵广金在寒风里写下摁有红手印的决心书时的坚定，等等，展现了社区党委的运筹帷幄、党员干部和志愿者们的无悔坚守、社区居民的支持关怀。

记者：您一直是做人才工作的，通过这次疫情防控工作，您对社区工作者队伍建设有什么意见建议吗?

王希强：社区治理的成效如何，关键取决于社区工作队伍的素质和能力。我建议进一步加强社区工作者队伍建设，提高社区工作者处理具体事务和应对复杂局面的能力。

在选聘培养上，要坚持公开招聘、竞争上岗、择优录用，又要拓宽选人视野和渠道，建立储备机制，努力吸纳更多素质好、能力强、业务专、境界高的人才。要建立长效化、常态化的综合培训体系，突出实绩导向，强化实战能力，形成多样化、个性化的培训方案。

在晋升激励上，要构建科学合理、公平公正、注重激励、动态增长的分配机制，建立关心关爱机制，打通职业上升渠道，拓宽未来成长空间，提高社工工作积极性。

在共建共享上，要加强专业社工与社区、社团的紧密联系，充分利用公益服务、志愿者资源，实现专业社工和志愿者的资源配置，形成优势互补、社会协同的工作格局。调动多元主体参与社会治理，选派优秀干部下沉社区担任“第一书记”，促进社区工作提质升级。

（特约记者：冯玉英　责任编辑：方丹敏）

孟伟峰：

递上了口罩　交到了朋友

孟伟峰，男，1971年8月出生，中共党员，北京市石景山区八大处公园管理处管理员。系下沉参加社区（村）疫情防控干部。

“咱们这个大院人员情况比较复杂，你们都是女同志，等支援的男同志来了之后我再回去吃饭。”新冠肺炎疫情期间，这个高大伟岸的身影成了石景山区五里坨街道红卫路社区所有门岗守卫者的主心骨。

孟伟峰曾是一名军人，担任过训练大队主任。现在虽然他已脱去军装，可居民们总是说：只要看见老孟，心里就踏实……

记者：在开展疫情防控工作中，社区党委是如何引领社区党员和下沉干部发挥作用，共同投入抗疫战斗的？

孟伟峰：在这次疫情防控工作中，社区党委发挥了领导核心作用，为社区居民筑起了一道安全墙。我们刚下沉到社区时，社区党委就立即成立了疫情防控临时党支部，把我们这些下沉的党员干部纳入临时党支部的管理当中，一下子拉近了我们与社区党委和社区党员的距离。疫情防控工作之初，临时党支部充分发挥党员的示范带动作用，要求党员们首先学习疫情防控知识，带头遵守各项规定，再向居民宣传防疫知识，引导居民正确对待疫情，做到不信谣、不传谣。在此基础上，社区党委及时推广全民测温行动，统筹下沉干部、“双报到”在职党员、老街坊、楼栋长等力量，组成了网格化志愿监测队伍，每天通过微信、电话等方式询问、监测居民的健康状况和返京人员情况，发现有体温异常者，会及时上报，实现了居民健康状况的实时监测更新。此外，社区党委还组织我们下沉干部、在职党员、志愿者配合做好社区环境卫生整治和楼道消杀、门岗设卡检查等工作。大家联动发力，做好居民区封闭管理工作，共同守护社区安全。新发地疫情发生后，社区迅速行动，利用党建工作协调委员会等现有机制，鼓励下沉干部主动靠前和驻区单位加强沟通，参与摸排信息互通。

记者：作为下沉干部，您在社区疫情防控中主要参与了哪些工作？

孟伟峰：下沉到社区后，我迅速转变角色，听从社区党委安排，认真学习了传染病防治法和防疫工作应知应会的相关资料和各项规章制度。同时，配合社区做好楼道的消杀、防控围栏的设置和出入证的制作、查验等工作。在防控工作开展前期，一些社区居民不理解、不配合，我就和社区工作人员一道在小区门口和居民楼楼道显著位置张贴“疫情防控一级响应机制公告”“来京人员社区报到登记告知书”等宣传材料。同时也参与小区卡口值守、人员测温、信息登记等工作，尽己所能守一方平安。在新发地疫情发生后，我继续参与社区防控，并积极落实党建引领垃圾分类工作，利用晚间敲门入户，宣传垃圾分类重要性及如何分类使用垃圾桶，并引导居民注册“石分达人”，鼓励打卡分享。

红卫路社区是一个军地联管的小区。疫情期间，单位和单位之间、地方和部队之间的具体管控措施不尽相同，要统筹起来联防联控，需要下一番功夫。我就和社区工作人员一起，主动联系驻区单位和部队，根据社区实际情况，或由物业公司进行管控，及时消杀，沟通信息；或由各所属单位进行管控，社区每天与各单位进行信息共享；或由社区管控无物业的开放式居民小区和楼栋，确保全社区防控管理无死角、全覆盖。

记者：您在参与社区的疫情防控工作时，最大的感受是什么？居民们对您的工作有什么评价？

孟伟峰：在我看来，我们能取得疫情防控的显著成效，关键就在于心齐。大家都在为红卫路社区的平安贡献自己的力量。比如，社区党委书记杨静从大年初一起就一直没怎么回家，其他社区工作人员也是24小时在岗。“心齐”还体现在社区居民对我们工作的认可和支持上。让老百姓认可，就要俯下身子真正为百姓办实事。

几个月来，在参与值守的过程中，我和不少居民都熟识起来。在他们眼里，我是个“黑脸”守门人。只要有不按要求佩戴口罩、不配合测量体温的，我都会坚持原则，不予放行。有这么一件事，我印象深刻。一天，我正在小区入口值守，社区里一位姓李的先生进门时没戴口罩，我就劝他把口罩戴上再进社区。他不听，硬要闯卡，我一把拦住他，坚持让他戴上口罩。后来，他说，自己没有口罩，跑了好几家药店也没买到。看他为难的样子，我从自己的车里取来两个口罩塞到他手里，耐心地说：“防控疫情咱人人有责。戴口罩既是保护您自己，也是为了大家的安全，希望您以后多多配合我们的工作。”听了这话，李先生笑着点了点头，戴上了我递给他的口罩。后来，执勤时再见到他，他都会主动跟我打招呼。就这样，我俩成了朋友。

（特约记者：鲍玥玥　责任编辑：易艳）

贾树庆：

危难时刻显身手、亮本色

贾树庆，男，1978年8月出生，中共党员，北京市保安服务总公司石景山分公司驻实兴金海物业保安分队队长。曾荣获“全国劳动模范”“全国五一劳动奖章”“第四届全国先进保安员”“北京市优秀共产党员”等称号。党的十九大代表。

“我是党员，就要在危难时刻显身手，困难面前亮本色，为新冠肺炎疫情防控做出贡献。”说这话的是海特花园小区“贾树庆社区卫士服务队”队长贾树庆。

在海特花园小区，贾树庆的名字与以他名字命名的服务队紧密相连。多年来，贾树庆经常利用休息时间参与社区服务，为居民排忧解难，还长期照顾着社区里4位高龄老人。贾树庆的善举带动越来越多的人加入到服务居民的队伍中，于是就有了以贾树庆名字命名的服务队。在疫情防控工作中，贾队长和他的“社区卫士服务队”一如既往地冲锋在前，奋战在社区防疫一线。

记者：您在社区的疫情防控中都做了哪些工作？

贾树庆：疫情防控期间，我们进入“战时”状态，无论是排查，还是巡逻，都努力做到严格执行。作为服务队队长，我的任务就是带领队员们履行好卫士之职，守护好社区平安。队员们积极性都很高，这期间，我陆续收到107

份请战书。对于从外地返京的保安，我会把每一个人都接到公司的集中观察点，并叮嘱大家做好个人防护。公司虽然没有统一要求，但我这个当队长的，不这样做，就不能心安。

我们每天到岗时间是早上8点，下班就没点儿了。保安工作虽然不复杂，但往往是抗疫工作中最基础、最重要的环节。就拿测体温来说吧，这个简单又枯燥的动作，我们每天都要重复上百遍，站得腿酸脚麻，但依然是逢人必查、逢车必检，一丝不苟。疫情发生之初，天气还比较冷，即便遇上风雪，大家也没有一个躲进屋里取暖，更没有因为寒冷而放松对小区出入人员的管理。

记者：在疫情防控工作中，您遇到过哪些困难和问题，又是如何解决的？

贾树庆：做好疫情防控，前提就是要让居民们重视出入登记、测体温这些小事。个别居民不愿意配合我们检查，我就耐心地给他们讲防疫知识和不戴口罩的危害性。我们利用社区楼门做好宣传，我把致居民的一封信张贴到每个单元，利用户外的电子显示屏全天滚动播放关于疫情防控的知识和注意事项，在小区大门口摆放宣传展板，连续播放如何做好疫情防护的提示录音。

我粗略计算了一下，截至4月28日，我们每天对进入小区的居民进行体温检测有1000余人次，共登记返京人员2000余人，劝阻非本小区人员返回的有100余人次。工作量之大、难度之高，可以想象得到。6月11日新发地疫情的发生，将已经形成常态化的防控工作又推向了紧要关头，每日要对进出小区人员进行行程询问、扫码登记等记录工作。将已经开放的公共活动区域管理起来，严格控制活动人数，避免人员聚集。作为社区安全的守门人，困难再多，我们都会坚决克服，站好每一班岗。

记者：您觉得在职党员在疫情防控工作中应该如何发挥作用？

贾树庆：老话说得好，天下兴亡，匹夫有责。入党誓词中也要求党员“全心全意为人民服务，随时为党和人民牺牲一切”。疫情时期，共产党员就要做到挺身而出，做逆行者冲锋在第一线。其实除了我，我身边还有不少在职党员，他们放弃自己的休息时间，积极主动地参与到社区疫情防控的工作中来，在小区大门口帮助一同测量体温，查看出入证，进行返京人员信息登记，指导居民如何扫码进行信息填报，等等。

有了在职党员的大力支持，社区人员紧张的情况得到了很大缓解，同时也为群防群治工作的开展打开了局面。不少居民也都变身成了“社区防疫信息员”，哪个单元哪个门什么时间回来人了、是不是外地的、有没有登记都成了居民们反映的重点问题，也为我们提供了不少有价值的信息。疫情防控分秒必争，疫情防控离不开我们每一个人。

记者：在您看来，咱们社区能够取得抗疫的阶段性胜利，有哪些治理经验可以总结？

贾树庆：我觉得，无论是社区防疫工作，还是社区治理，最重要的就是广泛动员包括在职党员、志愿者、老街坊在内的所有居民积极参与。通过居民代表向更多的居民进行政策宣传，比我们讲十句百句都管用。抗击疫情，是为了居民，更要依靠居民，大家都参与进来，不仅能够帮助社区提高工作效率，还能够了解居民的真实想法，收集大家对社区管理工作的意见和建议，便于我们弥补服务工作的短板，更好地为居民服务。作为一名党员，无论是在特殊时期，还是在日常服务工作中，我都会积极参与社区治理。我们要不断发展壮大“贾树庆社区卫士服务队”，为建设和谐宜居社区做出应有的贡献。

（特约记者：海泽玥　责任编辑：易艳）

孙祥林：
古稀楼门长的战疫心路

孙祥林，男，1947年6月出生，中共党员，北京市门头沟区德露苑社区党委第一党支部书记、社区楼门长。区园林绿化局退休干部，系疫情防控志愿者。

新冠肺炎疫情发生后，73岁的孙祥林主动请缨，承担起社区值守小组组长的职责，协助社区党委开展值守排班、思想发动、服务保障等工作。他先后参与人员摸排20余轮、社区值守百余次，带动社区50余名党员义务参与防疫工作。

记者：您已经70多岁了，本应在家含饴弄孙，为什么要坚持当社区的楼门长？在这次疫情防控工作中，您是如何发挥楼门长的作用的？

孙祥林：退休前，我有很长一段时间担任党支部书记，搞党务工作。2007年退休后，我的党组织关系转回社区，我觉得要尽快融入社区。开始时，我在社区当治安巡逻队员，后来社区成立了二级支部，我又担任了第一党支部书记。随着社区网格化管理的推进，各个社区先后设置了楼门长。别看楼门小，事儿可多着哩！我一想，反正都是为居民服务，不妨再多干一点。于是，我就毛遂自荐，经过大家票选，我从原来的居民代表变成了楼门长。

我居住的这栋楼一共有5个楼门60户人家，我家所在楼门12户居民里有两户是外地租户，因为疫情没有回老家过年。疫情发生后，我担任防控小组组长，从入户排查到宣传动员，从卡口值守到夜间巡逻，每个住户我都查了个遍，新发地疫情发生后更是如此，各个角落我都摸了个遍。我把楼里的党员发动起来，带动居民齐战疫。楼门里有20多名居民主动参加志愿者队伍，第一次报名值守的人员里，有90%都是党员。

记者：与疫情的战斗就是与病毒的赛跑，必须分秒必争。您作为党支部书记，在疫情防控工作中如何最大限度地发挥支部的战斗堡垒作用，带领党员守护居民的健康安全？

孙祥林：我们第一党支部在册党员有82名，为抗击疫情，支部积极发挥组织优势，凝聚党员群众。我们支部有位同志，退休后的生活重心就是带孙子，以前参加支部活动也不多。但在这次疫情期间，他主动说："我白天帮着带孙子，晚上儿子儿媳妇回来可以看孩子，我就有时间了，给我安排夜班值守吧！"这样的例子还有很多。新发地疫情出现后，正是社区垃圾分类、创城等工作的攻坚时期，人员缺口很大，这时党支部的战斗堡垒作用就显现出来了，党员率先垂范，带动更多的居民加入志愿者队伍，一起守护我们的家园。很多居民说，你们党员每次都冲在前，我们群众也不能掉队啊！这样一来，党员、群众团结一心共同抗疫的氛围越来越浓厚。

记者：这场突如其来的疫情打乱了人们工作和生活的节奏。在这个特殊的时期，党支部通过什么方法，鼓舞大家的抗疫斗志，共同扫除心灵上的"疫霾"？

孙祥林：这次疫情来势汹汹，党支部想方设法灵活开展了很多宣传教育工作。比如，疫情之初，我们运用社区的大喇叭、宣传栏广泛宣传防疫知识，防控进入常态化之后，继续在大门口、院子里号召党员积极行动，并利用板报公示值守人员名单、科普防疫知识、宣传政策精神。

再比如，我们还把党组织活动搬到网上。为了鼓舞抗疫斗志，我们发挥支部党员的才能，组织了一些自编自演的节目，录制好后发到支部微信群里，供大家欣赏。我印象比较深的一个节目是诗朗诵，是一名党员持续参与疫情防控工作的感悟，里边有很多新发地疫情发生后重燃斗志的战疫内容，大家听了都十分感动。还有一位爱好唱歌的同志把《为了谁》的歌词重新改编后演唱，获得了大家的一致好评。社区里有不少绘画爱好者，他们用手中的笔描绘了疫情中的钟南山、李兰娟两位专家，以及社区志愿者的形象。通过这些活动的宣传，居民们也凝聚到党支部周围。

记者：作为一名基层党务工作者，通过这次疫情，您对基层社会治理工作有什么思考？

孙祥林：从我这个楼门长的角度来看，基层社会治理必须从“楼门”这样最基础的单元做起，要在精细化管理上下功夫。

我有个想法，开展基层治理，可以探索楼门“党员先锋岗”试点。社区以我们第一党支部为试点，选了15个楼门，选出15名党员定岗定责，搭建起居民和社区党委、居委会之间和谐共治的沟通桥梁。其实，这个想法，最初我是受到社区一名党员的启发。他说，有一天他看到楼里贴的小广告，就顺手撕下来了。这是件小事，但从共治共享的角度来说，社区和居民共同参与治理，才会有更多人共享。新发地疫情发生后党员同志的“弦”没有放松，能够迅速认领防控任务，发挥先锋模范作用。从长远来看，“党员先锋岗”可以逐步吸纳楼门中的在职党员，以小岗位辐射大范围，以少数人带动多数人，那么基层社会治理水平就能不断提高，居民们的幸福感也会越来越强。

（特约记者：王一明、杨洁　责任编辑：金蕾蕾）

闫洪富：

这场抗疫战斗，我必须当先锋

闫洪富，男，1967年9月出生，中共党员，北京市门头沟区人民检察院司法警察。曾荣获“北京市检察机关先进个人”“北京市检察系统优秀共产党员”“首都五好检察干警”等称号，荣立个人三等功1次。系下沉参加社区（村）疫情防控干部。

面对突如其来的新冠肺炎疫情，从风雪漫天，到春暖花开，再到骄阳似火，闫洪富始终坚守在疫情防控一线，坚持参与值守工作。

记者：据了解，您在疫情防控工作中参与了多个社区的值守任务，来回奔波很辛苦吧，能跟我们分享一下您的感受吗？

闫洪富：疫情防控是一场人民战争，我们每个人都不能置身事外。疫情发生后，院党组先后抽调了近百名干警参加到2个社区4个点位的值守工作中，我积极主动报名参加到下沉队伍中来。为了缓解社区夜间值守的压力，我们承担了晚上10点到第二天早上8点的值守任务，我先后到市场街社区、桥东街社区参加夜间值守35次，此外，我还利用下班时间参加所在的新桥南大街社区疫情防控工作39次。6月，新发地疫情发生，北京疫情防控再次进入非常时期，我重返社区防控一线，承担了社区中午最热的12点到下午4点的值守工作共计10次，直到迎来北京清零降级的好消息。3个社区来回奔走，84次的防疫值守，身体虽然累但是心里很踏实，多站一班岗，社区安全就多一道防线，看到疫情得到控制，我觉得自己再苦也值得。

记者：这次抗击疫情，离不开广大党员的冲锋陷阵。下沉到社区的这段时间，您是如何发挥一名老党员的先锋模范作用的？

闫洪富：作为一名有着31年党龄的党员，在百姓最需要的时候冲在前、做表率，是最起码的要求。这场抗疫战斗，我必须当先锋。在疫情防控中，我把自己当作一名“新兵”和“冲锋兵”，自觉当好社区防控的“指导员”、“宣传员”和“守门员”。

当好“指导员”，是要带头学习贯彻疫情防控工作的重要指示精神和各类规定，配合街道和社区开展防控工作。当好“宣传员”，是要在各卡口宣传防疫知识，帮助社区居民严格遵循戴口罩、测体温、勤洗手等疫情防护要求。当好“守门员”，是要能守一线、重规范，协助对社区进出口严查严控，确保社区的安全稳定。

记者：疫情防控人员也有被感染的风险，但您却主动报名参与多个社区的值守，有没有担心过自己被感染？又是什么力量支持您一直坚守在抗疫一线？

闫洪富：我们都是普通人，要说不怕病毒感染，那是假话。作为一名党员，又是做检察工作的，捍卫人民群众的生命安全和身体健康，是我的责任。我是一名门头沟的干部，“讲奉献、争第一”是门头沟精神，也是我应该具备的特质。我还是一名退役军人，若有战、召必回、战必胜。

从军营到社区，变化的是环境，不变的是初心。30多年前，我走进军营，一身戎装；30多年后，我冲锋在这场没有硝烟的战斗中，激情不减，义无反顾。现在的我，初心不曾改，退役不褪色，我还是那个人民的子弟兵。

记者：此次疫情防控时间紧、任务重，防控难度大。您所值守的区域是如何应对这些难题的，探索了哪些有效做法？

闫洪富：这次疫情防控，很多社区都充分发挥主观能动性，涌现出了很多好经验、好做法。让我印象最深的，就是城子街道探索的“技防”措施。他们研发了一个实名电子出入证小程序——“社区盾”，功能全面、实用性强。实践证明，这个小程序在防控疫情过程中发挥了重要作用。

这个小程序有几个特点：一是可以进行精细化分类，成为民情数据库，社区人员能在1分钟内完成信息采集登记。二是能够快速识别，“社区盾”系统配合体温测量仪、红外热成像摄像头等硬件设备，对进入社区人员进行脸部识别、体温测量等信息记录，可以作为常态化健康管控的有效手段。三是一“盾”赋多能，通过“社区盾”，居民可以上传社区环境卫生、公共设施等图片和问题线索，还可以对“12345”市民服务热线投诉内容进行记录，等等，使它成为社区云“智”理办公平台。四是能准确分析数据，生成智能图表，为辖区“智”理决策提供数据支持。

记者：通过参与这次疫情防控，您认为社区在基层社会治理方面，还有哪些提升的空间？

闫洪富：社区与我们的生活息息相关，是社会治理的基本单元。通过参与社区防控工作，我对基层治理也有了一些新的认识。

一方面，我感觉社区治理体系和工作机制需要满足新时代的新要求。现阶段的防控，依赖于社区、街道、区机关下沉干部和志愿者，人员配备上还有不足。常态化防控后，需要尽快健全完善“人防+技防+物防”的工作机制。另一方面，社区干部破解基层治理难题的能力还有提升空间。一些社区干部的年龄偏大，在“吹哨报到”、“接诉即办”和党建引领社区治理等方面还要提高工作效率。

（特约记者：秦晓媛　责任编辑：金蕾蕾）

秦　伟：

使命召唤，我必冲锋在前

秦伟，男，1984年出生，中共党员，北京市房山区燕山向阳街道燕房路社区转业干部。系下沉参加社区（村）疫情防控干部。

夜幕笼罩，路灯下，树影婆娑。在燕山向阳街道富燕二区卡口，秦伟穿着军大衣，腰板挺直地注视着来往的车辆和行人。这样的情形，从2月7日主动申请坚守夜岗开始，秦伟已经习以为常了。

记者：我们知道您曾经是一名战士。在防控卡口值守夜岗，和您作为战士站岗放哨，有什么区别吗？

秦伟：我2004年12月入伍，身着军装站岗放哨，保卫祖国保护人民。2017年10月，转业到地方工作。我手拿测温仪在新冠肺炎疫情防控一线值守，大家都叫我“站”士。战士和“站”士只有一字之差，但是在我心中，不管是在哨位还是在卡口，对党、对国家、对人民永远忠诚、无私奉献的信念始终没有变。我会永远“站”在祖国人民需要的地方，像战士一样，保家卫国、保卫人民。

记者：这么长时间坚持值守夜岗，您的内心动力是什么？

秦伟：抗疫期间值守夜岗，我经历了2020年最冷的寒冬、最大的雨雪，漫长的黑夜寒风凛冽真的很难熬。但是，一想到新冠肺炎疫情像凶恶的敌人，随时准备偷袭群众，这里面有我的家人朋友、我的手足同胞，我就越发决然和坚定，我一定要为他们守好疫情防控的防线。

战胜疫情舍我其谁，我要拿出不怕苦、不怕累的作风，拿出共产党员敢担当、讲奉献的精神，一直战斗下去。

记者：值守夜岗这么长时间，请您给我讲几件印象深刻的事。

秦伟：疫情防控中，我“刁难”过很多人，也被很多人“刁难”过。记得有一天凌晨两点多，有一辆车没停下接受检查，就直接开过了卡口，还差点撞到我和值守的同事。我们立刻开车追了上去。拦住车后，我询问司机：“为什么请你停车，你却直接开了进去，有没有车证、出入证?”司机下车说：“实在不好意思，我以为今晚风大没有人值守，开得有点快，当时也没听到你们喊。”我告诉司机：“我们是24小时值守，不管刮风下雪都有人站岗，希望您以后进入时开慢点，配合我们的检查测温。”这时，车上一位女士冲着我大声说：“你们不就是要看个证、测个体温吗？有啥了不起的，赶紧测！‘枪’别挨着我！”检查了他们的出入证，测了体温，一切正常，我们也就放心了。遇到没有出入证的，我们必须“刁难”，这是职责。如果居民“刁难”我们，我们好好解疑释惑，受个委屈不算啥，只要大家平安健康就好。

当然，绝大部分居民还是理解配合我们的工作的。2月24日夜里11点多，一位社区居民小跑着过来，给我们送来自己亲手做的鸡蛋灌饼和豆浆。他说：“谢谢你们为我们守护小区的安全。夜很长，值守很辛苦，刮大风也很冷，给你们做点吃的，还热乎着，赶紧吃吧！”说完，又小跑着回去了。我都没来得及询问他的姓名、住址。寒风中，夜幕下，我默默地向那个渐远的背影敬了个军礼。

记者：您出来值守夜岗，家里支持吗？

秦伟：爱人知道我自告奋勇到社区一线值守，和往常一样，非常支持。她说："家里两个儿子我来照顾。你拿出军人的精气神儿，全身心投入到疫情防控一线，自己也要做好防护。"

值守第一天临出门前，大儿子追上来问我："爸爸，天都黑了，你干什么去啊？"二儿子接着说："爸爸，你穿着军装是要去打仗吗？"我爱人蹲下来抱住两个儿子，告诉他们："对，爸爸就是要去打仗，不过这次的敌人我们谁也看不见，等敌人都消灭了，你们就可以安全地在外面玩了。"

疫情总会过去。作为一个父亲，我要用自己的行动让孩子从小树立热爱国家、热爱人民的意识，树立起勇于担当、勇挑重担的精神，做个真正的男子汉。

记者：退役不褪色，永远当先锋，我们都要向您学习。

秦伟：还是那句话，脱下军装，我依然是一个兵。这场突如其来的疫情防控阻击战，就是对我们这些退役军人的一场使命召唤。使命召唤，我必冲锋在前。无论以什么形式参与，退役军人都不能缺位，必须做到不畏艰险，用行动诠释"若有战、召必回、战必胜"的使命担当。

接下来，我将继续参加疫情防控值守工作，直至疫情防控阻击战取得全面胜利。同时，我要继续立足本职工作，发挥党员先锋模范作用，为燕山地区的建设发展和地区的党建工作贡献自己的一份力量。

（特约记者：赵锦平　责任编辑：陈薇薇）

张　旗：

大数据支撑按下“快进键”

张旗，男，1982年6月出生，中共党员，北京市公安局通州分局警务支援支队综合中队中队长。曾荣获“北京市青年岗位能手”和全国“向上向善好青年”等称号。2020年荣获“全国抗击新冠肺炎疫情先进个人”称号。

“键盘声此起彼伏，荧屏上数据闪烁。”危急面前，张旗主动请缨，扛起责任，奋战在信息化防疫最前线，在无形的数据战场上“披荆斩棘”，探索出“数据之翼”防控模型矩阵，为精准防控、有效提升社会治理水平发挥了重要作用。

记者：面对突如其来的新冠肺炎疫情，您第一时间组建起党员突击队，发挥了警务科技信息化工作的作用。请您介绍一下当时的情况。

张旗：组建“通州公安科技防控疫情青年党员突击队”后，我要求党员突击队带头冲在防疫一线、带头坚守工作岗位、带头学习防疫精神、带头经受党的政治考验和党性检验、带头做好群众防疫思想工作。我们还喊出了“党旗为引领、党员当先锋、数据磨利剑、科技战疫情”的攻坚口号。

“关键时刻，头雁先行。”疫情防控期间，我很少回家，有的队员取消了婚期，有的队员连续奋战50个小时排查数据。最初的三四个月里，我们团队处理数据1.6亿条，每天工作16个小时以上，深入防控高危一线27次。我印象最深的一次是在除夕夜，那天晚上，办公室里灯火通明，民警们顾不上吃年夜饭，眼睛紧盯着屏幕，在数以亿计的数据中，一条一条信息排查，不停探索规律，历时30多个小时，第一个数据防控模型终于应运而生，随即被应用到疫情防控工作第一线。

记者：请您谈谈“数据之翼”防控模型矩阵的开发经过以及模型作用发挥情况。

张旗：疫情防控的一个难点就是如何精准筛查出感染人群和密切接触者。一个疏忽错登的身份证号、一条记录不详的家庭住址、一次出行信息的瞒报、一次本人未知的密切接触，都有可能成为新的疫情触发导火索。我们结合通州特点，运用大数据、云服务等信息手段，打造了行组关联、列群比对，包含“居家观察监测”“涉疫人员流入趋势”等10多个模型的“数据之翼”防控模型矩阵，实现了线索落地核查率、涉疫人员管控率、密接分析排查率、复产复工支撑率“四个100%”，打造了副中心特色大数据防疫新模式，构建起一道坚不可摧的网上屏障。

6月11日新发地疫情发生后，通州区发现新发地确诊关联人员，我们迅速响应，充分依托该防控模型矩阵，第一时间锁定相关人员，最终确定相关人员曾经前往的2个商场、2个市场等6个人员密集场所，排查出密切接触人员20余人，及时消除了疫情防控的风险隐患。

我们还运用该防控模型矩阵，对通州人员态势进行全方位掌握并做好预测，为政府设置集中医学观察点等工作提供了准确的决策依据。我们连续发布各类分析结果千余条，大大提升了管控工作效率，为相关部门的联防联控、精准施策提供了高效的技术支撑。疫情发生以来，我们共分析密接人员1000多人，核查复产复工人员10万多人，编印疫情防控大数据工作报告60多期，提供有价值线索千余条，为阻隔疫情传播、开展后续工作奠定了坚实基础。

记者：企业的复工复产事关民生大计。请问，你们通过大数据为加快社会经济启动提供了哪些服务？这对社会治理有什么启发？

张旗：针对复产复工，我们整合了全市四大类83小类数据资源，实现了复工人员信息“一键通查”，高效服务复工复产核查工作。例如，3月18日凌晨，通州区启动了全市首例为生产性企业定制的跨省专车，从河南省接回97名新员工。通过我们的复产复工“一键通查”，只用了不到30分钟，就完成了全部人员的信息核查工作，保障了高效核查和数据权威。据统计，在服务支撑复工复产方面，我们已累计审查复工工人117批次61488人，发现有湖北接触史人员3人，确保了环球影城、城市绿心、广渠路东延等重点工程安全复工。

从防疫到复工，再到复市复课，大数据为复工复产按下“快进键”提供了强大支撑，也让我们充分认识到了大数据在辅助社会治理方面的优越性。大数据辅助疫情防控，对我们今后辅助社会治理提供了宝贵经验。

（特约记者：冯康　责任编辑：高维海）

任万田：
我的责任就是值守一线

任万田，男，1938年8月出生，中共党员，北京市通州区新华街道如意社区居民。曾荣获通州区“优秀共产党员”、新华街道“优秀楼（院）长”等称号。系疫情防控志愿者。

“请出示您的出入证！”“麻烦您登记一下。”任万田坚守在如意园甲1号楼门口，核查进出小区居民的身份信息。

82岁的任万田，2020年1月刚刚失去老伴儿，他收起悲伤，走向社区防控一线，守护着居民的健康安全。他说：“作为一名老党员，我的责任就是值守一线。”

记者：您在志愿者的岗位上主要承担了哪些工作？

任万田：新冠肺炎疫情发生后，看到楼门口的公告栏里社区在召集志愿者，我就报了名。我是老住户，又是楼长，各家情况我都了解。社区把我安排在家门口值守。我平时的工作主要有两项：一是给居民量体温，二是查出入证、登记。这是小区封闭管理的最基本要求，甭管街坊多亲多近，我都是认真检查、做好登记。我一直坚持做好这两件“小事儿”，到6月份疫情在新发地反弹，我也没有丝毫松懈。这些工作虽然很琐碎，但是很重要，这是我们的第一道大门。

记者：社区是疫情防控的最前线。您是如何严把社区关口的？

任万田：我可以说是铁面无私。一次，我正在楼门口值守，一位女同志不测体温、不登记就想进门。我拦住她，说："必须测体温！你就算是我闺女也不行，咱这是为了大家的安全！"虽然她登记了，但很不服气，说我老糊涂。后来，我把这事儿跟她爸说了，她爸也教育她："大爷不是故意为难你，都是按照防控要求做的。社区封闭管理也不是为了他自己，都是为了大伙儿！"

前些天，一位70多岁的老妹子指着我说："您这大哥太认真了，您这么大岁数干点儿什么不好？"我说："咱是党员，这是我的任务！"参加志愿服务活动以来，社区总是派人来陪着我，怕累着我，这是党组织对我的关心。你看，我现在身体比过去还好，越干越有干劲儿。

记者：在参加疫情防控志愿服务活动中，您觉得最有成就感的事情是什么？

任万田：我们楼边上有个烧烤店，4月初的时候，店里拉了一车燃烧油，我恰好站在楼上看见他们卸油。我心想，他们这是埋了个定时炸弹，这是重大的安全隐患，就立刻打电话跟居委会副主任王金报告。然后，我就下楼跟他们交涉，我说："你这是什么油？"卸油的工作人员说："这不是油，这是水。"后来，王主任把安监科、派出所、交通队的同志都找来了，对烧烤店进行了处理。派出所的小张跟我说："大爷，您这次又立大功啦！"没过几天，相关部门来给饭店更换了天然气。我的心这才踏实了。

记者：您年纪大了，每天参加疫情防控，家人对您持什么态度？

任万田：家人特别支持。大儿子说："您现在这脾气呀，和年轻时一样，老忘不了工作。您出来啊，也能锻炼身体，您在家里我还担心您会瞎想。"二儿子住吉祥园小区，他也在值守站岗，每天下班后都会来看看我。小儿子在永乐店，平时经常来看我，现在特殊时期，我就先不让他过来，避免交叉感染。我孙女打电话说:“爷爷您真乖。”其实我一人在家，弄点粥、买点菜、买点肉，自己能做饭，挺好的。

记者：无论是平时还是关键时刻，您都做到了听从党的召唤。您这么做的初衷是什么？作为一名老党员，您有什么想对青年党员说的？

任万田：作为一名共产党员，时刻听从党的召唤，全心全意为人民服务，“随时准备为党和人民牺牲一切”，这是我们入党宣誓的时候说的，也是必须要做到的。2019年“不忘初心、牢记使命”主题教育中，我们党支部组织学习《习近平关于“不忘初心、牢记使命”论述摘编》，对于共产党员的初心和使命，我有了更深一步的认识。我是一名党员，党员就要全心全意为人民服务。区里开展“党旗飘扬副中心，党员周末大扫除”活动，我就带着几个志愿者去整理车棚。现在车棚整整齐齐，多美观啊！大家看着也舒心。去年，街道组织我们去看电影《小巷管家》，看到电影里的小赵，就仿佛看到了现实生活里的自己。我是楼长，群众有问题找我，我都会帮大家反映。有一次锅炉房冒水，居民找我说:“大哥您瞧，这后面锅炉房臭着呢。”我赶紧向社区反映了情况。后来，街道找来工人把整块地面都修缮了。有的居民说:“这院里要是没这老头儿，还真管不好。”我听了这话，觉得特开心，这是群众对我的认可啊！

（特约记者：刘雪菲　责任编辑：高维海）

朱京萍：

守护村民健康的“市总红马甲”

朱京萍，女，1974年7月出生，中共党员，北京市总工会教育工会副主席。曾荣获“北京市妇女儿童工作先进个人”“北京市三八红旗奖章”等称号。系下沉参加社区（村）疫情防控干部。

一套小程序、一组趋势图、一张点位图、一则防疫村约……这4样看着不起眼的“四小防疫神器”，使朱京萍带领的市总工会下沉工作组为通州区台湖镇胡家垡村新冠肺炎疫情防控解决了大难题。

记者：工作组推出的“四小防疫神器”在抗疫过程中发挥了什么样的威力？

朱京萍：根据市总党组安排，我们于2月28日下沉到村里。胡家垡村现有人口6000多人，其中外来人口就有4000多人，是个典型的人口倒挂村，防疫压力很大。村里的防疫工作前期做得非常扎实，确保了“零感染”。我们的作用是发挥市级机关干部的资源和智力优势，帮助胡家垡村疫情防控工作再上一个台阶。

在座谈和实地走访后，我们发现，外来人口进村都用纸笔登记，有交叉感染的风险，工作人员进行二次录入时准确率也不能保证。于是，工作组的冯志、程航两位同志迅速制作了“胡家垡村外来人口登记专属程序”，外来人员扫描二维码，就能完成多项信息的采集。村口返京人员登记信息时聚集的现象得到有效缓解，实现了对外来人员的实时监测管理。

面对防疫形势的变化，我们及时制定了“外来人员进村流程”“返京人员登记流程”，还把“健康宝”“行动轨迹”“京心相助”“外来人员登记码”“车辆登记”5个关键二维码整合到一张大图表里，并制作了“临时人员进村专用二维码”，进一步规范进村手续。工作人员可以依据一张图、一个标准，指导外来人员严格进行登记，简单明了。“胡家垡村外来人口登记专属程序”和不断完善的进村流程，是我们带来的第一个“小神器”，实现了3200名外来人员全部登记。

根据登记程序采集到的信息，我们制作了“外来人口每日返京流量趋势图”、“外来人口数变化趋势图”、“胡家垡村外来人口省份分布趋势图”和“胡家垡进村累计趋势图”，安排韩孝乾、唐慧勇每天把更新的数据提供给村“两委”。用大数据实时监测和研判返京外来人口情况，是我们带来的第二个“小神器”。

为减轻村“两委”的压力，夯实一线防控基础，我们绘制了“村党员防控点位图”，把全村57名党员加入包片工作中，责任划分精确到人。在此基础上，还开展了3次党员“云党课”和6次党员周末活动，凝聚党员的力量。我们为村里定制的这第三个“小神器”，为发挥村党支部战斗堡垒作用和党员先锋模范作用提供了助力。

“外出戴口罩，安心宅在家，外来人员多，须把责任抓，进村量体温，扫码做登记……”这是我们创作的“胡家垡防疫村约十六条”，也是第四个“小神器”。目的就是用通俗的语言引导村民参与宣传防疫。不少村民把这则村约录制成视频，在抖音、快手和微信上转发，《四姐妹防疫快板书》《子轩小友快板唱防疫》还上了北京卫视节目和《劳动午报》。

记者：疫情期间，你们下沉到村里，在与村民的相处过程中有什么难忘的故事吗？村民们是如何评价下沉工作组的？

朱京萍： 每天，我们都穿着红马甲去巡逻，自己找问题，找解决方法。和村民们熟了，再到街上巡逻时，他们会主动反映问题，把我们当成了自家人，他们就管我们叫“市总红马甲”。

新发地疫情发生后，6月15日早晨8点，我们再次回到胡家垡村，看到200多个外来人员已经在村委会里排起了长龙，和书记都没打招呼，就迅速投入到办证工作中。10点半，在对村里商户进行摸排前，又迅速设计了“胡家垡村食品相关场地人员信息摸排”小程序，实现了“码上登记”，2个小时完成了40多户食品商户的排查工作。

记得在为村民录制《四姐妹防疫快板书》时，我们特意向专门请假回来参与录制的三姐宋玉霞道谢。她却说：“谢谢你们辛苦下沉、务实工作，让我们感受到了市委对基层百姓的关心！”听了这话，我很感动。我想，我们下沉的意义就在于此吧！我们不仅坚守一线、助力科学抗疫，更重要的是把党的声音、政策传达到了基层，把党的温暖和必胜的决心传递给了百姓，让他们感受到党员干部永远和群众在一起，同甘共苦在一起，迎接胜利在一起！

（特约记者：张嘉康　责任编辑：高维海）

洛　林：
尽我所能为社区做点事

洛林（Lorin Charles Ledger），男，加拿大人，1960年11月出生，厚海英语学校教师。洛林和家人居住地为北京市顺义区香蜜湾社区。系疫情防控外籍志愿者。

洛林是个“中国通”，在北京生活近4年。疫情发生后，他报名当了一名社区防疫志愿者，与居委会一起，第一时间将新冠肺炎疫情防控的相关政策、防疫消毒等信息传达给社区的外籍居民。

记者：您在北京居住了3年多时间，能谈谈您在北京居住的感受吗？

洛林：我2016年来到北京，从事英语教育培训工作。我觉得北京是一座非常安全的城市，人们对于我们这样的外籍人员特别友好，我和我的家人居住在这里很安心，我喜欢这里的生活环境。

来北京后，我一直在香蜜湾社区居住，这里有我很多的朋友，是一个有情有爱的港湾。新冠肺炎疫情发生后，让我更深地感受到了社区对我们细致入微的关怀和贴心服务。“尽量减少外出，外出要戴口罩，回家后要采取‘七步洗手法’……”这样的提醒随时随处都能听到，社区工作人员高度负责的工作态度和严谨细致的工作作风让我深受感动。

记者：是什么想法让您报名参加了志愿服务工作？

洛林：每当我们家生活中遇到困难的时候，不管晚上还是节假日，社区工作人员都会热情地帮助解决。疫情发生后，我看到社区里的工作人员每天都非常忙碌。那时，我的学校也没有开课，我就想，应该尽我所能，为我的社区做点事。于是，我向社区报名申请当一名志愿者，为社区工作人员分一份忧。

在志愿服务中，让我最难忘的是刚开始的时候，邻居们看到我做志愿者时惊讶的表情，后来，居民们总能看到我，渐渐地跟我熟悉了，见到我也会点头微笑，这些画面一直印在我的脑海里。

记者：在志愿服务中，您帮助社区做了很多事情，比如为居民测量体温，发放出入卡，您有没有担心过自身的安全？

洛林：开始的时候，我是有一点点担心的，但看到社区工作人员，特别是那些小姑娘、小伙子每天都站在小区门口值守，无论天气多冷，环境多恶劣，都没有动摇他们的脚步，我真的被他们感动了。社区工作人员对我说："按照科学指导做好防护措施，我们就是安全的。"我相信这是真的，因为我们每个志愿者都很健康。参与志愿服务时，我一直都很安心。

记者：听说您还为社区的孩子们开设了免费英语小课堂？

洛林：是的。疫情发生以后，社区居民们互相关心、互相帮助，就像一个温暖的大家庭。社区里的孩子们因为疫情延期开学，他们生性好动，但特殊时期又不能出门，把孩子们都憋坏了。所以，我和夫人、朋友商量了一下，决定开设在线英语小课堂，给孩子们义务讲解英文绘本。这么做，不仅能帮助孩子们学习英语，还能为孩子们居家学习增加一点乐趣，我认为这是很有意义的事。小课堂开班后，看着他们认真听讲的样子，我特别有成就感。

记者：作为一名志愿者，您还参与了哪些志愿服务活动？

洛林：2020年5月1日和6月1日，《北京市生活垃圾管理条例》和《北京市文明行为促进条例》开始施行。这两个条例与生活在北京的人们有很大关系。我的朋友Stella找到我，请我做宣传，帮助社区里的外国人了解这两个条例。我通过社区搭建的平台广而告之，让大家了解并且认真遵守这些文明行为规范。

大家刚刚松口气，开始正常的生活，6月11日北京新发地疫情发生了，我们又迅速行动起来，按照最严格的封闭式管理流程，测温、登记、排查、服务居家观察户等。同时，帮助那些有需要的居民解决问题，让大家安心、放心、不恐慌。

现在，我们的英语培训机构已经开始进行网络教学，我的课程排得很满。只要有时间，我就为社区的孩子们录制英语学习视频。社区工作人员会帮我把录好的视频进行剪辑、加上字幕，让孩子们更容易理解。我会坚持把英语小课堂办下去，直到孩子们回归校园。

记者：目前，中国国内的疫情防控已经得到有效控制，但国际疫情形势仍然严峻，您有什么防疫经验可与国际友人分享？

洛林：这几个月，我见证了中国政府为抗击疫情、保护人民安全所做的努力，能够参与其中，我感到非常荣幸。中国政府的果断决策和有效的防控措施，都深深地印在我的心里。疫情防控中，中国各地群众互帮互助，彰显了团结的强大力量。医护人员、社区工作者、志愿者在抗疫一线连续工作，普通市民自觉减少外出、居家防疫，积极支持各项疫情防控工作。中国是从全球视角出发来应对疫情防控的，彰显出大国的担当。作为外国人，我们要学习中国人的自律，这对防控疫情非常有用。我会和加拿大的亲朋好友交流，告诉他们中国采取的措施很有效，也劝他们减少外出、勤洗手、勤通风、出门戴口罩等，提高对病毒的防御能力。

（特约记者：张士慧　责任编辑：李爽）

王翠娟：

战疫“铁娘子”

王翠娟，女，1977年8月出生，中共党员，北京市昌平区霍营街道华龙苑北里社区党支部书记、居委会主任。曾荣获北京市委社会工委市民政局“感动社会·民政榜样”等称号。2020年荣获“全国抗击新冠肺炎疫情先进个人”称号。

“刚刚接到街道最新通知，应急响应级别调整至三级后，要继续坚持‘内防反弹、外防输入’防控策略，严格落实‘三防’‘四早’防控要求。辖区即将有序放开快递外卖、装修、家政等进小区工作。咱们门岗值守人员，要务必牢记市区两级最新的新冠肺炎疫情防控政策和工作流程……”在疫情防控一线，王翠娟干脆利落、风风火火的做事风格给工作人员和居民们留下了深刻印象，被大家亲切地称为“铁娘子”。

记者：我们了解到华龙苑北里社区外来人口多、人员流动性大，在抗击疫情初期，社区是怎样应对的？

王翠娟：人员摸排是我们面临的第一个重大考验。为了迅速摸清底数，我们所有工作人员夜以继日，通过电话、微信等各种渠道与业主取得联系，挨家挨户进行地毯式摸排，只用3天时间就完成了944户3401人的基本情况和外出人员返京情况的摸排工作，这些基础信息为社区疫情防控工作奠定了基础，也为新发地疫情发生后的迅速摸排提供了可借鉴的经验。第二个重大考验就是如何稳住人心。社区封闭式管理，除了需要增派值守人员，更重要的是安抚好社区居民的情绪。我们加大宣传新冠肺炎防控知识力度，回应群众关切问题，消除居民疑虑。同时，与物业志愿者对电梯、楼道等场所进行消毒，形成有序的防控氛围。

记者：作为“领头雁”，您是如何带领社区党支部发挥战斗堡垒作用，并调动居民战疫积极性、主动性的？

王翠娟：霍营街道近年来推行党建引领各项工作机制发挥作用，比如“五方共建”工作机制、“双服务、四签到”工作机制、“霍营管家”工作机制、“红色物业”行动计划等等，这些机制在华龙苑北里社区的落地，进一步强化了党支部在社区各项工作中的全面领导，发挥了党员干部的先锋模范带头作用，凝聚了物业服务企业、“霍营管家”、驻社区单位、社区居民等各方力量参与社区管理形成工作合力。

按照霍营街道工委的统一部署，我们成立了华龙苑北里疫情防控临时党支部，由社区防控一线的区和街道下沉干部、社区“两委”成员、民警、物业人员、业委会人员中的党员组成，我担任党支部书记。临时党支部运转起来后，各位党员“亮身份、当先锋、做表率”，承担起登记信息、核验出入证、测量体温、居家观察人员管理服务、日常消杀、治安检查等工作，切实发挥了疫情防控临时党支部的战斗堡垒作用。

记者：您刚才提到了“五方共建”工作机制，请您介绍一下这项工作机制在疫情防控工作中发挥的作用。

王翠娟：“党建引领，五方共建”工作机制是在社区党组织的领导下，依托社区党建工作协调委员会，居委会、业委会、物业公司和驻区单位等各方力量优势互补、资源共享、共建共治，共同推动提升社区精细化管理和服务水平。

“五方共建”工作机制筑起了疫情防控的铜墙铁壁。党建工作协调委员会平台每月部署一两次疫情防控工作，实时传达疫情防控工作最新政策和要求。在抓好疫情防控工作的同时，社区的各项重要工作在线上讨论和部署，比如落实5月起实施的《北京市物业管理条例》等。

根据工作部署，“五方共建”成员各司其职，在各自领域发挥作用。例如，物业服务企业不仅协助社区24小时值守，还要保证日常环境卫生维护、维修等工作有序开展，每天对社区56个单元门进行消杀。社区业委会承担疫情防控宣传动员工作，引导社区居民积极科学防控、主动防控、人人防控。在“五方共建”工作机制的带动下，我们的各项防疫工作得以有序开展，社区大家庭变得温暖而有力量。

记者：面对繁重的疫情工作任务，您是怎么处理好家庭与工作关系的？

王翠娟：我儿子2020年参加高考。疫情期间，他在昌平和姥姥姥爷一起生活，我没时间去看他们，只能每天抽时间和他们视频通话。儿子非常懂事，因为我腿部做过手术，还有血糖低的毛病，每次视频时，儿子总会说：“妈，您值岗别太拼，注意身体，要是站累了，感觉晕，一定找个地儿坐坐，歇一会儿。”听到这话，我心里很不是滋味。

默默支持我的家人给了我前进的动力。陪伴家人的机会一定可以弥补。从疫情防控工作角度来说，守护好社区居民是我最大的责任，因为他们同样是我的家人！

（特约记者：邵丹　责任编辑：曹晓晨）

王少权：
守好大兴铁路进京关

王少权，男，1960年4月出生，中共党员，北京市大兴区住建委二级巡视员（现已退休）。大兴区黄村火车站疫情防控点组长。

疫情袭来之时，临近退休的王少权受命负责牵头组建黄村火车站疫情防控点，担负起守住大兴区铁路进京关口的责任。

记者：组织安排您负责筹备黄村火车站防控点的防疫工作，您是怎么想的？

王少权：黄村火车站防控排查是一个又急又难的重活。黄村火车站是外地进京的重要通道，客流量大、人员复杂、情况多变，以往区里没有明确的负责部门来与火车站做沟通协调。

大年初六晚上9点，区里开会调度工作，首先提到了黄村火车站防控。主持会议的区委副书记霍光峰对我说，您虽然退出了领导岗位，却是“老”书记，领导经验丰富，因此“点将”由您牵头负责，并安排一起抽调的区直机关工委副书记郭忠进协助。我二话不说，表示坚决完成任务。

第二天一早，我就马不停蹄地对接区里多个部门。从建立组织体系到制订方案流程，从抽调工作人员到思想动员培训，从勘查现场环境到落实物资保障，我们仅用一天时间就完成了筹备工作。1月31日早上八点半，我们“列阵摆摊”，黄村火车站防控点正式“开张”。

记者：黄村火车站的疫情防控工作有什么大的困难吗？

王少权：防控工作主要涉及测温排查、信息登记、协调处置、政策宣传等。从1月31日至6月9日，前4个月防控点累计排查1.1万人。

列车到达和乘客出站难预测、不可控是防控难点。经过黄村火车站的4趟列车，提前到站的多、晚点的少，进站就下客。列车到达前，我们至少要提前20分钟准备就绪。我们吃饭的时间经常是非常紧张，有时甚至无暇吃饭。

防控首日，首班车的排查实际就与我们了解到的有很大出入。我们原以为乘客在车上会填好健康信息表格，到达后，有表收表、没表的逐项填写。但实际情况是，乘客很少有人提前填好表格，按原先的安排将耗费很多时间。我一方面协调维护现场秩序，另一方面指挥调度将单通道变为双通道，现场只填写姓名、电话和在京住址，登记人员拍下乘客的身份证和车票，然后利用几次列车到站的间隙，将信息补充完整，做到信息登记完整翔实，旅客快速通过不滞留。

出站乘客数量起伏大也是重点问题。有的乘客购买到北京站或者北京西站的车票，会在黄村站下车。一天下来，有时多达391人，最少时有13人。

随着国外疫情的发展，防控工作还增加了出入境排查，登记乘客信息达11项之多。同志们每天录入信息、分类标注、统计分析，报送到区防控专班，再转交给镇、街道，形成严密的工作闭环。

记者：在排查重点人方面，咱们取得成效的关键是什么？

王少权：即时通气、联动处置是关键，主要涉及发热人员和疫情中高风险地区人员两类。排查组和铁路公安、火车站等多部门密切协作，遇到发热乘客后及时由120急救车转移至发热门诊，疫情中高风险地区人员严格落实居家观察措施。

2月初，我们曾遇到铁路公安掌握有湖北旅居史的乘客，经测量体温虽未发热，本人却否认相关旅居史，同行的母亲也否认去过湖北。我请二人到留观室，安抚情绪后，马上向区专班报告，协调区交通局安排专车送二人至居住地，与街道“手把手”交接，属地派出所参与共同监督实施居家观察。对于居住地在其他区的重点人员，我们通过公安做好人员信息转交，确保人员管控渠道畅通。

记者：防控点临时党支部工作有什么特色？

王少权：首先，党员发挥先锋模范作用。除了书记、副书记，防控点的5名城管局科队长和3名交通局执法队员都是共产党员。我们面对党旗重温入党誓词，佩戴党员徽章上岗，每名党员都把参加防控工作作为“不忘初心、牢记使命”的最好检验。我们经历了疫情风险和恶劣天气的考验，特别是2月14日的大暴雪那天，没有防雨棚，我们就提早出发，把登记现场从出站口转移到站台廊下。天气寒冷，就算手脚冻僵，同志们仍然耐心登记出站乘客信息。出站乘客动情地说：“紧急时期你们共产党员就是棒！”

其次，临时党支部有效发挥统筹多部门联防联控的作用。在统一安排下，区交通局负责人员转运、后勤保障，火车站布置现场、检测体温，铁路公安共享线索，街道警务站排查治安状况，区公安分局治安支队协调联系市公安局和属地派出所，各部门分工协作，拧成一股绳。

最后，支部书记以身作则发挥表率作用。我从2月初就上火嗓子痛，牙疼时常发作，但是我每天坚持现场指挥，让同志们心里踏实。疫情面前，我不仅是一个儿子、丈夫、爷爷，更是一名共产党员，家人的支持是我强大的后盾，群众的安危是我坚守的决心。4月份我办了退休手续，但我退休不离党、退休不褪色，坚持站岗守住进京关。

（特约记者：郭忠进　责任编辑：林苗苗）

林长青：
带着荣誉冲锋陷阵

林长青，男，1976年9月出生，中共预备党员，北京热景生物技术股份有限公司董事长、总经理。2020年荣获“全国抗击新冠肺炎疫情先进个人”称号。

在抗击新冠肺炎疫情中，林长青快速决策、身先士卒，不分昼夜带领科研人员研制出系列新冠病毒检测试剂，为支撑一线抗击疫情、筛查疑似病例工作提供了有力武器。

记者：2020年2月，在疫情防控最吃紧的时候，我们企业研发出了15分钟快速出诊断结果的免疫检测试剂，受到广泛关注，增强了大家抗击疫情的信心。您能介绍一下试剂研发过程吗？

林长青：面对突如其来的疫情，公司第一时间组织了以党员、技术骨干为主力的精干攻关小组开展技术攻关。在研发过程中，为了解决核心生物活性原料问题，我们基于数据库公布的新冠病毒序列，分析其保守位点，有针对性地开展工作。1月15日我们启动研发，20日完成核酸试剂研发，21日开始基因重组蛋白表达，22日开始免疫试剂研发，30日免疫快速试剂和酶免试剂先后研发成功，最终仅用15天就完成了新冠病毒核心活性原料和13项新型冠状病毒核酸及系列抗体检测试剂的研制。

试剂研制完成后紧接着面临申报注册证的难题。当时疫情形势比较严峻，物流受阻，心情特别焦急，顾不上感染的风险，我和公司临床注册总监李艳召只好携带检测产品前往沈阳临床研究机构进行产品临床试验。最终，顺利完成上转发光免疫层析法抗体检测试剂盒的申报，并获得三类医疗器械注册证书。这是第一个小型便携仪器配套试剂盒，检测快速准确，仅需非常小的样本，15分钟就可出结果，在很大程度上填补了检测空白。在这过程中，我们得到了大兴区委区政府、社会各界的大力支持和帮助。首批试剂经过严格验证后，紧急发往武汉火神山医院。除此之外，我们还准备了1000盒检测试剂无偿供应给各地医疗临床机构的检验部门。疫情面前，我们每一个人都有责任、有担当，做抗击疫情的行动者，为战胜疫情贡献力量。

记者：党员骨干主动开展攻关起了很好的作用，除此之外，咱们企业党员还发挥了哪些先锋模范作用?

林长青：关键时刻党组织发挥了组织力、号召力。春节期间企业增加临时科研攻关任务后，在党支部书记石永沾的带领下，全体党员积极响应，勇当先锋做表率，奋斗在科研、生产一线，从相关部门负责人到车间操作工全力配合，高质量完成试剂的生产任务。在这过程中，涌现了许多感人事迹。党员高琦同志，是公司研发总监，他不顾个人安危带领研发人员深入抗疫一线，进入多家临床研究机构的P3实验室，厚重的防护服一穿就是一天。研发部门尹艳也是一名党员，当时她挺着7个月的大肚子仍然坚守在研发一线，我们都劝她注意休息，但她说:“我是党员，这个时候我不上谁上?”公司的司机、老党员司国柱同志多次往返定点医院运输检测标本、支援物资，在车轮上与时间赛跑。他们都在用自己的实际行动践行自己的入党初心，将使命落在岗位上，引领和带动着全体企业职工团结奋战、攻坚克难。这也是这次疫情带给我们的精神财富。

记者：在抗击疫情的战斗中，您在一线加入党组织，能回忆一下当时的心情吗？

林长青：疫情发生以来，广大党员干部奋斗在疫情防控第一线，他们不辞辛苦、不惧风险、一往无前、不惧疲劳、连续作战的奋斗精神让我赞叹。我深深感受到共产党人的政治本色与责任担当，也体会到党组织强大、高效的组织力和执行力。最让我高兴的是，2月28日，组织接纳了我，批准我在抗疫一线入党，光荣地成为一名中共预备党员，实现了我多年的愿望。我将带着这份荣誉冲锋陷阵，擎起奋斗、担当的大旗，以实际行动践行自己的初心。

记者：为了将疫情影响降到最低，企业有哪些复工复产的最新措施？

林长青：为了缓解企业面临的复工复产困难、成本上升等诸多困局，大兴区委区政府、区委组织部、区经信局、大兴生物医药产业基地管委会等各级领导靠前服务，提前送来了人才资助及疫情防控保障企业奖励资金，解决企业燃眉之急，让我们切切实实感受到党委政府的关怀和温暖。

受此次疫情影响，公司销售业绩受到一定影响，但是从长远来看，体外诊断行业整体依然处于发展上升阶段。热景生物将会进一步加大对产品战略和市场需求的研究，持续提升企业内在核心竞争力，履行“引智赋能”的企业价值观，激发人才创新创造活力，把企业打造成高新技术转化的平台，生产市场真正需要的科技产品，为推进北京高质量发展做出更大贡献。

（特约记者：韩丽　责任编辑：蔡庆悦）

路秀平：

站在那儿，我就是一面旗帜

路秀平，女，1969年10月出生，中共党员，中共北京市平谷区委直属机关工委副书记。曾荣获“北京市优秀纪检监察干部”“北京市优秀工会工作者”等称号。系下沉参加社区（村）疫情防控干部。

新冠肺炎疫情突然来袭，作为一名党员能做些什么呢？1月30日平谷区开始安排机关干部下沉社区工作，路秀平找到了自己的目标。在完成手中工作后，她主动请缨参加了下沉工作。

记者：作为下沉社区干部，您是如何参与社区疫情防控工作的？

路秀平：作为下沉干部领队，我积极与社区沟通，在安排值班、人员具体调配上提出建设性意见，落实街道工作任务，提出可行性建议。到社区后，我对下沉干部说，咱们下沉不是督导队，不是检查组，而是和社区干部一起并肩战斗，是直接的参与者，要完全服从社区的统一安排。

作为普通下沉干部，我给自己提了三点要求：不因为自己是领导干部搞特殊，不因自己年龄大搞特殊，不因自己是女同志搞特殊。三班倒、大夜班，我照值不误。下沉期间，我坚持了4轮共60天的工作，发放了3000余个出入证，检查了7万余人次，“拦、测、登、放、报、转”成了我在小区门口值守时的必选动作。说不苦、不累是假的——疫情初期，正值隆冬，我的手常常冻得拿不住笔，脚冻得坐不下来；新发地疫情发生后，正值酷暑，我晒得浑身刺痒，汗水滴答向下淌，但我仍坚持下来了。下沉社区，考验着我的体力，更多的是考验我的精神意志。我站在那儿，是一名党员，更是一面旗帜。

记者：这次下沉社区参与防控工作有没有哪些让您印象深刻的事儿？

路秀平：那可多了。给我印象最深的就是百姓的支持和群防群治的力量。在卡口值守时，居民下班回家会主动配合，还热心地问我冷不冷、热不热；上夜班时，街道会专门派人送来夜宵；物资紧缺时，仍有人把口罩送到卡口；有的人在城区上班，回来很晚还要坚持回社区报到，说让我们休息一会儿……“你们太辛苦了”是我听到最多的话。每个人在疫情防控中贡献自己的力量，让我们坚信一定能打赢这场防控阻击战。

记者：亲身到基层社区参与防控工作，您对社区治理有什么建议？

路秀平：在参与疫情防控中，我感到基层治理还有一些短板，我们必须重视起来。一是信息共享有提升空间。疫情期间，社区工作者每天工作量都很大——摸排外来人口、发放宣传手册、小区门口值守等等。有部分工作是可以通过信息化手段解决的。比如，外来人口基础数据。我认为，应尽快破除信息梗阻，让党委政府快速掌握实时数据，为社区治理打好基础。二是社工需要补充专业知识。社区工作者是多面手，但缺乏相关专业知识，比如疫情巡查时如果缺乏医学知识，就有很大风险。三是需要提升群众参与度。要普遍建立在职党员回社区（村）报到参与志愿服务制度，推动退休党员把组织关系转到居住社区（村），参与社区（村）治理。

记者：您认为今后应如何建立机关干部下沉常态化机制，有效地保障下沉干部下得去、沉得住、干得好？

路秀平：众多机关下沉干部坚守，织就了严密的防控网络，有效减轻了基层一线防控力量不足的压力。他们坚守在社区、村卡口，涌现了很多感人事迹，赢得广泛称道。

机关干部下沉是战时机制、应急机制，回归常态化治理，就该建立常态化机制。要明确干部常态化下沉基层的目标任务、工作内容、工作要求、保障措施、督导考核等。要建立相关载体或制度促进下沉，既让机关和社区（村）党组织对接，也让机关干部与社区（村）对接下沉，还要建立健全监督机制，如将干部下沉情况纳入年度考核等。

保障机关干部沉得下去应该解决三方面问题：首先，要重点从表现优秀、经历单一的机关干部中选拔下沉干部，增加他们的基层工作经验，解决他们在机关制定政策不接地气的问题。其次，要从锻炼和发挥特长两方面考虑，创造下沉效益最大化。最后，既要常态化监督管理下沉干部，又要加大激励力度，对有工作实绩、有百姓口碑的干部加大提拔和使用，促进干部担当作为。同时，还应关注下沉干部的身心健康，提供心理辅导和实际帮助。

记者：通过这次疫情防控，您认为机关党组织今后应如何在社区（村）基层治理中发挥更大作用？

路秀平：首先，要加强自身建设，提高机关党建质量，促进党员先进性作用发挥。抓实“灯下黑”专项整治，推动党建业务融合，切实做到“走在前、做表率”。其次，要推动构建“党建引领、有效组织、广泛动员”的组织体系建设，确保运转机制畅通有序。再有，要固化疫情防控期间形成的好机制、好做法，为机关党组织和党员服务基层、服务群众提供有效平台，助推村级、社区党组织提高治理水平。

（特约记者：王静宇　责任编辑：陈宁）

王月波：

两副重担一肩挑

王月波，女，1975年8月出生，中共党员，北京市平谷区滨河街道滨河社区党总支书记、居委会主任。曾荣获“全国五一巾帼标兵”“北京市优秀共产党员”“平谷区优秀党务工作者”等称号。2020年荣获“全国抗击新冠肺炎疫情先进个人”称号。

在新冠肺炎疫情防控期间，既是滨河社区的党总支书记，同时也是向阳社区的代管负责人，两副重担落在了王月波一个人肩上，让她更加感到责任沉甸甸的。从卡口到门口，从蔬菜供应到居家观察服务，王月波在两个社区间奔波，十分辛苦，她带领社区工作人员既当小区居民的守门员，也当勤务员。王月波说，再苦再累也绝不能“掉链子”。

记者：对于突发的疫情，当初你的感受是什么？社区当时的防控重点是什么？

王月波：我经历过2003年的“非典”。突发的新冠肺炎疫情，有“人传人”的危险。当时，我是有思想准备的，防疫情扩散越早越好、越快越好。1月23日早上，滨河街道召开全员会议部署了社区疫情防控工作。“人的安全”是最大的任务，“找人”是当时我们的重点工作。没有离开会场，我就立即召开滨河、向阳两个社区的工作部署会，一是强调纪律，二是布置任务。因为当天是大年二十九，第二天就是除夕，有召必回是工作纪律，“谁、在哪儿、干什么、回京时间”是我们当时要明确的最重要的任务。

记者：疫情防控落实“四方责任”，考验着社区的组织动员能力，你们采取了什么对策？

王月波：疫情防控落实“四方责任”，对于社区突出的考验就是转变工作视角，从原来管居民的“点”，变为管区域的“块”。原来只管楼里的居民，这次还要管辖区内单位的员工，我们这儿单位多、商户多，工作量大，任务重。要尽快排查出湖北、武汉的在京、来京人员，社区工作人员进行了无死角、地毯式排查。1月26日，两个社区共计随访2700余住户、200多商户、24家行政事业单位，核实1万多人。

我们采取了社区全动员模式。对于社区居民，我们动员单元长核实出租房屋和单元内出京串门的居民，准确反馈信息；对于商户和出租房屋，我们动员房东参与，掌握商户的出京情况，并签订疫情期间房东管理责任书；对于单位，我们通过党建协调委员会，组织辖区单位参与，及时沟通动态信息。

社工和居民建立微信联系，社工成为居民的“微信好友”，成为出京人员的“回京客服”，让居民回京报告、社区监管、居民监督相结合，做到无缝隙管控。

记者：在疫情防控阻击战期间，居家防疫是常态。您的“月波播报”宣传效果不错，请您介绍一下。

王月波：疫情非常时期，“戴口罩、不外出、常通风、勤洗手”是我们不厌其烦地向居民宣传的口号。社区有智能广播，当时我想，如果能够通过广播和居民聊聊天，不但能够拉近和居民之间的关系，还能够将有关政策及时传递给居民，效果应该更好。于是，我每天早上通过社区智能广播，向居民宣传疫情防控知识、解读相关政策。每天我的“碎碎念”，就成了疫情期间社区和居民沟通的桥梁。

记者：就社区而言，疫情防控常态化管理需要提升的是哪些方面？

王月波：随着疫情防控进入常态化管理模式，大家越来越聚焦社区的基础性社会工作作用，需要精细化管理，这对社区工作提出了更高的要求。特殊时期我们用了特殊办法，比如封闭管理，非常有效。我认为，我们应该提升的第一项，就是推进智能社区建设，用“技防”补充“人防”力量的不足，加快智慧城市、智慧社区建设步伐，达到事半功倍。第二项就是加快推进老旧小区物业管理的市场化进程，让物业管理成为社区治理的一部分，只有这样，才能全要素实现党建引领下的社会治理有序发展。第三项就是社区应急动员机制的建立。社区的生态是党建引领下的社区自治，需要全要素进行社区参与，这次疫情之下，社区居民空前自觉。将动员能力纳入社会应急机制中进行评估，将各个行业、领域、人才纳入社区应急处置和应急管理的制度体系中考量，能够提升社会治理效能。

记者：您在社区工作多年，请您谈谈如何进行居民有法可依的自治管理，途径有哪些？

王月波：我个人认为，党建统领、法制护航、德治推动、全民动员是未来社区治理体系的总框架。这次疫情对于社区工作是一次检验和考核。管理从来就是刚柔并济，刚的部分需要立法和管理保障，柔的部分就是基层党组织的引导教育、组织和动员。《北京市街道办事处条例》《北京市生活垃圾管理条例》《北京市物业管理条例》《北京市文明行为促进条例》陆续颁布实施，一方面，社区党组织在情理法的引导中，更多将法作为底线，用情引导，用理议事，广开言路；另一方面，发挥党员、社区居民代表等带动作用，以带头参与社区事务凝聚共识，凝聚的人越多，社区共治的力量就越强。

（特约记者：张涛　责任编辑：孙昶）

彭兴伟：

下沉战疫，我经受了考验

彭兴伟，男，1979年3月出生，中共党员，中共北京市怀柔区委社会工委区民政局基层政权和社区建设科科长。系下沉参加社区（村）疫情防控干部。

新冠肺炎疫情发生后，彭兴伟第一时间响应党组织号召，与全区1040名机关干部共同深入一线参与疫情防控工作，用实际行动诠释了共产党员的初心和使命。

记者：您作为区委派出的下沉干部，在这次疫情防控中主要做了哪些工作?

彭兴伟： 疫情期间，按照工作安排，我先后下沉到了桥梓镇杨家东庄村和茶坞铁路社区值守，之后又抽调到区级工作专班，负责在鄂返怀人员接站转运工作。在这4个多月的时间里，在村和社区，主要参与道口值守、入户排查，以及为居家观察人员送药送水、购物买菜、收取快递等工作；在接站期间，负责核对到站人员信息、提拿行李、引导有序乘车等服务保障工作。作为指导全区基层自治组织建设的科长，我把这次下沉作为发现基层治理不足，以及思考如何改进提升实地调研工作的契机，同时，作为自己应对各类突发问题和处理问题的难得锻炼机会。

记者：请您结合疫情防控实际，谈谈是如何为大家做好服务的。

彭兴伟：疫情防控期间，如何保障社区服务正常化尤为重要，仅靠有限的社区工作者为居民提供服务明显力不从心。在疫情防控中，无数的医护人员、警察、社区工作者、志愿者，他们无论是白天还是黑夜，都在为广大群众提供细致周到的服务，作为下沉干部，我也不例外。

为做好人员管控，方便居民出行，我坚持每天准时到岗，为居民登记信息、办理出入证。针对居家观察人员，为不影响他们的日常生活，我当起了他们的“管家”，尽可能地满足他们的各种生活所需，做好服务保障。

在北京西站接站转运工作中，我始终用耐心和诚心为返怀人员提供暖心服务。通过一次次仔细询问、一遍遍耐心解释、一声声关切叮嘱，体现人文关怀，减缓他们长时间滞留湖北带来的压力与烦躁。我们接回的一名返怀人员，通过日记《一个湖北小家庭的返京之旅》，详细记录了一个平凡家庭返怀的艰辛，并表达了对接站人员的感恩之情。

记者：您在疫情防控工作中印象最深的事情是什么？最突出的感受是什么？

彭兴伟：我印象最深的，是在一次接站过程中，大批乘客已顺利出站，而名单内1名返怀人员还迟迟未到集结点。在与其多次电话沟通后，才得知他是一位乘坐轮椅的残疾人，正在站台工作人员的帮助下下车出站时，我立即与其他几位接站人员将接站点位前移，主动前去迎接。同时，我们几个人明确分工，从推残疾车上滚梯、帮提行李到搀抬其上车以及拆卸轮椅装车等环节，处处小心翼翼，通过细致入微的关心，未让其感到任何不便。

疫情防控工作不同于其他工作，打赢这场战役不仅需要我们勇于担当，更需要我们在工作中讲方法、重细节，提前掌握情况，预判可能出现的问题，尽可能把事情想得更周密，从而做到给人以更贴心、更周到的服务和关怀。

记者：您平时的工作涉及社区建设和管理。您怎么看待社区治理优势转化为疫情防控实际效能？

彭兴伟：疫情发生以来，各部门以社区（村）防控为重点，全力指导社区（村）筑起了基层防控网。城乡基层组织积极承担主体责任，实行封闭式管理。我们重点加强对“三无”小区的防控力量和防护资源倾斜，做到无死角、无盲区。把各种资源和各方力量整合到一起，把辖区居民发动起来，分工合作、协同作战，把社区治理优势转化为疫情防控的实际效能，形成疫情防控的强大合力，这对于有效遏制疫情的输入、传播和蔓延发挥了重要作用。

记者：您认为这次社区疫情防控哪些方面存在不足，如何改进？

彭兴伟：疫情防控是对城乡社区基层治理体系和治理能力的大考。这次疫情防控，我们充分认识到，城乡社区工作者在这次疫情防控工作中发挥了中流砥柱的作用，但社区工作者人手不足、工作负担过重的问题也凸显出来。

社区居民的需求越来越复杂和多元，仅仅依靠有限的社区工作者开展工作是远远不够的，“给社区减负”不仅是口号，更需切实落实。应以健全组织体系为抓手，重点将城乡社区工作者纳入人才发展规划，选优配强社区（村）“两委”班子成员，加快推进社区服务站改革，从人员选拔使用、管理培训、考核激励等方面进一步强化，逐步建立一支素质优良的专业化城乡社区工作者队伍。同时，需要进一步完善社会力量参与基层社会治理的机制，构建多方参与、协商联动、共同治理的基层社会治理共同体。要充分发挥党建引领作用，引导、发动辖区机关、企事业单位与社区建立共建共治机制，积极调动社会组织和社会各方力量参与社区治理，形成群防群治、共建共治的治理体系。

（特约记者：刘佳　责任编辑：孙昶）

李　崇：我为自己打造“战袍”

李崇，男，1992年2月出生，中共党员，中共北京市密云区委老干部局党建指导中心科员（试用期）。系下沉参加社区（村）疫情防控干部。

“青春由磨砺而出彩，人生因奋斗而升华。”面对突如其来的新冠肺炎疫情，“90后”们挺身而出，用无畏和坚强诠释了年轻人的责任与担当，用奉献和坚守完成了蜕变与成长。李崇就是这样一位冲锋在前的“90后”。

记者：作为一名“90后”，是什么原因激励您下沉社区，参与疫情防控工作的？

李崇：我爷爷是一位有着几十年党龄的老党员，他经常给我讲他们那个年代不忘初心、艰苦奋斗的故事。我想，冲锋在前、勇于担当、甘于奉献等这些信念早已在我心里扎根了吧。在爷爷的鼓励下，我在大学期间就加入了党组织。疫情发生时，我正在豫鄂两省交界处的老家休假。大年初三接到单位返京通知后，我便立即订票回到北京。

记者：您回京后一直在社区参加防控工作吗？

李崇：按照单位的安排，我们分批下沉到檀营社区参加疫情防控，但由于社区任务重、人手少，我就在每天下班或者社区下派任务结束后，再到沿湖社区义务值守。沿湖社区就在我单位的对面，为了节省时间，我每次都是“一分钟到岗”，没怎么考虑吃晚饭的事。其他值守人员问我，我都“骗”他们说“吃得很饱”，然后忍到晚上八九点值完勤才回家煮点面吃。后来，就养成了一种习惯，下班后不值守就总觉得空落落的，去了社区心里才踏实。目前我已经坚持5个多月，一共在社区值守220多次。

区领导知道我下沉值守的情况，说："坚持这么久，很不容易，这是一种情怀。"如果说是“情怀”，那就是我对党和人民的忠诚之心，是我们“90后”在灾难面前应展现的责任担当。

记者：正常工作之外到社区义务值守，您觉得苦吗？

李崇：刚开始的时候，确实挺累、挺难的。沿湖社区规模较大，进出的车辆和人员非常多，下班高峰期有时一分钟要过十几辆车，既要做到细致核查无疏漏，又要做到快速通过不聚集，这是落实防疫措施的要求，也是对工作严谨性、灵活性的双重考验。那时天气还非常冷，又因为我都是步行上下班，走起路来会出一身汗，特别担心一冷一热导致发烧感冒，影响防控工作。后来，新发地疫情发生时，我刚从社区撤回，就再次下派，仍是每天坚持到沿湖社区义务值守，在中午最热的时候我会及时替换其他值守人员，防止他们中暑，并拿来一些牛奶、饮料放到卡口。虽然很苦很累，但坚持就会胜利。

记者：是什么让您坚持值守到现在？

李崇：返京时爷爷送了我一件军大衣，为了给自己打气，也为了鼓励下沉社区的同事，我在爷爷送的军大衣正中间用红线绣上了“筑牢社区第一防线”几个字，并在最上面绣了一个小红心，寓意点亮共产党员的赤诚之心、为民之心。我还在大衣左胸口绣上了“疫情不退　党员不退”，在袖标上绣有“众志成城　战胜疫情”“谢谢配合　健康回家”等内容。绣这些字，一是为了表达自己的决心，让党放心、让群众放心，再就是想让进出小区的居民看到后，能缓解紧张情绪，感到温暖。军大衣很厚，绣字比较困难，但一针一寸心、一线一深情，这是我为自己打造的抗疫“战袍”，激励着我在疫情面前勇往直前。

记者：这是您第一次直面灾情，参加志愿服务吗？

李崇：不是的。我大学期间曾参加过地震灾区志愿服务。这次我不能去湖北、武汉抗疫一线，就想尽最大努力帮助有需要的人。我觉得防疫物资像是“枪”，没有“枪”就打不了胜仗。所以，我把自己的1万元积蓄捐给了区红十字会，还花3000多元为社区购买了500只口罩、300只手套、5把测温枪。我来自农村，家里不富裕，上大学时也一直勤工俭学，更能体会贫困地区孩子的感受。所以，在疫情形势好转后，我又向中国青少年发展基金会捐款2000元，并为密云区及密云区对口帮扶地区70多个困难家庭的孩子，购买了12000余元的微心愿礼物，用于支持他们在疫情期间的线上学习。

记者：您觉得参与社区防控对今后成长会产生什么样的影响？

李崇：几个月来，与社区群众朝夕相处，大家都把我当成了自己的孩子，让我这个刚到密云工作的外地人有了家的感觉，有了很多“亲人”。5月28日，沿湖社区居委会给我颁发了“最美抗疫志愿者”奖牌，这样的殊荣让我特别感动。

习近平总书记指出，“青春由磨砺而出彩，人生因奋斗而升华”。经历了疫情防控，我更加深刻地领会了习近平总书记讲话的含义。在28岁人生最美的年华，面对危难，我勇敢地站了出来、冲了上去，在实践中历练、在危难中成长，这是一种特别的人生经历，是我最珍贵的青春记忆、最丰厚的人生财富。

（特约记者：刘亦可　责任编辑：任征）

李　涛：
阻断病毒传播最后一环

李涛，男，1980年5月出生，中共党员，北京市延庆区环境卫生服务中心垃圾清运组组长。

新冠肺炎疫情期间，延庆区环卫中心成立专项垃圾应急清运小组。作为组长，李涛带领10人小组负责全区返京居家观察人员、公交车站、火车站垃圾清运以及全区废弃口罩清运工作，尽最大努力切断病毒传播的可能。

记者：您从事垃圾清运工作多久了？平常的工作内容主要是哪些？

李涛：我2003年到延庆环卫中心清运队工作，起初是担任垃圾清运车司机。我们垃圾清运组主要负责城区社区、企事业单位的其他垃圾和厨余垃圾的清运及驻延部队、景区、部分乡镇的厨余垃圾清运，一共有196名职工。2020年5月初，新增负责城区有毒有害垃圾的清运工作。我们承担的垃圾清运工作量大约占全区的80%。

记者：专项垃圾应急清运有很大的感染风险。您是主动请缨的吗？

李涛：按照区城市管理委和环卫中心工作部署，大年初二成立了专项垃圾应急清运10人小组，负责全区由鄂来京（返京）居家观察人员及密切接触者、普通返京居家观察人员及密切接触者的生活垃圾，以及全区废弃口罩的清运工作。后来根据疫情防控新要求，又增加了火车站、公交车站等人员密集场所的垃圾清运工作。目的就是为了阻断疫情传播的最后一个环节，保障广大市民群众身体健康。

面对疫情突袭，我们每天和各类垃圾密切接触，工作风险原本就相对较大，专项清运针对的是居家观察人员的生活垃圾，风险就更大了。起初确实心里有点担心。但我是一名共产党员，我必须站出来！我对垃圾清运操作流程熟悉，清楚清运路线，这就是我的本职工作，关键时刻咱一定得顶上去。所以，我主动提出加入专项垃圾应急清运小组。作为组长，不仅要干，更要干好，让领导放心，让人民安心。

记者：作为专项垃圾应急清运小组组长，疫情期间的工作跟以往有什么不同？

李涛：一个是比较紧急。为更好地开展居家观察人员垃圾收运工作，按照区城市管理委提供的居家观察人员名单，我们先为每一户都发放了专用垃圾袋（黄色），并逐户嘱咐，一定要将全部产生的生活垃圾放进专用垃圾袋中。光是这项工作我们加班加点连续忙了两天。

还有就是任务更重、标准更严。在保证日常比较繁重的垃圾清运任务同时，需单独安排人员、车辆来清运居家观察人员的生活垃圾、口罩，同时做好消毒、防护，确保每一个环节都没有疏漏。

每天早晨8点，我们10名队员分成4个车组，奔赴延庆数百个村庄、小区为居家观察户清运垃圾。首次回收时和观察户沟通好无接触回收垃圾，然后牢记他们的地址、联系电话、居家观察结束日期等情况，方便以后清运。

垃圾清运中，我们严格清运流程，戴好口罩、手套，拎着橘色的消毒壶，在观察户家门口首先将一整袋封闭完好的垃圾全面消毒，再投入楼下专用垃圾车里，回去后按照医疗垃圾统一处理。在城区工作的队员赵臣、曹纯每天都要爬近百层楼梯，常常满头冒汗、双腿打颤，摘下口罩，内侧全是水珠。他俩很会自我解压，开玩笑道:“为居民出不来发慌，我们这日行万步刚好锻炼身体了!”

记者：专项垃圾应急清运面临的最大困难是什么，你们是怎么克服的？

李涛：首先是路途遥远。像千家店镇，离延庆城近百公里，一来一回，就得3小时。山路崎岖，有时候加上下雪低温，忍饥挨冻是常有的事儿。还有就是任务量大。组员经常满负荷运转，在妥善安排组员轮休的同时，哪个岗缺人，我就主动补位。再就是需要应对突发情况。面对新发地突发的疫情，我们小组全员迅速行动，按照标准严格做好垃圾消杀处理，守护人民安康。

记者：随着疫情防控进入常态化，您的工作有什么新的安排？

李涛：疫情防控工作进入常态化，针对区里的新要求、新任务，我根据清运经验和队内现状，向队长提议优化清运模式，三街一镇小区的特殊垃圾，可根据实际选择大型密闭式垃圾收集车或电动三轮车清运，提高清运效率。

2020年5月1日，新版《北京市生活垃圾管理条例》正式实施。我们组建了专业运输队伍，对生活垃圾实行专车收运、分装分运，同时我们的垃圾清运车还装上了小喇叭，行进中随行播放垃圾分类常识，成为行走的宣传站。条例实施的第一个月，全区厨余垃圾进厂量日均环比增长104.23%；其他垃圾进厂量日均环比减少31.27%。这说明我们的垃圾分类工作越做越细，越做越实。今后我们会继续巩固疫情防控成果，用环卫人的汗水浇灌美丽家园，用辛勤铸就美丽延庆。

（特约记者：曹文娟　责任编辑：朴添勤）

精细治理

JINGXI ZHILI

精益求精织密基层治理安全网

习近平总书记强调，这次新冠肺炎疫情防控，是对治理体系和治理能力的一次大考，既有经验，也有教训。要放眼长远，总结经验教训，加快补齐治理体系的短板和弱项，为保障人民生命安全和身体健康筑牢制度防线。要着力完善城乡基层治理体系，树立“全周期管理”意识，努力探索超大城市现代化治理新路子。北京市立足首都城市战略定位，把建设和管理好首都作为国家治理体系和治理能力现代化的重要内容，围绕补短板大刀阔斧地开展党建引领“街乡吹哨、部门报到”改革，完善“接诉即办”机制，围绕做深做实基层工作实现精细化治理，健全楼门长制、街巷长制，实行网格化管理，建设智慧社区等，有力推进了党建引领基层社会治理创新。所有这些举措，在此次疫情防控中得到了检验和强化。在疫情防控工作中，开展社区封闭式管理，加强对“三无”等薄弱社区的管理，推广运用智慧门禁、智能门磁、红外测温、大数据等科技措施，巩固全方位排查完善数据台账等，为进一步健全基层治理体系、提高基层治理能力打下了坚实的基础。

李强

清华大学首批文科资深教授，
社会科学学院原院长

宋雅军：
守护好光明社区的鸟语花香

宋雅军，女，1958年6月出生，中共党员，北京市东城区龙潭街道光明社区党委第四网格党支部委员，"明院花香"小巷管家团团长。曾荣获2018年度"北京市优秀小巷管家"称号。系疫情防控志愿者。

光明社区是一个兴建于1958年的老旧小区，有44栋居民楼、2个平房院和3栋商务楼宇，只有3号、4号楼有物业管理。疫情防控期间，宋雅军带领"明院花香"管家团的"小巷管家"们，在社区疫情防控的阵地上用坚守构筑起群防群治严密防线，用汗水浇灌下希望的种子，守护一方平安，迎接盎然春色。

记者：您作为光明社区的金牌"小巷管家"、"明院花香"小巷管家团的团长，在疫情期间，您都做了哪些事情？

宋雅军：我是一名"小巷管家"，同时还带领着"明院花香"小巷管家团。这些身份，意味着沉甸甸的责任。在社区疫情防控之初，我和一些老同志就向社区党委请战，主动要求参加社区疫情防控的值班。社区党委书记考虑到我们这些人岁数比较大，是易感人群，就没有安排我们参加社区值守。

虽然社区党委没有给我安排任务，但我总觉得作为"小巷管家"，作为一名退休党员，在特殊时期要发挥余热，起到带头作用。于是，我自筹资金购买消毒液、手套等防护物资，捐赠给社区疫情防控一线工作人员。东西虽然不多，但是我觉得，这代表了我的一点儿心意。

随着疫情形势变得严峻，社区党委决定，组织社区志愿者参加防控岗位值班。我和我们“明院花香”小巷管家团的副团长再次找到社区党委请战。经社区党委同意，我们以小巷管家团的名义，认领了社区防控3号岗位。在值守岗位的同时，我还带领团员更新宣传栏防疫知识、张贴防疫宣传标语，提示居民居家做好防护。作为光明楼1号楼4单元的楼门组长，我每天负责对楼道进行清理消毒，组织居民每日在微信群报送身体情况，关注返京人员情况，并把情况及时报送给社区党委。

6月11日新发地疫情发生后，除了日常防控外，我们小巷管家团又投入了新的战斗，动员辖区居民做核酸检测。23日辖区进行核酸检测，我们小巷管家团全体人员在现场维持秩序。

记者：社区防控期间，您遇到过困难吗？

宋雅军：最大的困难，还是做好群众工作，争取群众的理解和配合。站岗期间，我遇到了一些对疫情防控有抵触情绪的居民。作为疫情防控值守人员，既不能和这些人起冲突，还要给这些人耐心细致地讲解当前疫情防控的政策和社区防控的措施。说句心里话，有时气得都想不站岗了。可转念一想，社区党委和社区工作人员，从疫情防控开始连续奋战，都没怎么休息，做了大量的工作。看着他们这么干，我特别心疼。如果他们倒下了，社区的工作谁干？疫情防控谁来组织？社区居民的问题谁来解决？想到这儿，我就坚定了继续值守的决心。

记者：参加社区防控您有什么收获和感动？

宋雅军：我们这些人退休在家，都是岁数不小的人，能为社区疫情防控做点儿小事，为社区居民服务，是我们的责任，也是我们的骄傲，我们心甘情愿。

值守期间，最大的感动就是居民的理解和支持。大多数居民，都能够主动出示出入证，配合测温，有的居民还说一声“谢谢”。一句简单的“谢谢”，在我看来，就是巨大的鼓励和支持。有一次，有个居民不配合，说话也比较难听。这时另一个居民过来帮忙劝解，说不管刮风下雨，不管冷热，天天站岗，他们为的是什么？换位思考，就不能想想别人的不容易吗？我们的工作居民能够看在眼里，想在心里，还有什么比这更感动人的呢！

记者：您对社区常态化防控有什么好的建议？

宋雅军：针眼大的窟窿，斗大的风。一旦放松防控要求，有可能前功尽弃。新发地疫情警醒着我们：疫情还没有结束，常态化防控重在常态，社区防控还要继续坚持，尽可能精细化到每个单元。作为“小巷管家”，只要有需要，我们都会为社区居民贡献自己的一份力量。大家心往一处想，劲往一处使，我们一定能守护好光明社区的鸟语花香。

记者：通过您的讲述，我感受到了“小巷管家”的情怀。做了这么多工作，您对初心是否有新的认识？

宋雅军：能够在这次疫情防控期间，发挥自己的余热，我觉得特别开心。我觉得，作为一名党员就要始终牢记自己的入党誓言。去年，我们参加了“不忘初心、牢记使命”主题教育，这次疫情防控就是检验我们初心、考验我们担当的大考。我觉得，要不忘入党誓言，不忘初心，关键更要看怎么做。作为退休党员，虽然年龄大了，但我还是要以合格党员的标准要求自己。

（特约记者：杨瑞兵　责任编辑：袁瑛）

赵玲玲：
关键时刻的敏锐来自日常的千锤百炼

赵玲玲，女，1961年1月出生，中共党员，北京市西城区疾病预防控制中心党委书记。2020年，中心第四党支部荣获“全国抗击新冠肺炎疫情先进集体”称号。

2020年6月，北京发生新发地疫情，西城区疾控中心从发现第一例确诊病例到锁定感染“源头”新发地市场仅用了22小时，打响了全市疫情防控战役的“第一枪”，更为控制此次疫情赢得了宝贵的时间。

记者：在时隔56天无本地报告新增确诊病例后，西城区发现了此轮疫情中的首个病例。在这次疫情的追本溯源和防控过程中，您带领队员们做了哪些工作，遇到过什么困难？

赵玲玲：6月11日，我们接到宣武医院报告新发地疫情首例确诊病例后，第一时间赶到现场，对该例确诊病例的活动范围进行了细致的流行病学史调查。调查工作从11日下午1时持续到4时，详细还原了患者唐某从5月23日至6月11日期间的活动情况。

让一位50多岁的患者把自己将近20天的行程回忆出来，是一个非常艰苦的过程。在我们调查人员的引导下，患者通过查阅支付记录、电话记录、手机照片等各种方式尽可能回忆每天的活动细节。在回忆6月1日的行程时，患者遇到了困难，查阅微信也没发现有价值的线索。调查人员只记得他家小孩上小学，就引导他说：那天是六一儿童节，试试能不能想起什么？经这么一提醒，患者立刻想起当天陪孩子去西山森林公园过节的情景。

就是通过这样绞尽脑汁、一点一滴的努力，我们的调查人员经过3遍梳理，在满满两页纸的日程表上没有放过任何一个空白时段，在第一时间快速、精确地还原了患者20天的活动轨迹。

记者：从发现第一例确诊病例到锁定感染“源头”新发地市场，仅用了22小时，这对后续全市开展疫情防控工作意味着什么？

赵玲玲：新冠病毒传播迅速，如不及时加以控制，受感染人数以及造成的经济社会影响会呈几何倍速增长。以某国为例，从3月9日的400例到3月28日的10万例仅用了20天。新发地市场关系着大半个北京城的菜篮子，平时每日人流量高达6万人。面对如此人群密集流动的场所，早1分钟控制，就意味着能让数以千计的人免受威胁；早1分钟控制，就意味着能将病毒的播散限制在更小的范围；早1分钟控制，就意味着能让疫情对社会、经济的冲击更小一些。

因此，作为近期的首例病例，对其进行流行病学调查后获得的活动轨迹就成为我们控制疫情的黄金线索。西城疾控在完成病例的确认和流行病学史调查后，仅用22个小时就锁定了感染“源头”新发地市场，再次体现了首都疾控系统的速度与战斗力，为控制此次疫情赢得了宝贵的时间，也牢牢抓住了下一阶段疫情防控的主动权。

记者：这次疫情防控，西城疾控向首都人民交上了一份满意的答卷，您觉得疫情控制取得显著成效的关键是什么？

赵玲玲：疫情控制的关键是业务人员对传染病的敏锐察觉。关键时刻的敏锐来自日常的千锤百炼。

预防医学中有一个说法很有代表性。举个例子来说，有个小孩因失足掉进河里，临床医学注重如何救护这个个体，预防医学注重的则是如何在河边建起围栏，保证群体安全，防止类似事件发生。因此，在预防医学中有这样一个悖论：预防医学越不被人关注，说明其日常工作做得越到位。

通过这次疫情，我们深深地体会到：党建工作的重点体现在平时，如果平时做得到位，关键时期整个团队的效能发挥得就好。因此，当疫情离人们很远的时候，我们可能并不会引起大家的关注；而当疫情来临的紧急时刻，疾控中心又能站得出来、顶得上去，发挥出的作用是任何其他组织和机构无法代替的。

记者：结合此次疫情防控经验，您认为今后要做到系统、科学、长期抓好疫情防控，还需要补齐哪些短板、解决哪些问题？有什么改进思路？

赵玲玲：西城区是首都功能核心区，工作要求高、标准严。位于“红墙下”的西城疾控，其使命就是要保证辖区人民健康，保证党政军机关平安。我们看到，经历过“非典”的一线人员，17年后都是各专业领域的业务骨干，在这次疫情防控中发挥了很好的传帮带作用。

因此，我认为，未来党建引领的核心还是在人才培养。我们要进一步健全干部人才培养、激励保障等制度和机制，积极搭建干部队伍和人员梯队，把能干事、想干事、干成事的人放在合适的岗位上，鼓励每个职工在岗位上发挥作用。通过建立党员先锋岗，激励党员充分发挥先锋模范作用，强化专业性、突出示范性、彰显先进性。我们相信，虽然每个人力量微小，但凝聚在一起就会形成强大的力量。

（特约记者：王霄　责任编辑：曹晓晨）

任玉娟：
“号手”就要冲在最前面

任玉娟，女，1974年1月出生，中共党员，北京市朝阳区三里屯社区卫生服务中心党支部书记，副主任医师。曾多次荣获朝阳区卫健系统优秀共产党员、优秀党务工作者等称号。2020年荣获“全国抗击新冠肺炎疫情先进个人”称号。

“通知支部委员和班子成员，下午3点半在会议室召开紧急会议，部署密接人员流调工作。”2020年1月20日下午，刚刚参加完区疾病预防控制中心重点传染病防控工作部署会议的任玉娟，通过电话向支部委员和行政班子成员吹响疫情防控“集结号”。

在疫情面前，任玉娟发挥“班长”作用，冲锋在前，带领中心27名党员、122名职工凝聚起疫情防控的强大力量，守护着一方百姓健康。

记者：根据信息通报，北京市确诊的首例病例在确诊前曾前往朝阳区麦子店街道的一个商铺，您当时采取了什么措施？

任玉娟：我和工作人员第一时间赶赴现场进行流行病学史调查，发现该商铺未营业。为防止疫情扩散，社区卫生中心立即启动“四级联络”机制，得到街道的积极响应，仅半个小时就顺利完成密接人群的随访工作。

记者：这么短的时间就完成了密接人群的随访工作，您的战疫绝招是什么？

任玉娟：要说绝招，就是我们建立的“四级联络”机制。通过“四级联络”机制，特别是动态大数据平台，我们可以及时有效筛查相关人员信息，提高工作效率。

我们中心重点服务的三里屯街道和麦子店街道地理位置比较特殊，涉外机构和外交人员多，突出的问题是摸排数量大、工作难度大、标准要求高。在这种情况下，为了实现分层管理，我们主动深入街道协商对策，联合建立数据组、访视组、街道沟通联合办公组、社区对接组，通过“四级联络”机制，实现中心与街道主要领导、分管领导、主责科室、预防保健人员和各社区居委会工作人员之间无缝对接。

记者：本次疫情防控你们承担的重点工作任务是什么？成效如何？

任玉娟：这次疫情防控，我们的重点工作任务是重点人群的健康管理和医院感染控制。具体包括日常门诊、健康监测、核酸采集、结果核实和人员转运等工作。在最初的两个月时间里，共管理密接人员80人，排除疑似病例5人，完成密接人员、境外返京人员核酸采样检测87人次；四类重点人群管理416人（其中境外返京328人），完成核酸采样416人。

承担社区武汉返京人员的核酸核查工作，是区卫生健康委交给我们的一项光荣而艰巨的政治任务。这项工作历时2个月，累计核查2547人次。工作中，我总是第一个到达现场，叮嘱工作人员穿好防护服，做好核查工作，在核实发放绿码、登记表和离场人数准确无误后，联系好现场消毒人员。每次，我都是最后一个离开现场的人。

记者：工作量确实很大，您是怎么开展工作并调动起各方力量的？

任玉娟：区卫健委党委疫情防控工作部署会后，我们根据中心的实际情况，研究制定了“一体推进、两线统筹”的疫情防控整体工作思路，在党支部统一领导下，坚持社区卫生日常工作和疫情防控工作两线作战，合理搭配，协调运转，坚持每天早晚碰头会、每周总结会，及时查漏补缺，总结经验教训，解决矛盾问题，确保各项工作稳步、有效地推进。

为了及时统一思想，广泛凝聚力量，我们以党支部的名义下发了《致全体党员的一封信》《致中心全体职工的一封信》，有针对性、有重点地开展"三会一课"、主题党日活动，通过党建引领激发抗疫动力。

在密接人群流调、转运、上门采样、武汉人员返京核酸核查等工作中，中心领导干部带头下沉科室、街道、社区和接驳点位，和大家一起奋战在抗疫一线。从春节至今，大家基本没休过一个完整的节假日。

这次疫情大考，考验的是党组织的战斗力，锤炼的是党员的党性修养。抗疫斗争中，我们第一时间向全体干部职工发出"取消休假、在岗履职"紧急动员令，要求班子成员和广大党员率先垂范、示范引领，积极投身疫情防控主战场。由党员带队，先后70余次深入社区、养老机构、派出所、大使馆等开展志愿服务，参与社区防控，服务辖区居民13000余人次。利用电子屏、微信公众号、微博和家庭医生服务团队等，向社区居民和患者宣传新冠肺炎防控知识千余条次，有重点地加强对老年人、儿童、孕产妇等特殊人群的健康指导，为诊断明确、病情稳定的签约居民提供"极简取药"，服务百余人次。

（特约记者：张文斌　责任编辑：徐玲玲）

徐　利：
越细心　越暖心　越放心

徐利，男，1988年5月出生，中共党员，北京首佳物业管理有限公司小营管理处物业经理。曾荣获朝阳区大屯街道“优秀共产党员”称号。

“作为一名共产党员，冲锋在前是理所应当的。”疫情期间，首佳物业朝阳区大屯街道干杨树小区物业经理徐利一直坚守岗位，不惧风险，奋战在抗疫第一线。

记者：抗击新冠肺炎疫情期间，您服务的小区面临的最大问题是什么？

徐利：我们小区从疫情初期就实行出入查证登记、测量体温、封闭临时出入口、限制外卖和快递人员入内等一系列管控措施。当时面临的最大困难，就是居民们的防控意识还没有转入战时状态。有的居民忘带出入证，希望“网开一面”，遭到婉言拒绝后，三番五次到物业投诉；有的居民不愿戴口罩，抱怨“戴什么口罩呀，憋得齁难受的”；还有的因为不让外卖员进小区，直接拒接电话，把送餐人员“晾”在小区大门口。

记者：针对以上问题，作为项目经理，您做了哪些工作？

徐利：我们主要围绕“稳、保、促”开展工作。

首先是“稳”。按照属地街道、社区及公司党委安排，我们第一时间组织员工召开了专项会议，宣传此次疫情防控工作的重要性和紧迫性，带领团队全体人员认真学习疫情防护知识，坚决贯彻落实每一项防疫工作规范要求，要求项目党员和核心骨干坚守在一线，发挥稳一线、稳团队、稳基础的带头示范作用。

其次是“保”。面对疫情初期防疫物资短缺局面，我们多方联系，采购了口罩、一次性手套、防护服、护目镜、测温枪、84消毒液、75%酒精等防疫物品，实现了防疫物资配备到位、员工个人自我防护有效。

再次是“促”。项目组按照区房管局、朝阳物协的要求，紧急采取小区临时封闭管理措施，严格按照规定进行每日不少于2次的公共区域消杀。我带领团队成员，通过悬挂条幅、张贴海报、发放小册子、走访住户等形式，配合社区挨家挨户将科学防护知识宣传至每户居民家中，引导居民们科学应对，不信谣、不传谣。

记者：疫情防控期间，在物业管理工作方面你们有哪些改进提高？

徐利：我们根据社区网格区域化党建工作的要求，制定了“越细心、越暖心、越放心”的“三心”工作方针。

一是“细心”，我们建立了疫情防控专班队伍，包括安保小分队、消杀小分队、设备小分队、社区志愿者，明确工作职责，责任到人，实行疫情防控网格化、全覆盖、不断线。

二是“暖心”，在小区大门侧边增设便民快递存放货架，配备推车方便居民搬运。在电梯厅设置一次性抽纸和垃圾桶，张贴安全一米线。为空巢老人及居家观察人员做好服务。

三是“安心”，我们通过业主微信群，每天发工作照片、好人好事和政策解读，把宣传阵地建在朋友圈里。

记者：回顾这次社区疫情防控工作，您能总结一下小区“零感染”背后的工作“秘诀”吗？

徐利：疫情防控是一场惊心动魄的人民战争，在付出的同时也有很多收获。我总结了“懂、建、宣、定、查、记”六字工作法：

一“懂”，在公司党委领导下，认真学习党和政府的防控精神与区房管局、物协、街道社区有关疫情防控的工作要求，在学懂的基础上，熟练掌握疫情防控措施的操作要点，提高实战能力。

二“建”，我们组织物业服务人员组建专班管控队伍，建章立制、整合资源、分工合作，形成抗疫合力。

三“宣”，与社区党组织、居委会共同做好疫情防控宣传和发动工作，营造“互信互利”的浓厚氛围。

四“定”，落实常态化、标准化防控措施，在小区出入口、楼门、宣传栏等明显区域进行公示，宣传到位，让居民放心、安心。

五“查”，每天早8点至晚8点期间，每两小时进行一次防控巡查，发现问题及时改正。

六“记”，建立防疫档案，保持记录可追溯性。

疫情发生至今，我几乎整日无休。每天一般都是6点出门，晚上8点之后到家，有时加班至深夜，对需要照顾的家人，我的内心充满了愧疚。但我深知，作为一名共产党员，关键时刻必须挺身而出，冲锋在前。

记者：对小区物业工作人员在疫情防控中的表现，您有什么样的评价？

徐利：我在首佳工作10年了，首佳物业公司所传承的“讲政治，讲服务，讲奉献”“真情服务，精益求精”的企业理念已成为我一直以来恪守的工作原则。在疫情防控工作中，许多像我一样平凡的物业人员临危不惧、肩负重任，用行动诠释了责任的意义，用生命守护着业主的平安健康和园区的祥和安稳。防控疫情的每一项政策落实，离不开物业人的行动担当，我要为所有的物业人点赞。

（特约记者：孙桂秋　责任编辑：曹晓晨）

戴 丹：
“全区一盘棋”让我们充满必胜的信心

戴丹，女，1984年6月出生，中共党员，北京市海淀区永定路街道民生保障办公室科长。

新发地疫情发生后，玉泉东市场密切接触者相继确诊。一夜之间，玉泉东市场成为海淀区抗击疫情的主战场和前沿阵地。作为永定路街道疫情防控办公室负责人，戴丹在将近一个月里处于连轴转的工作状态。

记者：用不到一个月的时间就控制住了疫情，堪称令人称赞的“北京速度”“海淀速度”“永定速度”。您作为一个经历者、参与者，感受是什么？

戴丹：最大的感受就是突如其来。疫情来势汹汹，而且就发生在了我们身边，对其危险有多大、波及面有多大、影响有多深，一切都是未知，根本就没有时间去准备。

但在具体应对层面上，我们拥有了以不变应万变的良好基础。这得益于街道前期疫情防控工作扎实，组织架构和力量配置都比较强，此外就是前期的数据是一日一清的，对于这次疫情也起到了很好的借鉴作用。

记者：在这种情况下，街道工委在区委区政府的指挥下，制定了哪些积极应对的防控措施？

戴丹：街道工委第一时间成立以工委书记、街道办事处主任为组长的领导小组，按照市、区指引，因地制宜制订了应急方案。玉泉东市场出现疫情的当天也就是6月14日，晚7点封控了市场周边的9个小区，实行“只进不出”政策，晚12点开始执行更加严格的“不进不出”政策。

在完全封控前的几个小时，社区工作者们舍小家顾大家、迅速返回岗位。街道成立了以科长为骨干的队伍，每个科长负责包片一个封控社区。自封控通知贴出的那一刻起，包片科长就跟区委组织部的下沉干部们一起，24小时值守在点位上，为群众答疑解惑，及时汇总群众的各种需求。

封控当晚，区委区政府在永定路街道成立了战时指挥部，连夜研讨汇总上来的问题，制订应对预案。在第二天凌晨4点半将预案通知到各封闭社区及包片科长，确保天亮后能妥善解决居民的各种诉求。

记者：这么多小区在统一时间关闭，居民会产生各种各样的需求，街道工委采取了哪些措施帮助居民平稳度过封控的14天呢？

戴丹：14天里，居民们电话咨询不断，有各种各样的问题需要解决，我和同事们的手机，还有办公室的两部座机，真的是天天被打爆。居民的诉求既有“菜篮子”“药匣子”“米袋子”等共性问题，也有涉及高考、看病、生孩子、老人去世等个案问题。我们采取了“线上+线下”“小集市”等方式，在确保符合防疫标准的条件下，协调多方资源，全力保障防疫期间的居民生活。随着封闭管理的时间延长，慢性病患者的买药需求多了起来。自6月24日开始，“封闭社区代购药品应急小分队”正式上岗，解决居民的“药”紧事。

记者：永定路街道是北京市此次疫情中最晚一个进入高风险、最早一个退出高风险的街道，您认为此次疫情防控取得显著成效的关键是什么？

戴丹：永定路街道6月14日进入中风险，6月23日调为高风险，6月29日降为中风险，7月7日降为低风险。成功控制疫情的关键，我觉得在于三个

“坚持”，就是坚持党建引领、坚持全区一盘棋、坚持群众至上。

党组织战斗堡垒作用的发挥、党员先锋模范作用的发挥是战疫制胜的法宝。我们在社区20个点位成立了战旗党支部，在楼栋门口、社区卡口、检测站点处处都可见党员同志们平凡却伟大的身影。防控一线在哪里，党员就冲锋到哪里，用血肉之躯筑起一道坚不可摧的红色堡垒，使我们的党组织真正成为群众的主心骨。

区委区政府高度重视、高位协调、靠前指挥，是战疫制胜的最强“大脑”。区委区政府第一时间在永定路街道成立了疫情防控战时指挥部。于军书记和曾劲区长更是多次到重点点位指挥调度，一线研判、当场决策、精准施策。

此外，我们在人员和物资上也得到了来自全区各方的倾囊相助。6月14日封控当晚，区委组织部从全区28个单位紧急调动68名区派干部连夜驰援封控社区。天客隆超市疫情出现后，区委组织部又连夜从全区抽调18名精锐，成立战旗党支部，全面接管第二批封控小区的值守工作。6月22日，12家单位以“包卡口”形式，再次充实街道的防控力量。我们战斗在防控疫情前沿，但是我们并不孤单，“全区一盘棋”让我们充满必胜的信心。

有句话说“你把人民捧在心里，人民就把你举过头顶”。我们有一个坚定的信念，就是想尽一切办法保障好群众的生活。同时，我们还全力以赴组织好核酸检测，累计完成近12万人的检测。

（特约记者：王瑞萍　责任编辑：宋丽群）

周德旺：

让防疫工作既有力度又有温度

周德旺，男，1965年2月出生，中共党员，北京市海淀区四季青镇西冉村党总支书记。

一场突如其来的重大疫情，考验着西冉村“两委”应对风险的决断力和行动力。面对严峻又复杂的疫情形势，他们扛责在肩，用实际行动诠释着奉献与担当。

记者：面对突发疫情，西冉村是如何开展防疫工作的？

周德旺：接到疫情防控通知后，我村立即成立疫情防控工作小组，研究启动应急预案。随后，召开党员大会和村民代表大会，号召党员、村民代表、村民小组长带头参与群防群控。

加强对村中6条主路的管理，人行道、车行道各留一个出入口。明确时间点、细化分工、责任到人，对进村人员及车辆严格做好筛查登记。印发3000余份《致村民的一封信》，使用“流动宣传车”向村民宣传防疫政策。

那时候我们常互相鼓劲：“咱们是村民的守护者，关键时刻舍我其谁，一定要把好村口的这个关。”

记者：西冉村流动人口多，增加了疫情防控的困难，你们是如何解决这

个问题的？

周德旺：西冉村有回迁小区和自然村，基本上家家户户都有出租房。据流管办统计，2020年春节时，村中流动人口有1.3万人，其中约4000人未离京。这意味着，春节过后会有近9000人陆续返京回村，给防疫工作带来巨大压力和考验。

为此，党总支牵头对840户开展了“敲门行动”。开放式平房区散居人口出入难排查，村委会第一时间进行道路管控截流，制作人员及车辆通行证，实现进村实名登记。对返京的租户，联合房东做好居家观察人员的监督和服务。

记者：西冉村辖区内汽车销售网点集中，4S店比较多，人员流动量大，你们是如何解决这个矛盾的？

周德旺：由于4S店与居住区混杂在一起，来做车辆保养、维修的流动人员多，增加了卡口管控的难度和流动交叉感染的风险。对此，我们及时建立联防联控机制，来访人员除要在进村入口扫码、测温、登记外，还需4S店工作人员到点位接应来访人员、车辆。村委会及时做好经营场所、沿途路径等重点部位的消杀。

记者：6月11日新发地出现疫情后，西冉村采取了哪些措施应对这波疫情？

周德旺：新发地疫情发生后，我村所有工作人员立即到岗，迅速开展第四次“敲门行动”，对排查出的去过新发地者及同住人员第一时间组织核酸检测。之后，又通过4天连续奋战，顺利完成本辖区村民及流动人口共计10651人的核酸检测。

6月16日凌晨，接到通知要求各餐饮单位食堂立即开展全面消毒，我村发动公司综治办、巡逻队、绿化队等连夜展开行动，于早上7点顺利完成全部消杀任务。

记者：听说防疫期间大家给您起了一个绰号——“周医生”，名字的缘由

能给我们讲一下吗？

周德旺：这次疫情暴发突然、战线长，卡口把控严格，个别住户不理解、不配合，甚至出现对值守人员恶语相向的情况。值守人员长期处于高压状态，有时难免心理失衡。有一次，我无意间发现一名女同志委屈哭了，我就想一定要为大家做好心理疏导。于是我就借轮休时间给值守人员讲《毛泽东语录》、历史故事来缓解心理压力、加油鼓劲。之后，大家就笑称我为“周医生”了。

记者：西冉村的基层干部被村民称为“铁军”，请您谈谈在这次防疫中最突出的感受是什么？

周德旺：最大的感受就是只要团结一致，无论多大的困难，都一定能战胜。

西冉村车辆进出口点位负责人崔钰，自疫情防控工作启动以来，始终坚守一线，其间母亲去世，同事们主动排班替他值守，可第二天一大早，他又准时到岗。另一位同志巴健，日夜奋战在防疫一线，一天值守完毕后，回家洗澡时突发脑出血，经抢救无效去世，年仅46岁。

西冉村每一位基层工作人员都以巴健同志为榜样，始终坚守一线，以“白加黑”的工作模式，抓实抓细防疫工作各环节，铸就了抗击疫情的“铁军”。

记者：很多村民说，西冉村的防疫工作让他们觉得安全又温暖，请您介绍一下。

周德旺：在这次防疫工作中，我们从细处着眼，始终把村民的健康安全放在首位，凡事想在前、做在前，让防疫工作既有力度又有温度。比如，我们与果蔬超市对接，由工作人员提供上门配送，做好居家观察人员的生活服务保障。对有特殊需求的老年人、长期服药的村民等人员，我们联系社区服务站和医院，为他们代购药品并送到家。我们坚持用“真心”为服务增添温度，也获得了村民的理解和支持。

（特约记者：徐欣　责任编辑：宋丽群）

董　进：
为疫情防控装上“千里眼”

董进，男，1971年11月出生，中共党员，2000年取得清华大学博士学位，曾任IBM研究院副院长，现任北京微芯边缘计算研究院院长。

一枚小小的芯片，用创可贴固定在腋下，手机里下载应用程序，不用连线，也不用人工测量，体温数据就会自动传送到防控值守端。测温精度误差小于0.05℃，体温有了异常就会报警。作为海淀区重点支持的新型研发机构，董进带领的北京微芯边缘计算研究院研发团队仅用6天时间就研制出基于超微芯片的可穿戴式智能体温计，并在海淀区率先试点应用。

记者：您作为北京微芯边缘计算研究院的负责人，在支持北京市新冠肺炎疫情防控中做了哪些工作？

董进：1月25日大年初一，我们接到一项紧急科研任务，就是要用最短的时间研发出高效支持北京市疫情防控管理工作的科技产品，团队协同配合、争分夺秒地研制出基于超微芯片的可穿戴式智能体温计。这款设备具有自动测量体温并将数据自动上报的功能，在社区防疫中应用于居家观察以及固定集中医学观察点的监测管理，排除了人为虚报、漏报、错报、错记体温的可能性，大幅度提高了社区重点人员筛查的及时性和准确性。

在疫情攻坚阶段，我们在北京市持续不断扩大试点范围并开始业务化运行，逐步实现了全市333个街道乡镇和7000余个社区（村）全覆盖。

记者：您研发这款智能化设备的灵感是怎么产生的？它弥补了市面上测温产品的哪些短板？

董进：在防控疫情期间，居家观察人员每天至少需要测量两次体温，自己测量又可能不准确；医护人员上门测量，面临被感染风险；管理居家观察人员，需要社区工作人员人工服务，或者安装技术监测设备。市面上现有一些测温产品存在体积大、能耗高、瞬时性检测不准确等缺陷。正是为了解决这些居家观察的短板，启发了我们开发新产品的灵感。

可穿戴式智能体温计，采用的是一种集成先进传感的低功耗超微型智能可信芯片，搭载超微芯片的智能体温监测设备具有实时体温监测和预警提示功能。它可以实时精准地连续采集体温信息14天以上，是目前全球最小、最精准的可穿戴式连续智能测温设备，被称为“腋下创可贴”。

可穿戴式智能体温计操作便捷，下载应用程序绑定设备后，只需直接将含有超微芯片的智能体温计贴在腋下皮肤上，就可以自动测量体温、自动上报数据；在防控值守端，工作人员通过电脑就可以实现对居家观察、集中医学观察人群的精准应急管理，可以说为疫情防控装上了“千里眼”。

记者：刚刚您提到，采集到的数据会自动上传到后台系统，我们想进一步了解一下后台系统是怎样进行识别筛查的，它的突出作用是什么？

董进：研发产品是第一步，科技产品要与社会管理有效结合，才能在重大事件中发挥出更大的价值作用。我们的团队通过人工智能等技术，搭建与之匹配的防疫智能筛查系统，基于智能体温计采集的实时测温数据，采用深度学习推理模型，对非新冠发热人群、新冠感染者与健康人群这三类群体实现自动分类和筛查。

同时，根据疫情防控所需，智能筛查系统上线后可以同时支持100万人以上的并发需求，并建立涵盖市、区、街道、责任单位的多级闭环管理体系，开展远程、实时、全域性体温筛查，为疫情防控决策提供了科技保障。

记者：科技“防火墙”在现阶段的应用情况是怎样的?

董进：自2020年2月到6月初，筛查系统已在北京市覆盖30万人，涉及集中医学观察点观察人员、居家观察人员、企事业单位的重点人员、餐饮厨师、家政服务人员、美容美发人员等，以及20万初三、高三毕业班师生，累计筛查出体温异常1199例，并精准识别其中的新冠感染者。该系统在服务疫情重点地区高效精准防控的同时，还根据采集到的一线数据，打造出目前全国最大的新冠连续体温特征库。特别在此次新发地疫情发生后，我们紧急调配10550台智能体温计，覆盖全市46个密接集中观察点，智能筛查平台将其中所有新冠感染者全部提前正确识别。该系统预警平均提前2.4天，其中最早一例做到提前10天预警，尽早阻断传染源、最大程度减少扩散，做到早发现、早预警、早排除、早切断，竭尽所能地为老百姓树立起一道无形的抗疫“防火墙”。

随着疫情在国外的蔓延，利用高精度传感器进行体温监测已呈现出一种技术趋势，多体征监测更是防疫科研的主攻方向和技术高地。研究院正有序研发新一代可穿戴式多模态体征采集设备，我们要充分发挥“黑科技”优势，利用“千里眼”智能筛查系统，助力国际疫情防控，彰显中国科技力量。

（特约记者：王妍　责任编辑：宋丽群）

姜琳娜：

团结一心是最强大的“组合拳”

姜琳娜，女，1978年6月出生，中共党员，北京市丰台区新村街道怡海花园社区党委副书记、居委会主任。

怡海花园是丰台区最大的开放式社区，有46栋居民楼，常住居民7890户3万余人。人口多、租户杂、商户聚集，给新冠肺炎疫情防疫工作带来极大压力。面对重重考验，姜琳娜带领社区党员干部探索实施党建引领、科技支撑、多元共治和“侨之家”等特色工作法，群策群力，筑牢了疫情防控的安全防线。

记者：怡海花园在疫情防控中面临的最大考验是什么？你们是如何应对的？

姜琳娜：对大量人员出入实现精准动态管理，是我们疫情防控中面临的最大考验。疫情防控阻击战之初我就意识到，面对严峻的防控形势和严格的防控要求，如果单纯依靠“人海战术”，费时费力不说，更会延误疫情防控最佳“窗口期”。习近平总书记指出，“城市管理应该像绣花一样精细”，这句话为我们社区战疫提供了方法论。要做到像绣花一样精细，关键是要借助科技平台的强大支持。

我们的“智能民情图”整合了辖区人、地、房、事、物、组织等基础数据，形成集党组织建设、社区办公、民意收集、社区资源查询与基层综合数据库五大功能于一体的智能服务体系。后来，社区的商户、路灯、绿化、监控等数据信息也都纳入其中。当居家观察人员、租户情况、分类管控等情况发生变化时，“智能民情图”会同步进行更新，确保24小时动态掌控。

记者：像“智能民情图”这种科技手段，社区还有哪些？发挥的作用怎么样？

姜琳娜：强化科技支撑，是社区治理现代化的发展方向，也是超大型社区“精细化”战疫的必然选择。利用科技支撑提高社区治理水平，我们收获巨大。

社区通过接诉即办“双平台”，即社区党委“掌上微信12345接诉平台”+物业企业“24小时接诉平台”，实时接收居民诉求，并由业务专员推动落实，实现了“线上线下”“多维度双平台”同步接诉办理。对于居家观察人员，社区在做好物资保障、心理疏导的同时，通过智能门磁系统进行全方位精准管理，极大减轻了社区管控压力。

记者：总结社区2020年以来的疫情防控工作，您感触最深的是什么？

姜琳娜：怡海花园通过党建工作协调委员会，调动辖区单位、社区民警、居民代表、商户代表共议防控策略，广泛开展宣传动员；成立疫情防控临时党支部，将基层党组织的领导力延伸到居民群众中、普通商户中，构建起党建引领下的联防联控体系；将党建引领嵌入物业管理，通过“交叉任职”，从机制上提升社区党组织对物业的有效领导，打造具有怡海特色的“红色物业”，依托网格化服务平台，形成了责任共联共同体。社区党员用辛劳与汗水、坚守与奉献，织就了抵御疫情的严密防线。

4月11日，市委书记蔡奇以“四不两直”方式来我们社区检查时，对社区疫情防控工作给予了肯定。他指出，要将社区防控许多好做法固化下来，进一步提升基层治理效能。加强居民自治，共同建设管理好美丽家园。今后，我们对做好社区工作信心更足了。

记者：这次疫情大考，广大社区居民给予了充分理解和支持。在发动大家参与社区协同共治方面的最大启示是什么？

姜琳娜：最大启示就是要相信群众力量，永远不要脱离群众。战疫关键时刻，怡海花园全体居民都行动了起来，主动参与防控工作。有的居民白天上班，晚上回到社区继续值班、守好大门；有的居民在防疫物资极度匮乏的情况下，自发捐来口罩、消毒用品；有的居民心疼冒雪值守的同志，不留名不留姓，送来食品后默默离去……大家互相理解、互相帮助，哪怕是再平凡的举动，也能温暖人心、赋予力量。居民梁光义老先生饱含热情，用遒劲的笔力写下对我们工作的鼓励和支持："五湖扬德政，四海战瘟神。"

在社区治理中，团结一心是最强大的"组合拳"。只要坚持用心用情为居民服务，就必然赢得广大群众的信任与支持，形成社区治理的强大凝聚力、向心力。

记者：怡海花园社区有一个特色，就是归侨侨眷和留学人员多。社区在组织他们参加疫情防控方面做了哪些工作？

姜琳娜：怡海花园是市政府1992年到香港招商引资的重点项目，2019年被评为北京市首批"侨之家"示范单位。当得知湖北70%的医护人员为女性时，社区通过北京侨商会和北京怡海公益基金会发起"石榴行动"，募集女性卫生用品及时送往湖北。当塞尔维亚疫情肆虐时，我们组织社区的孩子们以书信、绘画、书法、视频等方式为"老朋友"加油打气，社区侨联还组织了防疫物资捐赠活动。

（特约记者：江晓　责任编辑：蔡庆悦）

李美红：
“铁娘子”战疫记

李美红，女，1977年1月出生，中共党员，北京市石景山区八角街道八角中里社区党委书记、居委会主任。曾荣获“北京市优秀社区党组织书记”等称号。2020年荣获“全国抗击新冠肺炎疫情先进个人”称号。

打赢新冠肺炎疫情防控阻击战，重点在基层，难点在基层，而最大的力量也在基层。李美红深知肩上的责任，她带领社区干部和居民坚定信心、全力以赴、共抗疫情，努力守好“三道门”，聚焦“三类人”，当好“三大员”，牢牢镇守着八角中里社区疫情防控的堡垒高地。

记者：您觉得疫情防控以来哪段时间比较艰难，您是如何面对的？

李美红：八角中里社区是20世纪80年代建成的老旧小区，社区特点是“三多”——流动人口多、老龄人口多、产权单位多。疫情防控之初，最大的难点就是摸排工作量大、难度高。但是，我们的同志们只用了两天半，就完成了分属28个产权单位的33栋楼2445户7000多人的初步电话排查工作，并制作了抗疫挂图，做到一本准、一口清。

大年三十我在街道开完会后，就在社区群里发消息，要求大家回来加班核实情况。接到通知后，兄弟姐妹们二话没说，全都带着铺盖卷儿来了。社区活动室内十来张简易折叠床就是我们的“宿舍”，地上的两个电饭锅就是我们的

"食堂"。大家每天都忙到深夜才眯一觉，早上一睁眼又马上进入工作状态。

我们社区是八角街道第一个采取"封门"管控措施的小区。因为社区地理位置特殊，为了少走几步路，大家已经约定俗成地每天都从小区穿行，有30多年了。这次为了防止外来人员穿行，在考虑各方面因素后，封闭了北门，只保留南门进出。开始时，个别老街坊有意见，说是因为我这个社区书记家住南边，为了个人私利，开南门封北门，还向"12345"市民服务热线投诉。让我特别暖心的是，由于这些年社区一直在抓基层党建工作，所以当时就有在职党员和社区党员帮我们做了解释工作。

记者：社区没有一人感染新冠肺炎，你们抗疫成功的秘诀是什么？

李美红：能有这个成果，实属不易。我们两手抓，一方面做好防控，另一方面做好服务。当时我们提出，要在防控上守好"三道门"，在服务上聚焦"三类人"，努力当好"三大员"。

社区干部当好"守门员"，守好大门、楼门和家门。为了守好门，社区安装了智能测温、刷卡双控门禁系统，居民凭证刷卡并测温正常后才能进入，外部人员验证、测温、扫码、登记缺一不可。

努力当好"服务员"。组建了由社区民警、社区医生、物业保洁、社区干部、楼门长和我组成的"六人关爱小组"，做好失独空巢、失能失智老人，残疾人和居家观察人员的服务工作。管片干部每天做好居家观察人员体温监测工作、生活需求服务，以及政策解释和心理疏导关爱。最多的时候，我们一天同时为150户居民服务。

疫情防控进入常态化后，我们又提出要当好维护百姓健康的"安全员"。社区党委成立了由街道包片处级干部、辖区城管、社区民警、市场监管、社区专员、安全员和社区书记组成的"七人治理小组"。为辖区商铺开展日常消毒、复产复工指导协调工作。

大疫当前最考验的就是人性，我想，打赢这场人民战争的最大秘诀，就是社会各方力量和社区老街坊们的支持和参与。6月11日新发地疫情发生后，大家在第一时间就进入战备状态，和时间赛跑，与病毒较量，仅仅用了24个小时就完成了7900多人的摸排和健康台账建立工作，还全程陪伴居家观察人员进行核酸检测及后期追踪服务。

记者：据了解，在疫情防控中，八角中里社区在“技防”方面发挥了重要作用，您能具体介绍一下吗？

李美红：我们社区是全街道第一个实行封闭管理的，居委会给居民们办理的第一代出入证是纸质的，容易被冒用、盗用，给社区管理带来漏洞。通过社区干部们的“头脑风暴”，我们决定启用智能卡，在社区安装了智能门禁系统。3月19日，社区开始使用智能出入卡。居民持卡进入社区，可以同时完成人脸识别和红外测温。智能卡分为常住居民卡、租户出入卡、学生卡、临时卡4类。卡片采取实名登记，每户设有一个编码，便于准确掌握居民的相关情况。

记者：听说您在社区坚守了几十天没回家，这段时间有没有遇到让您感动的事？

李美红：要说感动的事，那太多了。中央专门出台8项针对社区工作者的关爱措施，市委为社工发放了抗疫补助，开展了心理辅导，区委八角街道工委派了下沉干部来支持我们的工作。老街坊们看到我们顾不上吃饭，就给值班社工送来热牛奶、热饭菜，还送了新鲜蔬菜和防疫物资。社区在职党员好多都是一家三口、祖孙三代主动加入志愿者队伍。有老街坊们的支持，我们有信心把社区守好，把我们的家园守好。

（特约记者：王君　责任编辑：许海）

张　剑：
“四勤”助力护百姓

张剑，男，1975年9月出生，中共党员，北京市公安局石景山分局老山派出所一级警长，老山东里社区党委副书记。曾荣立个人三等功3次，荣获“石景山区人民满意的政法干警”等称号。

张剑是一名工作了25年的老民警。自疫情防控工作开始以来，作为社区党委副书记，无论是身穿警服，还是换上便装，他都一直与社区干部奋战在老山东里社区防疫一线，积极开展疫情隐患入户排查，向群众宣讲防疫工作政策，做好安全巡查，调处各类矛盾，成为社区居民健康安全的守护者。

记者：作为一名社区民警，您在参加社区防疫中做了哪些工作？

张剑：为确保对社区人员摸排准确、无遗漏，我和社区干部一起对社区的352间出租房屋反复摸排了两遍，累计登记了800多名返京人员的信息。有一次，我们入户对已经向社区报备的湖北籍返京人员黄某进行排查时，发现他家里有间房一直关着门，我就对他进行询问，才知道他弟弟和他同车返京，但没有向社区报备。我马上通知社区，严格按照防控工作要求为黄某的弟弟建立了健康档案，要求他必须执行14天居家医学观察，及时消除了安全隐患。

工作之余，我还加入了社区的“红色助力队”。成员们戴着红帽子、红袖标，身穿红马甲，党员还佩戴着党员徽章，走在社区里，辨识度很高。队员们的一项重要职责，就是为居家观察人员、高龄老人和行动不便的居民提供“订单式”服务。社区干部每天都拉着小推车一趟趟地为大家运送生活用品，十分辛苦。我向所领导申请为社区协调了一辆电动三轮车，作为警民抗疫服务专用车，专门为居民运送大件物品，大大提高了运送效率，“解放”了社区干部。

记者：在参与社区防疫工作中，您最大的感受是什么？

张剑：因为有了之前湖北新冠肺炎疫情防控工作的经验和基础，让我们在面对自家门口的“大考”时，更加坚定了战胜疫情的信心和决心，同时，从疫情防控工作的细微处着手，筑牢社区疫情防控的“防火墙”，坚定落实疫情防控常态化措施，让疫情防控工作不仅常态化，更要精细化！

北京新发地疫情发生后，通过和社区书记细致沟通，针对社区内的6家餐饮门店和4家生鲜超市，我分别制作了两类疫情防控措施登记表，建立台账制度，要求商户及门店做到测温、扫码、登记一项都不能放松，特别是对用餐食客和进货信息要进行详细登记，我也通过日常巡查的方式，加大监督和检查力度。

记者：疫情防控工作开展以来，您在社区看到的最大变化是什么？

张剑：我还记得，我第一年到社区任党委副书记作述职述廉报告时，我问在场的200余名居民：有谁不认识我？当时有5位居民举手。我意识到，自己的工作还没有做到位。于是，我给自己提出了腿勤、手勤、嘴勤、脑勤的“四勤”要求，多年下来，这也成了我的工作法。

在这次疫情“大考”中，“四勤工作法”派上了用场。在一次入户摸排工作中，我发现有居民聚集围观下象棋，有的居民连口罩都没戴。仔细一看，都是老人。硬来肯定不行，于是我站在他们身后喊了一声：“将军！”老人们被我这么一喊，纷纷抬头看我，这时我赶紧说："叔叔大爷，咱们可不敢这么扎堆儿啊，怎么还有不戴口罩的呢？疫情期间咱可不能松懈大意，要不容易被新冠肺炎'将了军'。都散了吧！"大家都被我的话逗乐了，然后收拾东西就散了。后来，社区扎堆聚集的情况就少了。

疫情防控期间，作为一名社区民警，我还有一项重要任务，就是处理个别居民因为不配合测温登记与工作人员发生的冲突。一次，一位居民阿姨因为在家和老伴儿斗嘴，一气之下，忘带出入证就出门了。回来时，值守人员要求她出示出入证，还没消气的她想硬闯卡口。我把阿姨拉到一边，既说理又讲情，一番沟通劝导，阿姨也意识到自己的做法不妥，便主动向值守人员道了歉。现在，她已经成为社区的一名"老街坊"志愿者了。

记者：在社区防控值守中，遇到过什么让您印象深刻的事吗？

张剑：3月16日那天，我接到社区群众举报，有一名形迹可疑的男子多次持他人出入证进入小区东门，居民怀疑他是在非法收购药品。我立即赶到现场对他进行盘查。嫌疑人拒不配合我的执法工作，还驾车撞我，试图逃离现场。将其抓获后，很多人都说为我捏了一把汗。现在想想，我也有点后怕，但转念一想，危急关头挺身在前、打击犯罪、守护群众的平安，正是我的职责所在。今后如果遇到此类情况，我还会冲锋在前。

（特约记者：陈艺澜　责任编辑：王晓方）

陈元志：
“方便面书记”的战疫之道

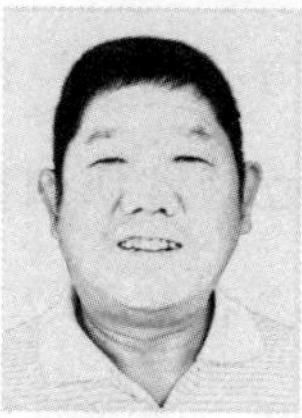

陈元志，男，1964年12月出生，中共党员，北京市门头沟区龙泉镇大峪村党总支书记、村委会主任。

大峪地区面积广，群众居住分散，流动人口多，还有90家企业、1个楼宇和双峪农贸市场的317家商户。如何织密新冠肺炎疫情防控网，确保辖区安全稳定，一直是陈元志最大的“心事”。

记者：听说有村民叫您“方便面书记”，为什么会这样称呼您？

陈元志：作为基层党组织书记，在危难面前心怀百姓、迎难而上，才能真正赢得百姓的认可。参与疫情防控这几个月以来，我把冲在一线、亲力亲为作为对自己最基本的要求。从2020年1月21日开始，每天早上7点到晚上12点，我至少要到辖区各个卡口巡逻三次。有时完成最后一次巡逻已经是夜里了，为了不打扰家人休息，我干脆就住在办公室，几乎每顿饭都拿方便面来对付。几个月下来，我吃掉的方便面盒都堆成小山了。后来，这“方便面书记”的外号就被大家伙儿叫开了。

记者：在疫情防控工作初期和新发地疫情发生后，大峪村面临着哪些难点问题，您作为村党总支书记，又是怎么破解难题的？

陈元志：大峪村地区除了大峪村，还包括峪新社区、梨园社区、高家园新区社区、大峪花园社区4个社区，区域内还有90家企业、1个楼宇和双峪农贸市场的317家商户，流动人口多。疫情发生时赶上春节，走亲访友容易造成交叉感染。为了让村民人人皆知、人人重视，村（居）“两委”工作人员挨家挨户宣传，耐心劝说大家不要聚会、不要串门，出门戴口罩。

我们还有一个困难，就是防控力量薄弱。我们提出了建立村、居、企“三方共同体”的想法。1月23日，村党总支组织4个社区和相关物业公司，成立区域协调委员会，共同讨论防控工作。我们迅速组织党员、村民代表和志愿者共70人到各社区卡口值守，还及时请求龙泉镇支持，购买了口罩、手套、消毒液等物资，发放到各个卡口。

为强化管控，我们设置了6个岗亭，给2个小区安装门禁，给峪新社区和双峪农贸市场安装了2个红外热成像测温仪，还制作发放了人员和车辆出入证，在各个小区和平房区域实行封闭式管理，建起“人防+技防+物防”的防控体系。

坡头新村是一个四面临街的平房区，有8个出口，怎么实行封闭管理，我们费了一番心思。我和峪新社区党支部书记实地考察后，提出了全封闭方案，协调各方资源，购买彩钢板，在平房区四周用一天时间就竖起一条500多米长的围挡，以最快的速度架起了一道防护墙。

双峪农贸市场在新发地疫情发生后，及时调整防控策略，升级防控等级，进行全员排查，严格落实通风消毒、出入管理等措施，对到新发地市场进货的商户们严格执行封闭管理等措施，为老百姓保障好安全的“饭袋子”“菜篮子”。

记者：我们了解到，在疫情防控的关键时刻，社区的老党员、老同志也积极参与、行动起来，发挥了模范带头作用。请您谈谈村党总支和党员们是

如何发挥作用的。

陈元志：不是有这么两句古诗嘛："疾风知劲草，板荡识诚臣。"这次疫情，考验着党组织的组织力、凝聚力和战斗力，也考验着广大党员干部的责任担当。疫情防控初期，村党总支就以二级支部组织党员的方式，开展"红色党员承诺"活动，设立了4个"红色先锋岗"，引导党员用实际行动参与防疫。2020年74岁的庞福义是梨园社区的一名老党员，几个月来，他每天奔走在大街小巷，拿着防疫宣传单，逢人就讲防疫知识。老人说："要说不辛苦，那是假话，但遇上大事儿了，我这么多年党龄的老党员，不能袖手旁观。"有了榜样示范，党员干部们纷纷行动起来。

为把组织优势充分发挥出来，我们通过区域党建协调委员会，实施"区域党员+网格化管理"模式，不断壮大防疫队伍。我们以"红色党员先锋队"为载体，建立党员疫情防控微信群，由党员包片包户到人，落实防控任务。在疫情风险最高的时候，党总支56名党员都参与到入户宣传、社区值守等工作中，让党旗飘扬在疫情防控一线。

记者：这次疫情防控工作取得的成果，对您今后推进社区治理工作有什么启发？

陈元志：区域党建协调委员会在抗击疫情中发挥了重要作用，激发了基层治理的新活力。下一步要继续推动村和社区在区域党建工作中的全面整合和有效融合，进一步增强区域性党组织的辐射带动作用，实现区域内基层治理的科学化和有效性。我们还要探索更多的党建引领基层社会治理的新模式，推动党组织、党员、阵地、资金等基层党建资源进一步整合，将"吹哨报到""接诉即办"等机制落到实处，不断提升社区治理能力和治理水平。

（特约记者：史红菊　责任编辑：谭丁）

石印起：
“契约治心”激发抗疫内生动力

石印起，男，1962年3月出生，中共党员，北京市房山区拱辰街道南广阳城村党支部书记、村委会主任。

“您好，这几天居家观察不能出门，辛苦了！今儿是第八天，观察期已经过半了，送您8个苹果，希望您一家人平平安安，再坚持坚持，居家观察结束了我们还来看您！”给居家观察人员送苹果的是南广阳城村党支部书记石印起。谦和温润、实干笃行、细致周到，是村里人对他的一致评价。在新冠肺炎疫情防控中，南广阳城村发扬协商民主、契约治村的老传统，通过党建引领，把村民群众组织起来，用大家议定的契约守护共同的家园。

记者：南广阳城村在这次战疫中展现出非凡的战斗力。听说疫情防控之初，你们仅用多半天时间就完成了全部人员的摸底工作，你们是如何做到的？

石印起：我们村不大，只有3栋楼360套房，现有本村村民292户585人，租户138户418人。我们把全村分成了36个组，由36名党员、村民代表分别担任组长，每人负责5层10户村民，主要是联系住户、上传下达、化解矛盾。

这次疫情防控，我们花了多半天时间就摸清了底数实情，主要得益于一直以来党员和村民代表与村民住户的密切联系。早在2016年，我们就实施了业主、租户同管理的办法，想在我们村租房，必须先到村委会报到。我们对计划租房人进行初步审核，让他签订承诺书，从而实现租户与村民同管理。哪家的租户什么情况，村“两委”干部心里都有数。

疫情刚发生时，我们村“两委”班子、党员、村民代表就入户进行信息核对和更新，多半天就摸清了全部底数。这样一来，防控疫情我们就有底了，可以更有针对性地进行严格的封闭管理。为了防止离京的租户未经村委会允许擅自回到小区里，我们充分利用2018年8月投入使用的人脸识别系统及原有的车辆出入管理系统的作用，动态更新信息。实践证明，有效的“技防”措施既减轻了卡口人员的工作强度，又确保了不漏一人一车。

记者：密切联系人民群众、“底数清，情况明”是南广阳城村的战疫优势。您如何利用这个优势，克服疫情防控中的难点呢？

石印起：疫情防控刚启动时，有些村民有点恐慌。一村民家的孩子从武汉江汉大学放假回来的第五天开始发低烧，我们及时安排“全副武装”的医护人员陪同前往区疾控中心接受核酸检测，最终排除了新冠肺炎。这个事儿当时在村里产生了不小的震动，也给我们的工作提了个醒。我们开始琢磨如何把病毒外来输入的风险降到最低。我们要求湖北籍租户暂缓返京，其他外地返京租户一律居家观察14天。

说到切实可行的做法，那就不能不提我们村“契约治村”的经验了。3年前，我们与村民协商，量身定制，历时2年4个月，最终形成了村庄治理的契约——《致村民的一封信》，用全体村民参与研究制定的契约管理南广阳城村人自己的事。这份特殊的“契约”一共8章25条，涉及治安管理、环境保护、消防和电梯管理、出租房屋管理等方面的具体管理措施，这也是我们村建设和管理的“小宪法”。3年多来的实践证明，大家广泛形成了有约必守、违约必罚、违约认罚的共识，大伙儿是真的将契约装在了心里。

如果说“契约”是助力社区疫情防控的一剂良药，那么它还需要一味药引，才能真正起效。在我们村，党支部的凝聚力和感召力就是唤起全村群众战疫力量的一味“药引”。这次村里的疫情防控工作扎实有效，就得益于党支部一班人始终冲在一线，党员们始终尽职尽责。

记者：经过这次特殊的战疫经历，您对党建引领“契约治心”有什么新的感受？

石印起：无论应对年前年后的疫情防控，还是遏制新发地市场疫情传播，我也在思考总结党建引领“契约治心”的作用。我觉得，作为基层党组织，要时刻站在群众立场上看问题、想办法。你拿群众当亲人，群众就会拿你当亲人。疫情期间，我们有专人在“南广阳城村返京人员”微信群里统计居民的日常生活需求，第二天上午到超市采购，下午送到居民家里，再对楼道进行消毒，把大家的生活垃圾带下来。在每位返京人员居家观察的第八天时，村党支部都会给他们送去8个苹果，寓意平平安安。观察期满后，我们还会送去一束鲜花，感谢他们对全村抗疫工作的大力支持。这样做，有效疏解了返京住户的情绪，也拉近了租户和村民之间的感情。前几天，我去一户曾经居家观察的居民家里，看到我们送去的那8个苹果还在。居民说：“这可是您送给我们的‘平安’，我都舍不得吃。”

（特约记者：刘克龙　责任编辑：马春梅）

甘静雯：守好居民的健康安全是我的责任

甘静雯，女，1969年5月出生，中共党员，北京市通州区梨园镇梨园社区卫生服务中心（北京市通州区梨园卫生院）党支部书记、主任（院长）。2018年荣获第六届“北京优秀医师奖”。

2020年1月24日，大年三十，早晨8点，甘静雯接到指令：社区有一名密接人员需要居家观察。她立刻带领两名医务人员赶去，向密接人员讲解新冠肺炎疫情防控政策，并为他测量体温，叮嘱注意事项，忙得不亦乐乎。这样的事，甘静雯已经习以为常了。

面对肆虐的疫情，甘静雯倾心护航复工复学和百姓健康，她的口头禅是：“我们就是守护居民健康安全的。”

记者：在疫情防控阻击战打响之初，你们面临着什么考验？

甘静雯：社区卫生服务中心是为百姓提供最直接医疗服务的机构。梨园镇位于通州新城核心区南部，辖区内拥有52个村（社区），常住人口近30万。疫情刚发生那会儿，我们对病毒的了解还不够，加上医护人员大多是年轻人，没有太多的公共卫生事件防控经验，百姓的恐慌情绪也比较普遍，这些因素都给我们开展防控工作带来了巨大的考验。

记者：您和同事创建的“5531标准化工作流程”，实现对密切接触者的

科学规范管理。请您详细介绍一下这个工作流程的内容和取得的成效。

甘静雯：当时，结合我的专业判断和30年的从医经验，我和同事集思广益，创建了密切接触者“5531标准化工作流程”。这个流程包括“上门服务五个一”——一个口罩、一支体温计、一份告知书、一包疾病预防中草药、一套分类垃圾袋；“居家观察五服务”——体温监测上下午各一次、咨询电话24小时不断线、可疑患者专车转运、需要服药送上门、扫码添加“身边医生”公众号；“解除观察三确认”——身份确认、症状确认、时间确认；“一份责任四方落”——政府领导协调、医院医学观察、社区生活保障、公安安全监控。

为落实好“四方责任”，我们根据上级部门提供的信息，首先对密接人员居住环境进行评估，对于不符合居家观察条件的人员，由政府协调专车转运至集中观察点，进行集中观察。居家观察期间，严格管理，确保密接管理工作“不漏一人、不缺一角”，实现了安全隔离、健康监测、生活保障、患者转运4个管理环节全覆盖。

当时，我们按照此工作流程，对密切接触者进行管理。其中有一名正在哺乳期的女士，上午体温还正常，下午就出现异常，她第一时间与我们取得联系。虽然她自认为没有问题，但我们判断可能是新冠肺炎疑似病例。于是，我立即联系120急救中心，专车将她送往定点医院检查。最终，这位女士被确诊为新冠肺炎患者，得到了及时救治，减少了传染风险。

新发地疫情发生后，为做好社区防控，落实“应检尽检”任务，我们不分昼夜、不畏酷暑地开展核酸检测样本采集工作，集结智慧，建立北京市第一家核酸检测专用小屋，其被媒体誉为具有推广意义的核酸检测“神器”，我们共计完成33653人和1521份环境核酸检测样本的采集。

记者：在疫情防控取得成果的形势下，你们是如何助力复工复产复学的？

甘静雯：疫情之初，我们承接了一项特殊任务，就是对环球影城度假区项目建筑公司开展疫情防控指导工作。我们发挥专业优势，为工人开展疫情防控培训，对重点环节的工作给予指导。一天深夜，一名处于观察期的工人突然发烧。得知这一情况后，我们对这名工人的流行病学史和相关症状进行了仔细询问，并联系120急救中心进行转运。最终，这名工人排除了新冠肺炎。建筑公司对我们迅速科学的处置连连道谢。

此外，我们联合梨园镇政府工作人员不间断地到辖区商超、宾馆酒店、企业和学校进行实地查看，开展科学、专业的疫情防控指导，并帮助他们梳理重点环节的防控措施。我们管理复工复产单位118个，现场指导场所50处，并对8所学校进行了现场防控指导，为2000多名中小学和相关院校的教职工、学生进行了核酸检测样本采集。

记者：为了护航辖区居民健康安全，梨园家庭医生团队开展了哪些贴心服务？

甘静雯：民有所呼，我有所应。随着疫情防控趋于常态化，我们21个家庭医生签约服务团队24小时待命。记得有一天，一名居家观察的居民因为心脏不舒服，给我们打来求助电话，家庭医生接到电话后，立即询问他的症状和流行病学史，进行风险评估。排除新冠肺炎后，马上安排一名社区医生到他家中进行诊疗。观察期满后，病人给我们打来电话，说：“谢谢你们的暖心服务，在我困难的时候给了我帮助。”平常时候，我们还利用智能外呼助手开展慢病随访和向居民定期发送防疫知识，反复叮嘱居民对疫情防控工作入脑入心，做好防护，远离病毒。

（特约记者：马桂芸　责任编辑：高维海）

刘 颖：

只要村里人都平安 我做什么都值得

刘颖，女，1981年6月出生，中共党员，北京市通州区潞城镇东堡村党支部书记、村委会主任。

防疫物资紧缺，她以个人名义捐款10万元，多方联系为村委会捐赠1000个口罩和10大桶消毒液；得知菜农的蔬菜因疫情滞销，她自费采购500公斤芹菜，分发给村里的志愿者；卡口值守，她第一个带头报名。她就是潞城镇东堡村党支部书记、村委会主任刘颖。面对村民的赞许，刘颖说："只要村里人都平安，我做什么都值得。"

记者：东堡村在潞城镇算是大村，不仅本地居民多，租户也不少，面对这些现实困难，您是怎么部署村里的新冠肺炎疫情防控工作的？

刘颖：我们村后是运潮减河，东边临近潮白河，面积大约3.922平方千米。全村有730户，户籍人口2596人，目前常住人口3410人，其中租户就有800多人。堤路把我们村分为东西两部分，村民分散，加上四周都是开放式公园，人口流动性很大，这些都给防控工作带来了不小的难度。

疫情防控阻击战打响后，我们立即召开村"两委"班子会，研究制订防疫工作方案。实施封闭管理后，村里共封了10个出入口，保留了3个出入口，安排志愿者24小时值守，以最高标准开展村内人员排查、巡逻值守、政策宣传、环境整治等各项工作。防控工作进入常态化后，各村卡口仍然没有放松，村里的生产生活秩序基本恢复正常。

记者：疫情发生后，您以个人名义捐款10万元用于抗疫，这不是一笔小数目，您是怎么考虑的？疫情期间，东堡村如何做到党建引领疫情防控？

刘颖：我在防疫一线，切身感受到抗击疫情的不容易。我是党员，又是党支部书记，更应该出一份力量、表一份心意。其实真正让我感动的，还是村里的党员和村民，关键时刻大家拧成一股绳，共抗疫情。从疫情开始到现在，我们村已经收到党员、群众的捐款1.9万余元。捐献物资的就更多了，好多村民拿出牛奶、方便面、水果，甚至自己煮的鸡蛋、烙的饼，送到值守人员手里。我能真实地感受到那份党群鱼水情，那是一种温暖人心的力量。

疫情防控的关键在基层一线，在基层党组织。我理解，党建引领就是聚民心、集民智、谋民利。党员带头，成为战疫主力军，也带动了村民参与其中。疫情之初，我们村招募到了100多名志愿者，有党员，也有村民代表，大家主动到村委会要求排班，到卡口值勤。新发地疫情发生后，非常时期，我们村再次进入疫情防控战时状态，全面开展“敲门行动”，筑牢生命防线。

功夫重在平时。村党支部平时开展了很多有特色、效果好的主题党日活动。比如，我们组织党员群众学习京绣，你一针我一线，共同绣制一幅“不忘初心、牢记使命”的主题作品。守初心、担使命，是党员就要勇于挑急难险重的担子，一步一个脚印地干。正是平时下的这些功夫，才有了疫情期间党组织引领、党员带头、群众紧跟的防控局面。

记者：作为一名年轻的女书记，村民对您的工作认可度很高。能做到这一点，您靠的是什么？

刘颖：作为一名“80后”女书记，一开始难免遇到一些质疑。但是，我给自己提了一个要求，就是要“干在一线、冲在最前”。村里的大事小情，我要是不亲身参与的话，总是不放心。我们村租户比较多，疫情期间，我们对全村租户情况进行了地毯式摸排。我挨家挨户与房东、租户沟通返京情况。每天早上天没亮，我就从村西到村东转上一圈，每个卡口都得走到。晚上再晚，我也得再去各个卡口看看。我们的志愿者很不容易，从严寒到酷暑，一直坚守岗位，我看着他们很心疼，冬天就去送点热水，换他们吃口热乎饭；夏天到了，我就送点解暑的绿豆汤。

在我心里，东堡村村民的健康安全重于泰山。哪里有情况，我就第一时间出现在哪里。几个月来，我每天至少在村里来回走上8公里。大爷大妈见到我，都说我黑了、瘦了，他们是关心我、心疼我，我苦点儿也高兴，说明我的工作做到位了，村里人满意了。

记者：疫情期间，您有没有遇到特别难的时候？怎么面对这些困难？

刘颖：要说难事儿，天天都有，但我觉得，再难也得去做。疫情期间，有个租户反复拨打“12345”市民服务热线，反映返京人员不能进村问题。村委会接诉后，我立即给租户打电话了解情况，并和有担忧的房东协调，经过10多次沟通，最终房东同意让租户回村，这个投诉件圆满解决了。像这样的事情还有很多。在基层工作是需要情怀的，我觉得我有这样的情怀，也有这样的韧劲儿。当书记，就是要为老百姓做事情，解决问题。

（特约记者：朱波　责任编辑：高维海）

刘堃：

让伟大的胜利时刻见证我们的爱情

刘堃，男，1988年11月出生，北京市公安局昌平分局沙河派出所综合指挥室一级警员。2020年3月，因在疫情防控工作中表现突出，被接收为中共预备党员。

“我们是民警，是来为群众解决问题的！”新冠肺炎疫情防控工作刚刚开始时，难免会出现摩擦、矛盾。有的居民不配合出入测温登记，有的人嫌通行拥堵耽误出行……每次接报这些情况后，刘堃都会第一时间赶到现场，积极协调解决。

记者：听说在疫情防控阻击战中，您和同事都练成了大嗓门，能给我们讲讲这是怎么回事儿吗？

刘堃：疫情防控初期，我负责排查、社区值守、防疫宣传等工作。虽然很多工作我们都尽量用电话、微信沟通解决，但还有一些必须面对面办理的事项，比如向报警人取证、看护被执法对象等等。在保持安全距离的情况下，说话隔着口罩，声音小了听不清，所以我们都练成了大嗓门。

我记得有一天后半夜，我们在社区巡逻时遇到一位出租车司机求助。一问才知道，原来这个司机把一个醉酒乘客拉到沙河后，乘客睡着了叫不醒，司机也不知道要去的具体地址。可能是因为我们嗓门大吧，一会儿乘客就醒了。我们问清楚情况后，提醒他做好安全防护，就赶紧让司机师傅送他回家了。其实吧，嗓门大不大都无关紧要，关键是能把各种安全隐患都消除掉，群众安全了，我们也就放心了。

记者：在抗击疫情的过程中，您感觉最难的是什么？

刘堃：疫情来得很突然，大家在应对突发事件方面的能力都有限，防控过程中难免会出现过激或者过度的情况，这些问题处理不好，容易引发部分群众的不满情绪。例如：有个别高风险地区的返京人员，居住环境不符合居家观察条件，又不愿去集中医学观察点；有的租客心存侥幸，向社区工作人员隐瞒外出经历；还有人伪造出入证……

记者：针对这样的情况，您是如何处理解决的？

刘堃：面对类似情况，首先要管，我们是人民警察，是到群众中来解决问题的，面对群众的困难、问题绝不能置之不理。其次是要管好，要让群众在我们每一次执法执勤中感觉到合情合理、公平公正。我们会想办法为不符合居家观察条件的外地返京人员寻找合适的酒店进行安全集中观察；会跟社区积极协调，让观察期满身体健康的返京人员正常出入小区；对于伪造出入证的人，我们会依据相关法律法规对他们进行严肃处理。

要做到规范执法，需要不断地学习。结合涉疫警情，我仔细研究了处理各种情况的规范步骤，并利用交接班会的时间进行讲解，或到各个防疫岗上“送教”。此外，我还提示民警要全程记录出警处置过程，收集相关证据等，确保疫情期间民警执法有法可依，有据可查。

记者：在参与社区疫情防控工作期间，您有什么难忘的经历吗？

刘堃：我记得有一次夜里执勤，那阵还没出正月，天气特别冷。一个10多岁的小女孩在家长的陪同下，给我们执勤的同志送来了暖宝宝，小女孩还给我敬了一个礼。我顿时觉得特别温暖。

记者：通过参与社区疫情防控工作，您最大的收获是什么？

刘堃：有一句话叫“不要浪费任何一次危机”，这对于我们公安工作同样适用。在疫情面前，我们民警和社区干部群众团结得更加紧密，积累了更加深厚的感情。大家一起工作、一起值守、一起聊天，我给他们解释政策法规，他们帮我把政策法规宣传落实到家家户户。在这个过程中，我对社区和群众更加了解了，群众对我也像家人一样。做好社区疫情防控，我觉得最重要最宝贵的资源就是群众的信任和支持。

记者：我听说您和未婚妻计划春节后领结婚证，结果因疫情推迟了，您的未婚妻有怨言吗？

刘堃：完全没有。我的未婚妻叫赵紫琦，是区中医院感染科的一名护士。我俩原本打算2020年2月2日去领结婚证的，还计划了蜜月旅行，然而疫情来得太突然了，我俩特有默契地决定推迟婚期，一起上了抗击疫情的前线。我把守社区，她坚守发热门诊。我们隔空守望，挺浪漫也挺骄傲的。

记者：两个人一起抗疫，危险也是加倍的，你们是如何相互支持彼此的？

刘堃：爱人在一起，最重要的是相互支持、相互温暖、相互成就。当得知未婚妻向医院提交了支援武汉的请战书后，我对她说：“我坚决支持你，你愿意做的就是我想要做的！”同样，最近我工作特别忙，当我感觉愧疚时，她就会安慰我：“你负责保护人民，我负责照顾你。”我们已经约定好了，疫情结束之日，就是我们结婚之时，我们要让这一伟大的胜利时刻见证我们的爱情。

（特约记者：李彦斌　责任编辑：曹晓晨）

丁国明：

有了主心骨，党员干部干劲儿足

丁国明，男，1977年6月出生，中共党员，北京市昌平区沙河镇老牛湾村党支部书记、村委会主任。

“昨晚新闻发布会说了，北京突发公共卫生事件应急响应级别上调为二级了。现在疫情防控形势依然十分严峻，必须时刻保持战时状态，时刻绷紧疫情防控这根弦儿……”

6月17日上午，在村委会大院，支部书记丁国明就北京响应级别上调，对村里的疫情防控工作进行了再部署。

记者：在老牛湾村居住的流动人口相对较多，在此次疫情防控工作中，村里是如何严把出入卡口，抓实人员登记排查这项工作的？

丁国明：我们制定细化了“一登记、二询问、三测温、四确认、五跟进、六引导”的工作流程。1月28日，我们村率先制作了“老牛湾村返京人员登记二维码”，后来沙河镇整合制作了“沙河镇疫情防控”小程序，这两个二维码对于我们早期做好防控摸排工作起到了非常关键的作用。

疫情防控初期，排查的重点是返京人员。参与值守的100多人坚持从严查核返京人员信息，对已登记的返京人员及时实施分类跟踪管理。新发地疫情发生后，排查的重点是去过新发地的人员。我们组织人口管理员开展“敲门行动”，逐户排查。对于密接人员，不管多晚，都坚持入户核查。对去过新发地的人员按照风险等级落实居家或集中观察措施，坚持“人防+技防”，明确责任人，加强管理服务。

记者：老牛湾村周边有同仁堂、福田汽车等多家企业，发挥企地联防联控作用非常重要。在这方面你们是怎么做的？

丁国明：首先，村党支部依托党建工作协调委员会，及时梳理了疫情防控的“资源、需求、项目”三个清单。其次，我们积极与周边企业联系，及时传达市区镇最新防控要求，引导协调周边企业有序组织员工返回，劝阻疫情高发重点地区员工暂缓返京。同时，我们强化村企联动，健全防控责任体系，明确工作时段防控由用人单位负责，回村后由村里负责，实现防控无缝对接，最大限度地降低人员流动可能带来的感染风险。

记者：疫情防控是一场人民战争，老牛湾村有很多村民也都参与到相关工作中，您觉得是什么力量把村民们凝聚在一起的？

丁国明：一方面，村“两委”干部带头，组建了“老党员先锋队”，兢兢业业、尽心尽力地为村民站好岗、服好务，当好群众健康“守门人”。村“两委”成员每天早早到岗，风雨无阻。联防队员丁彦亮因脊椎压迫神经，白天需要输液，仍坚持参加夜里值班。村民王明桂有一次病了，就叫儿子替夜班。有的在职党员周末没时间，就在下班后参加值守。

另一方面，我们成立了临时党支部，统筹包村干部、下沉干部、在职党员、包片民警、物业公司以及志愿者等各方力量，做好村内登记排查、巡逻劝导等各项防控工作。无论刮风下雨，大家始终坚守岗位，没有任何怨言。这些群众都看在眼里，因此，越来越多的村民报名成为志愿者参加防疫工作。疫情防控的强大合力就是这样凝聚起来的。

记者：老牛湾村是如何做好村民、志愿者物资保障工作的？

丁国明：疫情前期，防护物资匮乏，村委会积极通过各种渠道购买口罩、消毒液、橡胶手套、体温枪等防疫物资，优先保证村卡口防控工作人员的需要。天气预报有雪，我们就连夜搭好简易的彩钢棚，装好电暖气，给卡口的工作人员准备棉大衣和暖手宝御寒。天气热了，我们提前支好遮阳伞，备好清凉油、花露水、蚊香。配发、捐赠的防疫物资，我们都会记录归档，统筹分配，第一时间发放，为村民、志愿者提供战疫物资保障。

记者：作为党支部书记，您是如何带领党员干部发挥作用的？

丁国明：作为村党支部书记，必须身先士卒做表率。不管白天怎么忙，我晚上都和其他村“两委”成员一样坚持带班，参加卡口值守。天气不好时，村“两委”干部就多站一会儿、多付出一些，让大家感受到党员干部的责任担当。防控工作有新要求，我会第一时间给村“两委”人员和卡口工作人员培训，给村民解答政策，确保政策解释到位、执行到位，不走样儿、不跑偏。

疫情形势严峻、吃劲的时候，我们开展“敲门行动”，服务居家观察人员，有个别同志害怕，不敢去敲。说实话，我心里也打过鼓，但是我想，国家遇到这么大的事，作为共产党员，应该向死而生。刘胡兰怎么说的？“怕死不当共产党员！”于是我就带头组织党员一起去敲门。

我们佩戴党员徽章，亮明身份，告诉居家观察人员有困难找村委会。给居家观察人员代购食品、扔垃圾，接湖北、武汉籍人员返京，送密接者去集中医学观察点，我样样都干过，样样走在前面，为的就是给其他党员打个样儿。有了主心骨，党员干部干劲儿就很足。

（特约记者：李隽　责任编辑：曹晓晨）

张福长：
在疫情防控中提升基层社会治理能力

张福长，男，1962年12月出生，中共党员，北京市大兴区西红门镇党委书记、西红门地区党工委书记，二级巡视员。

新冠肺炎疫情发生后，张福长冲锋在前、勇挑重担，组织动员全镇党员干部群众联防联控、群防群治，筑牢村庄、社区抗疫防线，以实际行动践行初心使命，展现了新时代党员领导干部的责任和担当。

记者：西红门镇是典型的城乡结合部，请您简单介绍一下咱们是如何开展疫情防控工作的。

张福长：西红门镇共有64个小区，27个建制村，常住人口6.99万人，流动人口10万余人，部分村庄的流动人口倒挂比例甚至达到了1∶9，人员管理难度大、摸排范围广、传播风险高等防控难题，对我们是不小的挑战。

我们没有退缩，提出“查、隔、盯、服”的工作思路，把查轨迹、严隔离、盯重点、强服务贯穿疫情防控整个阶段。

疫情初期，我们成立了41个防疫工作组，顶风冒雪入村入户，对全镇1574个宅院和2591个楼门的住户开展了3轮“敲门行动”。我们在全区率先设立镇级集中医学观察点。对于每名确诊或疑似病例的密切接触者，安排镇班子成员、机关干部、村居“两委”、医护人员，以及保安、民警等多人全方位负责。同时，我们在部分小区门口设置临时医疗点，设置医保专用通道，使居民不出小区就能就医买药。6月13日新发地市场封闭当天，全镇立即进入一级响应工作状态，2天内摸排出5月30日以后与新发地相关联人员8000人，设立144个核酸检测点，最高的一天累计完成19.1万人次的检测，努力跑在疫情前头。

记者：除了流动人口多这些困难，您觉得疫情防控还有哪些难点？

张福长：平衡做好疫情防控和经济社会发展对我们也是个挑战。西红门镇业态比较复杂，辖区内有大规模的商超、商务楼宇，大街小巷里还有1100余家各类小门店。疫情对我们经济冲击不小。我们选派了19名干部，专门负责各企业驻地的复工复产和防疫。荟聚商场作为大规模的商业中心，3月初便恢复营业，小门店的复工复产率已超过90%。嘉悦广场是我们镇内中小微企业的集中地，为了保证各类企业正常运转，尽快复工复产，我们创造性地提出楼宇防控“双楼长”制度，做好楼宇内外的双检测。在做好疫情防控的同时，我们的地块上市、“创城”、安全治理等各项工作都平稳推进。

记者：在疫情防控的各项工作当中，您觉得咱们党组织、党员干部的作用主要体现在哪些方面？

张福长：防控初期，全镇各村、社区都面临着任务繁重、人员紧缺的状况，我们的基层组织和党员干部发挥了顶梁柱作用。全镇171名机关党员干部请缨下沉一线，参与卡口执勤、人员摸排、核酸检测等工作。12个拆迁村党组织书记主动组织200余名党员志愿者参与各领域的疫情防控工作。集中医学观察点的转运、观察、服务工作也由党员干部“包场”。“两新”党组织也积极主动发挥作用，先后有29家企业为我们村庄社区捐赠了2万余套防护服装、1200公斤消毒用品、300张桌椅等。这场战疫中，全镇89个基层党支部、3000余名党员各司其职、各尽其能，每个人都使出了洪荒之力，我为他们由衷地点赞。

记者：在疫情防控期间，有没有给您留下深刻印象的典型事例？

张福长：印象最深的是瑞海二区的疫情防控。这个小区紧邻地铁站，有27栋楼125个单元1470户。2月中旬和新发地疫情期间，小区均出现多名确诊病例，防控形势严峻。在最紧张的3个月里，14名社区工作人员始终坚守一线，无一人请假、无一人退缩，他们都是“5+2”“白加黑”地干。检查过程中，我们发现他们眼睛熬得都通红了，但谁也没叫一声苦、喊一声累，社区也真正做到了“内防扩散、外防输入”。

记者：您认为这次疫情给我们的社区治理带来了哪些启示？

张福长：这次疫情暴露出我们在社区治理方面的一些短板，也为下一步工作提供了启示。随着疫情防控的常态化，我们在积极推进智慧社区、智慧村庄建设，通过人脸识别系统，在完成测温的同时，将没有在后台登记的群众精准识别，减少基层干部工作量，提高工作效率。

再比如，我们的村庄管理问题也十分突出。如何能够更好地服务和管理流动人口，是我镇重点研究的课题。疫情前，我们在全镇12个村开展了村庄物业化管理，在符合村规民约的基础上，鼓励村集体将出租房屋统一收集由物业公司管理，统一对外出租。在此次疫情防控工作当中，物业化管理取得了不错的成效，迅速反应的出入口封闭，充足的物业保安力量，24小时巡查机制都为村庄防疫提供了有力支撑。下一步，我们将继续发挥村庄物业化管理优势，将村庄物业公司纳入镇级党建工作协调委员会成员单位，加强党建引领，提升服务质量。

（特约记者：李宵　责任编辑：齐士英）

周　晖：

做社区最美“绣花匠”

周晖，女，1977年12月出生，中共党员，北京市大兴区高米店街道茉莉社区党支部书记、居委会主任。曾荣获“北京市社会领域优秀党务工作者”等称号。2020年荣获“全国抗击新冠肺炎疫情先进个人”称号。

“书记，大年初二很多人会出门的，咱赶紧入户摸情况去吧。”社区出现新冠肺炎密切接触者之初，同事进门不言不语，有些恐惧心理，“嗞、嗞”地往身上喷酒精。周晖抓起桌上未送出的快递件，“我先去送一趟”。周晖惊奇地发现，一次抢着送快递减轻了大家的紧张情绪。

记者：咱们社区什么时候发现的密接人员？有没有确诊病例？都采取了哪些措施？

周晖：我记得特别清楚，大年初二，大数据反馈了第一例密接人员。刚开始大家不知从何入手，在包社区领导、包社区干部和区直下派干部帮助下，我们总结出“三盯三守三服务”的工作模式。

“三盯”就是工委书记、包社区干部和社区书记三人全程盯。因为是第一例密接，街道工委孔永，加上包社区干部，我们仨每天轮流给密接人员发“心灵鸡汤”、问候短信，微信、电话联系不断。“三守”就是专职社工、物业保安、卫生防疫部门坚守，从包楼到户、闭环管理、卫生消杀指导等方面，做好各方面保障工作。“三服务”就是心理服务、生活服务、安全服务“三位一体”，保证不出现偏激情况。新发地疫情发生后，6月28日，我们社区出现一例确诊病例，是新发地市场的从业人员。我们在做好确诊病例密接人员心理疏导的同时，第一时间发布公告，通过“敲门行动”加强对居民科学防控知识宣传，加大对公共区域消杀力度，消除群众恐慌情绪，确保了社区疫情防控平稳有序开展。

记者：这次疫情防控，社区是第一道防线，围绕社区治理，在组织机制方面你们有什么好的做法呢？

周晖：说起这个，我特别自豪，党建引领是茉莉社区开展工作的最大优势和法宝。

疫情出现后，我们依托党建协调委员会抓实抓细社区网格精细化管理，用好“绣花”功底，发动各方力量，牢牢守住了社区防控防线。我们吹响了“集结号”，立即行动起来，还成立了公益联盟，把辖区企业、底商等各类资源纳入社区大网格，形成了社区党组织领导下的共驻共建体系，在疫情防控中发挥了关键作用。社区在第一时间启动了战时联盟机制，把党小组建在楼栋，将在职党员、下沉干部、物业企业员工、中介公司员工等多方力量统一纳入社区防疫队伍，动员254名志愿者，以楼栋为单元，细分16个小网格，每个小网格都组建一个党小组，依靠“社区党支部—网格党小组—党员”组织体系，实现了政策制度快速传达到楼门、到群众，群众诉求快速反馈到社区“两委”，实现了精准处置、快速反应。

记者：茉莉社区的流动人口多、“候鸟式”业主多，针对这些居民的管理，您都是怎么做的呢？

周晖：疫情期间，茉莉社区累计返京的有818户1620人，累计居家观察人员524人，我们主要采取“五包一”工作法，就是在每个网格组建疫情防控保障组，每组1名社区干部、1名楼长、1名物业人员、1名保洁和1名在职党员，定人定岗定责，通过白天敲门、晚上看灯等方式开展巡查，动态掌握网格内居民的基本情况和居家观察人员健康状况。在全面摸排的基础上，实行分色管理，以楼为单位编制疫情防控楼盘表，用5种底色标注防控等级：红色表示确诊，橙色表示密接，黄色表示居家观察，绿色表示未出京或居家观察期满，白色表示未返京或空户，并合理区分自住和出租户。我们采取记账式管理，居家观察期满一个消一个、落实一天打钩一天。

通过落图展示实施动态监测，我们实时了解各类型居民情况，及时调整工作重点，做到按图战疫、精准服务。

记者：开展疫情防控以来，给您印象最深刻的事情是什么？

周晖：社区的物业工作人员始终和我们站在一起，保洁全力做好公共区域消杀，保安24小时在岗。我们的公益联盟看到保安非常辛苦，给他们每人捐赠了一箱牛奶。我当时主持了一个简短的仪式，对他们说“感谢你们！”然后给他们深深地鞠了一躬，当时那个气氛，很多保安都抹眼泪了，在场的居民都自发地鼓掌。我觉得每个人都值得尊重，每个人的付出都要给予肯定和铭记。居民们以朴实的行动对我们的工作表示支持和肯定，有的给我们送来锦旗、消毒用品，有的更是送来亲手制作的“爱心加班晚餐”……这样的事有很多。我深刻地体会到，做好社区工作就要下足“绣花功夫”，要做社区最美的“绣花匠”。一点一滴地付出，用人心换人心，就能换来居民、物业、商户的认可，换来更加安全、和谐、宜居的社区环境。

（特约记者：李珊珊　责任编辑：齐士英）

周小林：

极致精细守卫疫情"零纪录"

周小林，女，1979年10月出生，中共党员，北京市平谷区刘家店镇党建办主任。曾荣获"平谷区优秀共产党员""平谷区巾帼榜样"等称号。

2020年，平谷区刘家店镇党委荣获"全国抗击新冠肺炎疫情先进集体""全国先进基层党组织"称号。

平谷区是新冠肺炎疫情发生以来北京市唯一的"零病例"区。谈到刚刚荣获的先进称号，周小林对记者说，刘家店镇的疫情防控工作其实是全区疫情防控工作的缩影，在这里能感受到全区疫情防控工作的极致精细，基层党组织强大的动员力、组织力、治理力在疫情防控工作中得到了充分展现。

记者：这次新冠肺炎疫情来势汹汹，对于农村来说是一次大考。咱们镇党委是如何组织开展疫情防控的？

周小林：刘家店镇与周边区县毗邻，地处半山区，拥有14个行政村9000余人，农村地域大，防控责任重大。作为镇级综合协调组成员，从防控工作启动到常态化管控，我都全程参与，在疫情防控最前沿发挥着统筹协调和参谋助手作用。1月22日区级部署会后，镇党委连夜召开班子会，拿思路、定措施、拉清单，成立工作组、制订工作方案、启动防控工作，镇村干部全员停休，下沉一线，关闭景区、大集等人员密集场所。在一线成立临时党委和15个临时党支部，集中统筹区镇村三方资源和力量。全镇14个村级党组织不折不扣地落实上级要求，于1月23日在全区率先实施村庄24小时封闭管理，启动了检查点管控，为防控工作赢得时间、赢得主动。像北店村、前吉山村、北吉山村三个邻村，高效统筹，实施三村联防联控机制，节省了人力，取得了较好的效果。

记者：在疫情防控中，咱们镇面临的最大问题与难点是什么？镇里采取了哪些有效措施？

周小林：流动人员多，是刘家店镇最大的风险，也是防控的重中之重。如何摸清摸透人员情况，做到底数清，作为镇里的信息收集员，我深有体会。疫情防控的最初几天里，数据排查统计特别难，数字上来特别慢。我们在全镇划分59个网格，实施网格化管理，确定网格长71人、网格员197人，让党员干部落格落责。两天时间里，我们综合协调组就掌握了1312名在外工作人员、75名返乡人员、48家出租房屋户、38家“十小”、210余名返乡务工人员、70余名孤寡老人以及下岗失业等重点人员情况。

面对流动人员复杂多变的情况，镇里创新实施了“红、橙、黄、蓝”分级精准管控机制。比如，对于镇里的214名出租车司机，我们编写了《“的哥”防控十五条》，指导的哥管好自己、管好车辆、服务好乘客，控制了较大风险的发生。

记者：在党建引领基层治理做好疫情防控工作上，咱们有哪些创新的特色做法？

周小林：说到基层党组织动员、组织、发动群众，还得说是党员干部做表率、带着干。我们镇所有机关干部第一时间进驻包村，包村干部与村“两委”干部、党员、网格员、志愿者一起，参与卡口执勤、人员摸排、居家观察人员服务等工作，无论是暴雪天气还是暴雨天气，都积极作为，村里老百姓都看在眼里。

疫情期间，我们刘家店镇编写了一份特殊的抗疫期间《临时村规民约》和《文明积分管理办法》，调动广大党员干部群众同心同责，共同守护家园。积极参与、支持、配合疫情防控工作的人员给予加分，用累计积分可进行生活用品、农用物资等商品兑换；不遵守疫情防控规定人员，会被相应减少积分，而且年底分红评优会受到影响。疫情期间，村民防护意识明显提高，大家互相扶持，团结一心，特别支持村里镇里的疫情防控工作。

记者：在疫情的特殊时期，作为一名基层党务工作者，你们是如何开展党员干部群众思想教育的？

周小林：为确保广大党员群众思想不落后、学习不放松、疫情防控不松懈，我们利用微信平台推出多项“硬核”学习宣传举措，以镇党校为有效载体，开设了“战疫讲堂”，每日推送权威疫情信息，教育村民科学防控，不信谣、不传谣。同时，结合农业、文化、旅游产业实际，推送太极学堂、书法学校、大桃学院，学习疫情防控的重要政策精神，学习抗疫健康知识，提高抗疫本领。许多村民都积极参与学习，常听村民说：“疫情期间，可长了不少知识呢，都成文化人啦。”

记者：疫情防控由应急管理状态向常态化转变，咱们镇固化了哪些基层治理常态化机制？

周小林：首先，形成了高效组织动员体系。强化了党委领导、支部引领、党员干部带头的作用。其次，形成了应急管控制度化体系。疫情防控、应急处置、工作台账、卡口管理等形成制度规范。最后，形成了基层信息化管理手段。卡口的信息化扫码手段、钉钉软件视频会议等运用到日常工作中，将疫情期间积累的数据进行完善，形成人、地、物、事、组织的基础数据库，为基层治理提供了丰富的资源支持。

（特约记者：王静宇　责任编辑：陈宁）

穆宗生：
“五双”工作法筑起“红色防疫墙”

穆宗生，男，1971年8月出生，中共党员，中共北京市怀柔区委泉河街道工委书记。

面对突如其来的防控任务，穆宗生带领12个社区党委、7个村党支部大统筹、细谋划、严管控，构筑起了一道道“红色防疫墙”，守护了辖区24372户居民的健康安全。

记者：新冠肺炎疫情突然来袭，防控任务急难险重，街道工委是如何统筹协调的？采取了哪些有效举措？

穆宗生：泉河街道下辖12个社区7个行政村。疫情防控初期，街道面临小区楼院多、防控点位分散、工作人员力量缺乏等问题，我和专班人员一起想办法，与相关部门及时沟通，协调力量，整合资源，采取“五双”工作法，精准施策，科学应对，织细织密了基层防控网。

“双体系”打造防控大格局。街道按照每日综合管控责任清单，全力做好会商研判、摸排、值守、物资保障等工作。依托社区现有的网格化管理体系，加强统筹协调，凝聚各方合力，积极构建街道、村（居）、楼门（院门）“三级防控体系”和“家庭防控体系”，做好楼院值守工作。

“双检查”筑牢防控防火墙。按照“横到底、纵到边”的原则，对辖区160余个点位采取分时管控、专群结合措施，对所有进入小区的人员和车辆逐一核查“两证、两表”、测量体温，做到24小时不断岗。

“双报到”汇聚防控大合力。疫情初期，我们通过发布党员倡议书、设立党员疫情防控先锋岗、“两新”组织防疫岗等形式，充分调动74家辖区单位党组织6000多名在职党员参与防控工作。

“双楼长”锁紧防控责任链。我们强化下派干部责任，做实“双楼长”管理。小区楼长和下派“楼长”同时发力，对小区实行精准分类，逐类建立管控措施，防控重点由社区到家庭，实现防控效果最大化。

“双满意”传播防控正能量。我们强化“四方责任”落实，建立健全工作机制，转变工作作风、加强督导检查。始终以“民有所呼、我有所应”为工作出发点，竭尽全力解决“12345”市民服务热线涉及的疫情问题，提高解决满意率和结果满意率。

在此基础上，针对新发地疫情，我们在具备条件的小区和村安装人脸识别系统、门禁系统和遥控车辆抬杆等，采取科技手段提高防控效率，精准发力提升智慧型社区建设。

记者：在疫情防控工作中，社区、村党组织和党员是如何发挥作用的？街道有哪些特色做法？

穆宗生：我们在社区、村防控一线成立了19个临时党支部，下设70个党小组，将区下沉干部、街道联系社区干部、村第一书记、卫生防疫人员、辖区干警、物业公司、业委会等防控力量中的党员全部纳入临时党支部，实现了党组织在疫情防控中的引领作用，筑起一道道“红色防疫墙”。

各社区、村党组织书记、党员各尽其责、各显其能，发挥“领头雁”和“带头人”作用，为疫情防控工作撑起了一片“天”。涌现出了“黑脸”温情的新贤家园社区党委书记孟祥春、“硬核担当”的后城街村党支部“单车书记”范广臣、一刻不停的金台园社区党委“陀螺书记”刘海音，以及冲在一线充当指挥官、快递员、理发师、心理师的湖光社区党委“百变书记”张继刚。“领头雁”带起了一群“带头人”，一线党员及时将值班和服务阵地从过去的“党群连心室”搬到了小区大院门口，用实际行动守护、温暖着居民。

记者：疫情防控期间，街道是如何强化党建引领破解基层社会治理症结的？

穆宗生：疫情防控工作开展以来，我们就坚持把发现问题、解决问题作为工作突破口，创新党建引领物业管理，把党建引领“红色物业”融入基层社会治理，成立11个社区物业议事党支部和14个业委会议事党支部，固定每月10日为议事日，通过提前征求物业治理难题，梳理居民需求“清单”，会商讨论，形成社区居委会、业委会、物业公司“三方共议”模式，做“减法”解决群众难题，做“加法”强化基层治理实效。“红色物业”管理机制强化组织引领，充分发挥了社区党组织核心作用，进一步完善了共商共建共治共享的治理新格局，切实破解了物业企业在社区治理中的越位或缺位困局。

在疫情防控工作中，针对防控期间物业管理与社区治理相结合中出现的薄弱环节，我们充分发挥社区物业议事党支部作用，通过议事协商凝聚了思想共识。疫情防控期间，协调解决了污水管道清理、建筑垃圾清运等大小疑难问题千余件。比如，湖光社区党委针对小区垃圾清理工作召开专题会议，采取“先疏后治”方法，业主委员会负责做居民思想工作，居委会联系废品公司派车派人进小区回收废品，物业企业员工负责帮助居民清理废品、清除废物，清理后进行再次整治，切实改善了小区环境。

（特约记者：云霞　责任编辑：孙昶）

白玉亭：

关键时刻绝不能"掉链子"

白玉亭，男，1961年5月出生，中共党员，北京市怀柔区雁栖镇范各庄村党支部书记、村主任。曾荣获"北京市劳动模范""北京市先进工作者""怀柔区优秀共产党员"等称号。

范各庄村紧邻怀柔科学城和国际会都。

2020年1月25日，正月初一一大早，白玉亭就召集范各庄村"两委"干部对疫情防控工作排兵布阵，"连宝，抓紧找人，把咱村的13个出入口都封上，就留啤酒花园一个。""玉铁、淑玲你们两人带队，在出入口做好昼夜值班。""玉凤，你负责把现在村里没走的外来人员都摸底统计一下，通知房东让租房的办理出入证。""春芝，你做好广播宣传，让大家没事都在家里别出来……"

记者：在新冠肺炎疫情防控过程中，范各庄村遇到哪些困难，你们是如何应对的？

白玉亭：范各庄村紧邻科学城和国际会都，租户多、人员杂，是典型的人口倒挂村。跟您说个数据就能明白，村里常住人口547户1818人，外来人口3233人。尤其是复产复工后，防控压力确实不小。

困难就说两个主要的：第一就是外来人口数量多，而且原籍很分散，前期的摸排管理困难大。第二，企业复工复产增多了，外来人员陆续返京回村，得让人上班，还得让人安全地上班，还要保障周围人的安全。

疫情发生初期，支部迅速做出反应，对村内防疫工作进行了一系列安排。取消了2020年的燕城新春庙会，封闭了全村13个出入口，村干部带头24小时轮流在出入口值班，对进出人员、车辆逐一进行检查、登记；通过敲门入户，走访滞留在村的外来人员，排查离京租户情况，摸清底数建立台账；安排工作人员每天进行两次大面积消杀，利用广播、微信群等方式加大防控宣传；等等。

2月9日复产复工后，每到下班高峰，千余名在怀柔科学城的企业员工陆续回村，让卡口值守人员应接不暇。我每天都会带队在值守现场检查，测温、查车、查证。想借证进村的，想办假证蒙混过关的，想藏在车后座搭车进入的，都被及时发现和查处，为全村筑起了一道“安全屏障”。

群众身体健康是大事，一点儿都疏忽不得，一丝都不可以松懈。在我们的共同努力下，节后累计到村的4000余名外来人员，以及湖北籍租户24人全部平安返京入村，居家观察的283人安全结束观察期。

记者：对这么多人实施安全观察，这可是一个不小的难题，如何保障观察期间人员日常生活？

白玉亭：难度是很大，但要做好，必须做好。所有返京人员报到当天，我们就协助其通过“京心相助”上报信息，每日两次体温监测，切实做到不疏不漏。

对于不符合居家观察条件的，安排到镇级集中医学观察点，观察结束后及时对接，继续服务。

符合居家观察条件的，工作人员立即开展观察须知讲解、“京心相助”指导管理，村干部开通“战疫热线”服务解释各项防疫政策，以党员为主的“跑腿员”提供代买生活用品、药物，代取快递，确保居家观察群众生活物资、药品等保障到位。

记者：在压力这么大的情况下，听说咱们还实现了村内“七小”企业大

面积复工，如何做到的？

白玉亭：是的，安全要保障，村里的商户生存也要保障，两件都是迫在眉睫的事情。我村有商户140余家，我们采取划片管控机制，包村干部、村干部带队检查，主动“问需”。我们还主动帮助企业解决遇到的问题。村集体主动减免“七小”企业80余万元的商铺房租。村内房屋出租户有394户，占全村总户数的72%，村党支部号召党员干部为租户减免租金。号召发出后，得到了村民的积极响应，共为租户减免租金20余万元。

记者：您提到党员干部带头减免租金，除了这个，在防控过程中，党员还做了什么？

白玉亭：村党支部除号召党员干部带头为租户减免租金外，还动员党员包户和在职党员顶岗助力。在职党员下班换岗、周末顶岗、捐款捐物，为村里疫情防控工作减轻了很大负担。

村党支部自北京APEC会议起就建立了“党员包户”制度，根据村民分布情况，每名党员包6~10户。近年来，“党员包户”制度在安保维稳、煤改气、人居环境整治等工作中都发挥了重要作用。此次疫情来袭，党员对所包户开展摸排、宣传、消杀，责任到人、精准发力，取得了显著成效。

记者：在新发地疫情发生以后，村里在防控方面是怎么做的？

白玉亭：村里将应急响应降为三级后打开的路口又再次关闭了，留下4个路口供村民出入，安排专人值守，出入登记扫码，其余封闭的9个路口每天由专人进行巡查看护。对于居家观察的10户13人，我们村派了6名流管员专职服务，帮助解决他们的吃住问题，每天上午、下午各测一次体温。村里继续开展消杀工作，尤其是对居家观察人员的居住场所，以及餐饮场所、垃圾投放点，确保村内不出现卫生管理漏洞，保证村民的健康安全。

（特约记者：杨楠　责任编辑：孙昶）

赵夫奎：
我们都经受住了考验

赵夫奎，男，1978年3月出生，中共党员，北京市密云区果园街道上河湾社区党总支书记、居委会主任。曾荣获“北京社会领域优秀党务工作者”“密云区优秀共产党员”等称号。

上河湾社区是密云区优秀示范社区。作为社区党总支书记，赵夫奎带领社区党员干部发挥党建引领作用，主动作为，精细管理，筑牢社区疫情防控防线，党组织的凝聚力、号召力在疫情防控中得到进一步提升。

记者：疫情防控初期和新发地疫情发生后的这段时间，上河湾社区管理面临着哪些难题？你们是怎样妥善处理的？

赵夫奎：无论日常工作还是疫情防控，我始终坚信，只有在党组织的领导下，各项工作才能做到周详。

疫情初期，社区面临诸多问题，党组织也想了不少解决办法。比如，社区面积广，出入口多达12个，管理难度很大。我们协调物业公司，封闭了10个出入口，只在南区、北区各保留1个出入口。同时，我们充分利用智能化人脸识别系统，结合居民和车辆出入证，形成人员车辆管理“双保险”。再比如，社区流动人口多、外来人员多，疫情防控工作不确定因素增加。我们对2422户居民逐一走访排查，为308户504名外省及境外人员设立了台账，开发返京人员登记微信小程序，做到了人员信息情况明、底数清。我们还通过“果园e家园”社区治理服务平台应用程序和楼门数字电视，推送科学防控信息，在92个单元张贴倡议书，引导群众自觉支持和配合社区疫情防控。所有这些工作，为疫情防控筑起一道“红色防线”。

新发地疫情发生后，我们在卡口启用了“数字门卫”智能人脸测温系统，科学有效提升社区防控水平。我们再次启动“扫街”“敲门”行动，发挥包楼包院和群防群治力量，将排查工作再细化，共摸排出涉新发地居民19户、居家观察人员25人，切实建立起社区安全屏障。

记者：疫情面前，党员应当冲锋在前。上河湾社区党总支在引导党员发挥先锋模范作用方面，有哪些做法值得总结？

赵夫奎：这次疫情对党组织和党员是一场大考，很欣慰我们都经受住了考验。我们主要是在4个方面下了功夫：

首先是强化宣传。持续利用“上河湾社区党员微信群”，号召党员迎疫而上，保卫家园。仅最初的4个月里，就有282名在职党员参加卡口执勤达3000余人次。

其次是鼓励担当。积极推动4个支部设立党员先锋岗，每个支部自觉认领卡口日夜执勤、防控日报推送、公共区域消毒、车辆管理、环境治理等工作。

再次是创新方法。我们创新实施“145”工作法，即：发出“一个号召”，号召在职党员利用业余时间积极协助社区开展防控工作；要求“四个带头”，党员带头配合排查、带头防控疫情、带头宣传教育、带头维护稳定；设置“五个岗位”，根据疫情防控要求，设立应急值守、排查防控、宣传引导、环境整治、服务保障5类岗位。确保工作推进有条不紊。

最后是统筹安排。疫情期间，区、街道共有88名干部下沉上河湾社区，成为社区疫情防控的重要生力军。

记者："扫街""敲门"行动和居家观察人员的服务管理，是社区疫情防控的重点工作。上河湾社区在开展这两项工作中，您印象最深的地方是什么？

赵夫奎：这两项工作是社区疫情防控的重要一环，也是社区工作的难点。我们通过党群议事厅、室外恳谈亭、居民心愿箱等渠道征集意见，带动92名社区党员、在职党员、居民代表参与包楼包院工作。他们建立单元居民群、张贴手写征集线索通知，每天逐户核查，使得楼门排查工作井井有条，实现了零遗漏、无死角的目标。

面对居家观察人员和老弱病残孕群体，我们要求做到关爱及时、保障到位，特事特办、急事速办。成立青年团员服务保障突击队，为居家观察人员提供生活必需品采买、生活垃圾处理等服务，累计服务居家观察人员496人。即便是夜间，我们也会在第一时间帮助他们解决困难。

记者：社区治理效果直接影响百姓日常生活。请您介绍一下，疫情期间上河湾社区推进基层治理的有关情况。

赵夫奎：我们在做好疫情防控的同时，持续推进社区治理工作。在公共卫生和环境治理方面，我们联合多支社区自治力量，开展了6次"防疫有我，爱卫同行"清洁家园爱国卫生月主题活动，清理卫生死角、消毒楼道、擦拭体育器材等560余处，改善了社区公共卫生条件。组织力量铺设草坪8000余平方米，栽植各种花草树木1000余株，美化了社区环境。在社区主要道路新施划停车位180个，有效解决了居民无处停车和乱停车的问题。结合近期实施的《北京市物业管理条例》和《北京市生活垃圾管理条例》，我们与物业公司开展了"垃圾分一分、环境美十分"主题宣传培训，设"四色"垃圾分类桶，张贴垃圾分类标志和宣传海报，引导居民自觉设立"两桶一袋"，扎实推进两个条例的落实。

（特约记者：于琪　责任编辑：任征）

李瑞森：

“跑腿书记”跑出居民安康

李瑞森，男，1985年9月出生，中共党员，北京市延庆区儒林街道格兰山水二期社区党总支书记、居委会主任。

儒林街道格兰山水二期社区是延庆区面积最大、住户最多的社区。新冠肺炎疫情发生以来，从先行带头跑到党群连心一起跑，李瑞森带领3个党支部98名党员和广大志愿者，守护着社区居民的安危冷暖。

记者：听说您被居民称作“跑腿书记”？

李瑞森：这是居民们开玩笑。社区是距离老百姓最近的基层部门，要想做好非得“眼到”“嘴到”“心到”，而这些哪样也离不开“腿到”。家长里短只有到现场看过，才能找出最合适的解决办法，坐在办公室里面不可能把工作做到居民的心里去。一来二去，我就从“小李书记”变成了“跑腿书记”。我觉得，这个称呼既是对我的肯定，更是对我的期望。

记者：在抗击疫情中，咱们社区面临最大的考验是什么？这个时期您是不是跑腿更多、更勤了？

李瑞森：疫情防控最大的考验就是工作量大、任务重。我们社区面积26万平方米，有35栋楼3166户居民。实行临时封闭管理，光是出入口就暂封了13个，再加上防控工作标准高、要求严、流程细，任务量之大可想而知。

我们“两委”班子发挥党建引领作用，带着物业公司和党员志愿者，分成12个“跑腿”行动小组，按房找人、住户随访，开展地毯式摸排，不到3天就圆满完成了“敲门行动”。我们手绘了37张“包楼图”，按“常住户”“空住房”“出租房”等不同安全级别分类，注明每户每人的基本信息。别小看这张手绘图，它在新发地疫情发生后的关键时刻贡献了“二期加速度”。居委会工作人员迈开两条腿、张开一张嘴，用了不到2小时就筛检出了重点摸排人员。工作任务最紧的那几天，我们交换信息都在路上，大家把我们居委会称为“蜂房”，把我们看作是“小蜜蜂”。但是为了确保防控工作“不漏一户、不落一人”，跑腿再多、再勤也值了。

记者：是啊，居民安全就是最闪耀的“军功章”。听说你们社区除了工作人员线下跑腿，还用上了科技手段，让数据在线上“跑路”？

李瑞森：我们是新建小区，社区的“技防”设备相对完备，摄像头有上百个。人力跑腿哪里追得上数据跑路，我带着懂信息技术的年轻人研究了一套“技防”与“人防”相结合的新举措，在核心网格点位设卡口，通过摄像头双向连线，在中控室形成一张动态巡查网。线上“跑腿”的大数据既实现了社区封闭管理无缝隙，又有效节约了值守人力、降低了人员密集度。24小时卡口有人守、封口有“眼”巡的无缝管理，切实提高了社区封闭管理的安全度。

记者：防控前期居民响应“不出门、少走动”的建议，怎样确保其正常生活供给？是不是也得靠你们跑腿？

李瑞森：我们社区居民有1万多人。满足大家伙儿的吃喝拉撒，单靠居委会这几个人可跑不过来。社区成立了志愿服务队，党支部带着志愿者一起跑腿。借助新时代文明实践站的点单、派单平台，98名党员带领180多位志愿者围绕代买代送、代拿代办等内容为居民累计提供了600多次志愿服务。3月底，随着复工复产稳步推进，我们又开始探索能不能让社会资源也“跑起来”。社区开通了快递进小区的专用卡口，设置专用通道，统一开放8组192个快递柜。社区与快递公司签订相关协议，对快递人员进行备案，签订健康承诺书，按照定人、定点、定区“三定”原则，进行规范管理。引导居民延迟取拿快递，确保居民与快递员“零接触”。引导社会资源跟着一起“跑腿”，让居民的生活真正步入正轨。

记者：面对疫情防控，一些居民也有不良情绪和不理解的情况。你们怎么为居民纾解心理压力？

李瑞森：基层精细化社会治理离不开贴心服务，单纯的跑腿确实不能满足居民的特殊需求，这就要求我们必须更专业。“两委”干部和工作人员的跑腿可不像没头苍蝇乱飞、瞎忙。我们每天都结合民情365日记工作，通过电话详细询问自己所包楼栋居民的身体状况，关心大家的衣食起居，叮嘱大家做好个人防护。你别小瞧这打电话，谁有情绪上的变化我们都会标注清楚。有了需求，然后是供需对接。居委会招募了具有医疗、心理等专业知识的志愿者，设立了“山水联盟”温馨热线，安排专业志愿者对摸排到的有畏惧、恐慌心理的居民进行心理疏导。同时，我们将科学防疫的宣传员、社区居民的服务员、排忧解难的热线员和心理疏导的调解员4项工作有机融合，给每家每户下发了防疫温馨服务卡，上面印着居委会包楼干部的电话号码和温馨热线。接到电话，工作人员排忧解难、专业人士安慰鼓励，两支“跑腿”服务队线上线下通力合作，很好地满足了居民的实际需求。

（特约记者：刘妍　责任编辑：魏晔玲）

石长海：

用“天眼”守护好水泉子村

石长海，男，1968年8月出生，中共党员，北京市延庆区珍珠泉乡水泉子村党支部书记、村委会主任。

常言道：“村看村，户看户，农村发展看支部。”面对突如其来的新冠肺炎疫情，石长海充分发挥基层党组织在基层治理中的领导核心作用，实行网格化、精细化管理，全方位、无死角防控。

记者：疫情防控中，咱们村面临的最大难题是什么，咱们又是如何破解的？

石长海： 最大的难题就是村域面积广、地形复杂，进村路口多。水泉子村下辖的5个自然村都处山区，从任何一个方位都能进入村庄。

针对这种情况，我们在疫情防控第一时间做了如下安排：

一是实行分级分片网格化管理，责任到人。村“两委”班子成员每人分管一个自然村，每个自然村由2~3名党员带领村民分组轮流值守。定点值守与流动巡查相结合，24小时不间断防控。

二是分清主次，重点严防。对可封堵的进村小路口进行封堵，在开放进村的几个大路口搭起帐篷，设立检查站重点防控，严防死守。

三是与防火结合，联防联控。疫情防控期间，正值严防森林火灾的紧张时期，实行疫情防控人员与森林防火人员联防联控。您看到建在山顶的瞭望塔了吗？那里有2人全天24小时值守，平时职责在于森林防火。疫情时期，用高倍望远镜发现村里有异常情况后，会及时向防控人员报告。

四是充分发挥监控系统的作用。疫情发生前夕，在乡党委的大力支持下，水泉子村作为珍珠泉乡的“平安北京”示范村，在全村架设了10个摄像头进行全天候、全覆盖监控。疫情防控中，这套监控系统派上了大用场。

记者：10个摄像头的全覆盖监控，应该可以减轻卡口值守的压力吧，实际运行效果怎样？

石长海：这套监控系统与5名村“两委”班子成员的手机联网，可实现实时监控，有异常情况时可以推送报警信息。监控系统就是我们水泉子村的“天眼”，守护着全村百姓的安全，不仅能减轻卡口值守压力，还能看到值守人员照顾不到的地方和点位。它们能够如实记录监控到的情况并留作证据，让违规行为无处遁形。

封堵进村小路口，是我们疫情防控的措施之一。不仅可以有效防止疫情蔓延，也能减轻卡口值守压力。自从装了监控系统后，我每天回家都会打开手机实时查看，随时观察这10个摄像头传回来的画面。有一天晚上，本村一位村民下班回家，嫌从大路口进村绕路，想从已经封堵的小路口偷偷进村。我当时看到了他准备拆除封堵障碍物的画面，马上电话联系他，对他进行批评教育并责令其将路口重新封堵，恢复原状。

清明节小长假期间，手机上传来监控系统发出的异常信息提示：去往东湾子的拦河闸桥下有烟雾升起。我立即通知附近值守人员前去了解情况，并向乡消防队报告。原来是假期出游的3名摩托车“驴友”被路口疫情防控值守人员劝返后，乘人不备，躲在桥下准备点火吃烧烤。幸亏发现及时，避免了一次火情隐患。

记者：在应对突发状况和常态化管控中，如何使“技防”设备发挥更大的作用？

石长海：为使这套监控设备在应对疫情突发情况中更好地发挥作用，我们又新装了3个摄像头，使村域内监控没有死角。这套设备兼顾疫情防控，森林防火，防煤气中毒，防外来流窜人员、车辆监控等功能，在农村反恐、应急处理状况、治安防控等方面发挥着重要作用。我们还建立了综合治理监控中心，对各个路口、点位进行统一监控，发现问题及异常情况，第一时间通过电话向村“两委”汇报、商定对策，并利用微信、村级广播等途径向全体村民发出指令，分片管理人员就近派人及时赶到现场处理。村民人人都是疫情防控员、森林消防员、应急突变处理员。下一步，我们会与派出所、综治办统一联网，实施网格化管理，联防联控。

记者：除了这样的智慧手段，咱们村还有哪些妙招推进防控工作？

石长海：早在2016年我们就成立了“志愿服务队”，现在有党员和群众共38人。“志愿服务队”在抗疫中发挥了很大的作用，帮助村民解决各种生活困难，上门服务，减少人员走动。村民有什么事，只要一个电话，志愿服务队队员就会帮忙搞定。村里老人多，打针吃药的需求不少。为了减少人员走动，村卫生室专门为村民登记建册，卫生员定期送药上门。我们利用村里的广播、LED显示屏、微信等网络工具，循环播放疫情防控知识音频资料，每天给村民播报疫情情况。通过发放宣传资料、劝散聚集群众、登记流动人口、宣讲预防知识等形式，积极引导村民建立疫情防控意识，克服焦虑恐慌情绪。遇有个别村民对设卡不理解、不配合，我们动之以情，晓之以理，不厌其烦地阐明疫情防控的重要性。

（特约记者：陈春义　责任编辑：朴添勤）

刘长江：
赶上“大事儿”要“主事儿”

刘长江，男，1975年7月出生，中共党员，北京市大兴区荣华街道（由北京经济技术开发区托管）天华园二里社区党支部书记、居委会主任。

2020年1月30日，天华园二里独居的王奶奶收到了社区党支部送来的一袋菜，她感动得一个劲儿地说：“谢谢！”社区党支部还将一袋袋新鲜蔬菜送到了居家观察的居民门前。“疫情当前，社区希望能为群众办一些看得见、摸得着的实事。”社区党支部书记刘长江说。

记者：在和社区的同志们交流时，好多同志都提到，“随时随地沟通协调，立竿见影执行落实”，咱们社区新冠肺炎疫情防控工作井然有序。请您谈谈这方面的情况。

刘长江：我们社区面积大、情况复杂，有65栋楼近3000户居民180多家商户。社区包括大雄城市花园、东晶国际、博客雅居、管委会宿舍、金泰公寓5个小区，分属6个物业项目。面积、人口均为荣华街道最多的住宅社区。

疫情防控阻击战开始后，各种力量和资源汇聚到社区抗疫一线。北京经济技术开发区、荣华街道陆续支援了我们几十名下派干部、巡防队员、临勤等专职人员。我们通过成立临时党支部，随时随地沟通协调，立竿见影执行落实，保证了社区24小时“人防”体系的有效运转和调配。比如，防控初期，博客雅居小区没有围墙，完全是开放式的，大家在小区现场开个碰头会后立即各自行动，就地取材完成了小区的封闭管理。

记者：我们注意到，社区各小区的物业非常支持配合防控工作。据说你们有“两说”“两做”的工作法宝？

刘长江：“我们完全服从街道、社区的领导，全力配合防疫，所有员工听从安排和调遣”，这是物业企业负责人的表态。能够有这样的配合关系，主要是我们平时重视对物业企业开展工作。我们的做法是“两说”“两做”，即“谈”“议”“促”“动”4点工作模式。“谈”就是与物业企业负责人常谈、长谈和畅谈，保持沟通；“议”就是社区议事，和物业企业负责人等一起讨论，群策群力达到效果最大化；“促”就是督促、促进，党支部不仅要监督物业，还要协助其解决实际的困难；“动”就是各方共同行动，不分“你的、我的”，有问题了就各尽所能一件一件去解决。社区党支部作为强力“黏合剂”的作用要继续发挥。

记者：在疫情防控阻击战中，社区被“置顶”推到“台前”，这次“大考”面前，您有什么特别的感受？

刘长江：我感觉考验主要是两方面，一个在“事儿”上，一个在“人”上。平时我们都干惯了繁杂琐碎的“小事儿”，头一次赶上这种“大事儿”，处在“风口浪尖”，我深知要担当起守护社区平安的重大责任，必须“主事儿”。社区一大半工作人员都是近两年入职的，多数是“80后”“90后”的年轻人，新一届“两委”班子是2019年上半年换届选举后组建的，委员9人里6人都是新履职的。工作经验少，我们面临的考验和压力可想而知。

要“主事儿”，关键是党支部要发挥坚强的战斗堡垒作用，提高队伍的战斗力。“这是一场战斗，是上级交给我们的任务，是我们义不容辞的属地责任。”“困难和风险大的工作，党员干部先顶上。”第一时间给社区工作人员动员布置任务时，我说过这样的话。从大年初一接到“集结号”开始，所有人都尽心尽责、全身心投入，全天候、高强度、高压力状态下连续工作至今，没有一个人掉队。

我们社区属于养老型社区，各小区居民分布不均衡，有132户的，也有1362户的，别墅、公寓、高层都有，居民需求各不相同。社区党支部坚持党建引领，按照“统分结合”原则实行“小属地”治理模式。结合实际进行大“包干儿”，建立层级管理、AB岗等明确的分工协作机制，达到“分而治之”。我们坚持对小区分类管理、包片负责，为复合型社区提供了抗疫智慧和经验，这是对网格管理精细化的进一步延伸。疫情防控工作以来，各片工作“齐头并进”落实到位。我们对全社区8000多人排查一轮最快时只用了一天，曾在居民返京高峰时段同时服务管理着400多位居家观察居民。工作人员都主动作为。正是有了平日里的“练兵”，才能有这关键处的“用兵”之时。

在疫情防控初期，居家防疫成为常态，我们走到居民身边做好服务工作。社区先后有1000余人居家观察，居民中老年人占比较高。我们社区党组织号召更多的人和更多的爱心商户做一些力所能及的事，让居家观察的居民感到温暖和贴心，让独居老人生活不受较大影响。其中的送菜行动传递的是深深的爱。在采取包括送菜行动等“安心”措施中，我们收获的是广大居民对我们工作的支持配合，是对党组织的信任。我的工作日记里记下了好些这样的故事。

（特约记者：闫泽宇　责任编辑：徐玲玲）

服务群众

FUWU QUNZHONG

同舟共济谱写党群鱼水情

在坚决打赢新冠肺炎疫情防控的人民战争、总体战、阻击战中，习近平总书记多次指出，要始终把人民群众生命安全和身体健康放在首位，用心用情为群众服务，民生稳，人心就稳，社会就稳。

在本次疫情防控中，北京市委市政府根据形势的不断变化而调整重点任务，及时精细化区分高风险、中风险、低风险地区，一手抓疫情防控，一手抓复工复产，既强力阻断了传染渠道，又保障了社会生活的井然有序，走出了一条具有超大城市特色的、将应急性防控与常态化治疫密切结合而又因时因事因势而化的治理之路。

北京的实践证明，只有将人民群众动员起来，才能一方面发挥群防群治的强大效能，一方面保障人民生命健康安全，疏通流通渠道、平抑物价、改善民生，提升人民的获得感、幸福感、安全感。不管是下沉干部、志愿服务者，还是社区工作人员，他们以人民为中心，不畏暑热、全力奋战、消杀灭毒、讲解疫情防控知识、检测体温、监测人口流动、开展舆情引导、运送生活必需品，热心为民服务，在党建引领下，稳定人心，消除恐慌，安定生活，加深了党群、干群之间的浓厚情谊，凝聚了民心民智民力。北京之所以能够迅速控制住疫情，给全国人民献上定心丸，其中的一个重要经验，就是党心连着民心、民心聚于党心。

张翼

中国社会科学院

社会发展战略研究院院长

赵 旭：

用跑不断的腿去践行初心和使命

赵旭，男，1990年7月出生，中共党员。北京市公安局东城分局前门派出所第三社区警务队副队长，草厂社区党委副书记。曾4次获得国家公务员嘉奖。

作为社区民警，赵旭兼任草厂社区党委副书记。辖区里的大爷大妈喜欢这小伙子，都叫他“旭子”。

胡同是北京社区防疫的难点，出入口多、房屋复杂、公共区域多、人口流动性大……赵旭依托“吹哨报到”机制，充分发挥党的组织优势和公安机关职能优势，协助社区全面落实了联防联控各项措施。

“民警为什么能做通工作，这体现出我们和群众是交心的沟通，群众的认可让我心里也暖和。因为疫情我们能相互信任、相互配合，距离反而更近了。”在草厂社区警务工作室，刚下社区回来的赵旭对记者说。

记者：作为社区民警，您在疫情防控期间主要参与了哪些工作？

赵旭：社区是疫情联防联控的第一线。身着警装，我是社区“穿警服的副书记”，在社区里的工作可以用“四员”来概括：

一是统筹力量的“协调员”。各院子的院长、积极分子、信息员，以及之前下户沟通过的居民，都是协助我们开展工作的有力支持。依靠这些力量，社区形成了联防联控工作格局。

二是疫情防控的“侦察员”。我每天除了要到社区的疫情防控卡口值守外，还要与居委会工作人员召开碰头会，全面排查辖区内疫情防控风险点。

三是科学防范的“宣传员”。针对老年人、快递人员等重点群体，我们采取了发放一封信、手机推送防控指南等宣传方式。对于社区居民，我们通过社区微信群提供相关政策解读、防疫措施提示、日常问题解答等。

四是矛盾纠纷的“调解员”。各个胡同口因为封闭管理引发的一些矛盾，我都要及时到场，协调化解纠纷。

记者：草厂社区大杂院多、胡同口多、房屋构成复杂，会给社区防疫带来各种困难，您有什么工作妙招吗？

赵旭：草厂社区既有京味文化氛围浓郁的25个大小胡同与近500个平房院落，又有3栋现代化写字楼，还有2家中医医院、1家银行、33家企事业单位、37家小门店，人口密度大，这些都成为开展社区疫情防控工作的重点和难点。

一院多户是胡同平房区的特点。我利用老街坊之间知根知底的优势，对疫情期间出京不在家的住户，在门上留了“提示贴”。一旦住户返京未曾报备，同院的住户就会及时在微信群中提示民警和社区工作人员，工作人员就会第一时间对进京人员进行登记和上报。

平房区还有一个一房主多租户的特点。我就抓住房主这个关键，要求房主对出租屋居住人员逐一打电话核实，建立台账，担起问询督促责任。

辖区里的同仁堂中医医院和国龙中医医院虽然不是此次新冠肺炎的定点收治医院，但在非常时期，也是防控的重中之重。我主动担起“临时院警”职责，协助两家医院建立各种管理类台账，建立安全防控专班，多次培训医院安保人员，使得医院的保安员更加专业化、职业化。

记者：您在疫情期间经常给辖区居民提供帮助，有什么让您印象深刻的

事吗?

赵旭：帮助每个有困难的人是我的职责，也是我对自己的要求。疫情防控工作初期，商铺歇业，群众面临的最大困难就是购买日常生活用品和食品不便。辖区里的孤寡老人、空巢老人是我最担心最牵挂的人群。我经常替辖区一位78岁身患疾病的孤寡老太刘某购买蔬菜、水果和肉，还和居委会工作人员一起，为辖区另外两户空巢老人送去生活必需品。

6月11日，新发地疫情发生后，辖区里部分居民出现恐慌情绪。12日下午，我正在忙着走访排查的时候，突然接到了一居民打来的电话，他由于前几日去过新发地市场，就一直忧心忡忡，甚至出现了焦虑。我赶紧去了他家，就像心理医生一样开始了对他的“诊疗”，打消疑虑、安抚情绪、心理疏导……两个多小时下来，这位居民终于豁然开朗。

为居民排忧解难了多少次，我自己都记不清了，但能记住每一次群众认可的目光，百姓对我们的认可，就是我们的满足。

记者：作为一名“90后”青年警官，在这次抗疫之战中有什么感悟可以分享吗?

赵旭：作为社区副书记，我身着藏蓝色警服，头顶警徽，就要牢记从警初心，成为一面旗帜。为了让党徽和警徽闪耀在疫情防控工作的最前沿，我就要用跑不断的腿去践行初心和使命，给社区居民带来战疫必胜的信心和力量。从一名社区民警的视角来看，今后要推进社区智能化，强化“大数据”摸排、“智能化”管控、“掌上办”服务，开展各类安全隐患的排查整改和各类矛盾纠纷的调处化解，把各类不稳定因素化解在初始阶段。要用法治方式积极有效推进社区防控，培养社区居民遵纪守法、依法办事的生活习惯，共同建设和谐美好的社区。

（特约记者：熊艳　责任编辑：袁瑛）

闫国复：

随处都在的红色身影让我们感到很放心

闫国复，男，1955年7月出生，中共党员，北京市东城区永外街道永铁苑社区退休居民。系疫情防控志愿者。

平静的生活背后有着别样的感恩和欣喜。在社区群防群控战场上，闫国复是志愿者中的一员。

记者：疫情防控期间，您看到、听到、感受到的社区防疫工作是什么样子的？

闫国复：我们小区一共有5栋楼3000多名居民。春节期间，社区工作人员挨家挨户排查人员信息，按照楼栋发放出入证。2020年下了好几场大雪，气温也很低，穿着永外红马甲、戴着党员先锋岗红袖标的社区工作人员和志愿者们始终坚守岗位。从冬入春，从春入夏，真是不容易。小区宣传栏、楼门口贴满了防疫宣传海报、条幅，红色的身影随处都在，让我们感到很放心。

记者：您的妻子是社区的一名"楼层管家"，在疫情防控中她做了哪些工作？

闫国复：疫情刚开始的时候，她了解到电梯间和楼道有传播病毒的风险，于是她每天戴上口罩，拿上兑好的84消毒液在楼道和电梯间里进行消杀，还用抹布喷上84消毒液擦电梯门和信报箱，每天上午、下午各一次。见到街坊邻居就宣传防疫知识，还提示楼里那些上岁数的大爷大妈戴好口罩。

疫情最紧张的时候，每天新增确诊病例那么多，您说谁能不害怕？我跟她说，万一出现什么问题可怎么办啊？她说社区工作者都冲在第一线，从春节就没有休息过太辛苦了，自己既是支部书记，又是“楼层管家”，到了关键时刻必须履行职责、发挥好作用。

记者：随着社区疫情防控工作的开展，您的心态上有什么变化？

闫国复：看到街道社区的工作人员，以及像我爱人这样的志愿者们，依然站岗啊，值班啊，巡逻啊，消杀啊什么的，还入户宣传防疫知识，看到他们的所作所为，我渐渐觉得没有那么害怕了。正是街道干部、社区工作人员和志愿者们给予了我精神力量，他们真的很了不起。我把家务活几乎都包了，有时爱人去值岗我也陪她一起去，干着干着我这荣誉感也起来了。

记者：您给我们介绍一下社区为遏制疫情扩散、保障群众生活主要做了哪些工作？

闫国复：社区防疫工作做得很细致。为防止因电梯按键交叉感染，他们在电梯里放置了纸巾和牙签。对居家观察人员的管理服务也很用心。我们楼里有一个从意大利返京居家观察的，社区工作人员不仅每日　查，还负责为他代买生活物品、送快递、处理生活垃圾。

疫情期间很多实体店铺都停业了，老百姓只能网上购物。快递不能进小区，社区工作人员在小区门口专门划出了快递车停放区域，设置了无接触配送货架，方便居民取件，还专门设置了外卖暂存区，和其他快递物品进行区隔，干净卫生。凡是不方便出门的居民，社区工作人员会亲自将快递送到居民家中。

6月新发地疫情发生后，小区出现一例确诊病例，感觉疫情离我们从未如此之近，大家刚放下的心又都提了起来，好在街道、社区工作人员行动迅速，第一时间在小区内开展大规模消杀，入户发放含有手套、口罩、体温表、喷壶、消毒液的爱心防疫包，并与居民交流，安抚居民情绪。有序组织居民集中进行核酸检测，关爱出行不便的特殊群体，为他们提供上门采样服务。与此同时，每周开展一次蔬菜直通车进社区服务，方便居民吃到新鲜、实惠的放心菜。

记者：您觉得这次疫情防控工作会给今后的社区治理带来新的变化吗？

闫国复：我觉得肯定会有变化。首先，在疫情防控这件事儿上，社区所有工作人员的艰辛付出居民们都是有目共睹的，正是由于社区工作者们半年来的全心付出，才保证了我们这些居民的平安和健康，尤其是在疫情最严重的时候，他们挺身而出、毫不退缩，让很多居民对社区工作有了新的认识，我也注意到甚至以前有些爱挑事儿的居民也对社区的态度发生了变化，可以说，整体上，居民对社区的接受度更高了。

其次，是拉近了居民和社区的距离，增进了彼此的了解。通过入户走访以及点位值守等工作，社区进一步理清了基础数据台账，为今后各项工作的进一步开展、做好有针对性的服务打下了基础、找到了方向。

最后，这次疫情防控中，社区形成了一盘棋。“楼层管家”、老党员志愿者、在职党员纷纷行动起来，带动居民参与到抗疫中来，整个社区形成了一盘棋，社区各类人群空前团结在一起，心往一处想，劲儿往一处使。我相信，经历了此次考验，会有更多的居民热心参与到基层社会治理工作中，我们的社区会建设得更加美好。作为一名普通居民，能够生活在这样一个温暖的大家庭中，我感到非常幸福和骄傲！

（特约记者：刘梦琪　责任编辑：李爽）

贾　耗：
谢谢东城青年　感恩东城力量

贾耗，男，1988年1月出生，群众，北京单立人文化传媒有限公司专业脱口秀演员。曾获得中央人民广播电台第三届全国大学生主持人大赛全国总冠军、2019年单立人原创喜剧大赛冠军等奖项。系疫情期间自境外返京人员。

贾耗是首批入住东城区唐韵会议中心集中观察点的人员之一。作为一名境外返京人员，在集中观察期间，他用15条抖音短视频记录了14天的集中观察生活。

记者：作为从境外出差回国的入境人员，回到北京的那一刻，您的感受是什么？

贾耗：回国前我还是有些担忧的，主要是担心集中观察期间感染的风险，对如何度过14天全封闭的生活有些忐忑。但这种担忧从飞机落地那刻就消除了。一到首都机场，我的眼前就呈现出一幅幅忙碌而又有序的场景：各类区域划分清晰、工作人员职责分明，从填表、测体温、取行李、乘坐大巴去新国展中心、领取多语种法规政策介绍和集中观察点简介宣传单，到最后统一乘车前往集中观察酒店，整个流程高效有序，运转流畅。这期间，工作人员还贴心地为我们发放小面包、矿泉水等。我感觉到浓浓的暖意。

记者：集中观察期间，您用手机记录了归国24小时和集中观察14天的日

常点滴，其中“集中观察第一天”这条短视频获得了12.5万的点赞量。您是怎么想到用这种方式记录的呢？

贾耗：我一共拍摄了15条抖音，这些短视频从策划、剪辑到最后成片，都是我独自完成的。

回国前，我在网络媒体上看到了一些关于国内集中观察点的负面新闻，部分网络水军也跟风吐槽。当我亲历了国内针对入境进京人员细致、到位的疫情防控工作后，我就想把经历的一线真相记录下来，让更多的国外友人和境外同胞了解从入境落地到集中观察的每个环节，不吹不黑，减少因为信息不对称造成的误解。

作为一名脱口秀演员，我深知媒体对大众的影响，用好媒体，客观表达，传递真实，是我的职责和义务。我要用亲身经历告诉人们真相和事实，传递北京青年力量。

记者：回首那段时间，您是否也遇到过一些问题和困难，工作人员是如何帮助解决的？

贾耗：刚入住观察点的时候，我想购买一些日常生活用品，就把这个问题反映给了工作人员，当天就得到了反馈，并提供了两种方式：一种是由家属预约配送，一种是工作人员集中购买、次日送达，真的很贴心。针对我们提出的诉求，工作人员总是热心实时回应。我感觉，我们每个人的“小困难”都会引起他们的“大重视”，让我们感受到热心、耐心、暖心的东城管家式私人定制服务。

记者：在集中观察期间，有什么让您特别感动的事情吗？

贾耗：北京这么大，在东城让我们感受到家的温暖，感受到祖国的关爱，真的是我的“小确幸”。工作人员为每人发了一盆“仙客来”，鼓励大家分享种花攻略。每日分享室内健身视频博客和有趣短视频，提醒我们增强机体抵抗力。我亲身体会到工作人员的这些点点滴滴的用心。

集中观察期间，我的扁桃体有些轻微发炎，担心会因此引起体温升高。于是我尝试着联系了工作人员，但当时已经是晚上11点。没想到工作人员“秒回”，说让我拍一下喉部照片。我当时有些不好意思，怕工作人员介意。工作人员安慰我不要担心，之后他立即把照片传给了医护人员。医护人员打电话详细询问我有关情况，确认没有大碍后嘱咐我多喝水、早休息。

记者：6月11日新发地疫情发生后，您和公司有没有再次受到影响？

贾耗：本来我们预计6月开始在北京演出，但新发地疫情发生后演出全部叫停。当时我有些焦躁，因为太长时间没有接触观众和舞台，担心自己退步。但当我看到医护人员烈日炎炎下穿着密不透风的防护服挨个进行核酸检测，我瞬间感觉格局开阔了，开始录视频博客进行线上营业，效果也很好。

记者：和政府工作人员密切接触，您最大的感受是什么？

贾耗：集中观察期间，我一直以为是酒店方为我们提供餐饮、代买物资、配送三餐、垃圾回收等服务，直到我离开那天才知道这些工作都是东城区的公务员们完成的。现在想想，集中观察点的每个人都可能是潜在感染者，工作人员和我们每次接触都面临可能被感染的风险。但是隔着口罩，我能看得见和我年纪相仿的他们眼神坚定、情绪乐观，无条件地、不求回报地坚持在这里守护着我们。

谢谢东城青年，感恩东城力量，有你们，有守望，有期待，有未来！

（特约记者：李庆庆　责任编辑：李爽）

郑桂媛：

我们身后有一座坚实的靠山

郑桂媛，女，1948年12月出生，中共党员，北京市西城区展览路街道北营房西里社区居民。

在社区居民身边，有这样一群人，他们身穿红马甲，以担当奉献响应需求、护卫健康，以日夜坚守筑起疫情防控坚固而温暖的“第一道防线”。在百姓眼中，他们忙碌的红色身影就是百姓身后那座坚实的靠山。

在展览路街道，一封言语质朴的感谢信吸引了记者的目光。我们的采访，就从这封署名“50年党龄的老党员郑桂媛”的感谢信开始了。

记者：感谢信虽然字不多，却能看出您对基层干部为民办实事的感谢和赞扬。请您谈谈，房管所的同志是怎么帮您解决难题的。

郑桂媛：我赞扬的是北京德源集团展览路房管所工程组组长张岩。2020年4月，我家厨房的地下排水管道堵了，污水呼呼地往上冒。我心里着急啊，就打电话联系了房管所。很快，张岩就带着工人们上门了。他们先是把室内地砖刨开排查管线问题，又去看排水井。张岩不顾井里又脏又臭，下到井里去查找堵点，最后发现是管线老化了。

问题找着了，张岩就组织工人维修。我们住的是平房院，厨房也就1平方米，转不开身，他们就把橱柜抬出来，把地砖挖开，清理堵点时甚至用手去抠。他们干了3天，光是废料就装了十几袋。换完管道，张岩他们又帮着把地砖重新铺好，把施工现场收拾干净，活儿干得特别细。张岩说，这次维修能保30年不出问题，我们这回可踏实了。

记者：看到基层干部们千方百计为居民解难题、办实事，您作为一名老党员，有什么感受？

郑桂媛：下水道堵这桩闹心事可难坏我和老伴儿了。张岩他们不推脱、不怕脏、不怕累，加班加点地干，彻底解决了问题。当时，他们干活都戴着口罩，我也没看清张岩长什么模样，只是听他说自己是一名党员。作为党员，就是要在老百姓有困难的时候，站出来帮助他们排忧解难。我觉得，张岩做到了，这就是好党员、好干部。我也是党员，有50年党龄了，看到像张岩这样的年轻党员能这么一心为群众办事，我打心里高兴，我要为年轻党员的担当作为点个大大的赞。所以，我就写了一封感谢信，署名“50年党龄的老党员郑桂媛”，就是想表达一下我这个老党员的感激、欣慰之情。

张岩的同事告诉我，张岩家在昌平，打从大年三十以来，小半年了，他一共也没回过几趟家。平时，他吃住在办公室，为的就是24小时响应居民需求，第一时间赶到现场解决问题。

疫情期间，社区党员、干部、志愿者和街道下沉干部们就像长在社区里，24小时坚守、响应服务。其实，张岩就是社区党员干部的一个代表。

记者：打赢疫情防控阻击战，离不开社区党员干部的日夜坚守。在您眼里，这些“红马甲”是怎么筑牢疫情防线的？

郑桂媛：我们能成为“零感染”小区，要归功于社区筑起的坚固防线。疫情期间，我们社区的值守、消杀、防疫、巡查、清运等这些工作，每天都在有序运转，小区的值守岗位上始终没断人，社区工作人员、保安、志愿者，都是风里雪里地坚守，特别辛苦。什么时候出门，我都能看到这些“红马甲”。我老伴儿说，一看见这些红色身影，就觉得特别安心。

把大家凝聚起来的是社区党委。社区党委带领各道防线的工作人员一环扣一环地联防联控，这才有了我们的“零感染”小区。

记者：疫情期间，社区实行封闭式管理，居民的正常生活受影响了吗？

郑桂媛：展览路街道社区治理倡导“小事不出社区”。疫情刚开始，社区就启动了“敲门行动”，工作人员上门逐户排查，嘱咐我们务必做好防护，有什么需要随时打电话。2月那阵子下雪，社区工作人员第一时间清扫街道上的积雪，路上一点儿冰雪都没有，老人们出门也不用担心滑倒。

通过“西城家园”平台、微信群和公告栏，居民们都能及时了解小区的防疫动态，心里有数就不慌。谁家有个什么事，通过微信一反映，社区一准儿有人来帮助解决。其实在疫情之前，社区工作人员也经常上门沟通，听取我们的意见、需求。我觉得，党组织就在我们身边，时刻想着大家呢。老街坊们都说：有事就找社区，无论大事小情，他们都能替咱想出好办法。这几年，我们社区眼见着变成了整洁宜居的家园，大伙儿看在眼里，乐在心里。社区为居民解决了好多小事，让我们看到了社区党委在社区治理中发挥的巨大作用。尤其是疫情期间，耳闻目睹了社区党委和党员干部们为居民做的这么多工作，我觉得身后有一座坚实的靠山，心里特别踏实。

（特约记者：宋红英　责任编辑：谭梦）

陈伯智、刘　瑾：
“壹瓶热线”传递“北京温暖”

陈伯智，男，1979年6月出生，中共党员，中国安能建设集团干部。刘瑾，女，1979年1月出生，中共党员，海峡两岸婚姻家庭服务中心（协会）干部。系疫情期间自武汉返京居民。

5月的一天，西城区委组织部收到了来自陈伯智、刘瑾夫妇的一封感谢信。他们在信中写道，“壹瓶社区党支部是切实帮助老百姓排忧解难、让老百姓放心安心、令老百姓满意的基层党组织代表。今天提笔用最传统的方式向贵部写信，主要是想表达我们全家对壹瓶社区的诚挚谢意，说几句发自肺腑的感恩之言”。

原来，陈伯智、刘瑾夫妇春节前回湖北探亲滞留武汉82天。滞留期间，壹瓶社区党支部、居委会坚持全程关怀、全力帮助、全心付出，做实做细各项防疫措施，这才有了夫妇俩的写信感谢之举。

记者：你们在信中写到，在武汉宣布封城第二天收到了壹瓶社区工作人员打来的电话。电话的内容是什么？当时你们在武汉是什么情况？你们的感受是什么？

陈伯智、刘瑾：是的，武汉宣布封城，我们都没经历过这样的事情，内心感到很惶恐，不知道怎么办才好。万万没想到的是，第二天竟然接到了壹瓶社区工作人员打来的电话，问我们："现在情况怎么样？身体有没有不舒服？生活有什么困难？需要哪些物资？"通话后，他们为我们寄来了中药颗粒、口罩等所需物资。我们当时感觉很温暖，心里一下就踏实了。

记者：每天能在千里之外接到来自北京的热线电话，可以说是相当温暖了。这些热线电话对你们在武汉的生活和志愿服务有哪些帮助？

陈伯智、刘瑾：82天呀，每天一次线上联系，"壹瓶热线"传递"北京温暖"，让电话两端的我们从陌生变为了熟悉。社区党支部魏占增书记在得知我们在武汉当社区志愿者，投身抗疫一线后，专门在电话中叮嘱我们要注意做好防护，还把在线上学习的心理疏导知识与我们分享，帮助我们舒缓压力。

82天的联系，嘘寒问暖是家常，远程指导有良方。在担任武汉市武昌区水果湖街道北环路社区志愿者的41天里，我们按照壹瓶社区"就要把居民当作自己的家人"的工作要求，借鉴壹瓶社区党支部服务群众的做法，在武昌北环路社区也建立了线上订购蔬菜、药品群，每天晚上统计数据、白天购置物资，为112户居民提供了买菜、送药、生活缴费等服务。当地居民亲切地称我们"首都志愿者"。

记者：从武汉返回北京，有一套复杂的程序，在这个过程中，社区热线给你们提供了哪些帮助？

陈伯智、刘瑾：社区了解到我们回京工作心切，孔庆蕊同志提前一周就指导我们通过"京心相助"小程序提交申请，从接站时间地点到居家观察所需生活物资，周密细致地提醒我们。

4月12日我们自驾到京已是晚上11点半，几位社区工作人员早已等候在小区门口，并提前准备了包括方便面、消毒湿巾、免洗洗手液、中药颗粒、鸡蛋、西红柿、土豆等居家所需防疫用品、蔬果食品一应俱全的爱心包。他们还在方便面桶上用便笺纸写了一首诗——“但肯暖君身与腹，谁将此味换衷肠”，让我们感到特别温暖。魏占增书记亲自帮我们把行李送到家门口，离开时已经是凌晨了。

记者：居家观察期间社区为你们提供了哪些暖心帮助？您对这些服务感受如何？

陈伯智、刘瑾：开始居家观察后，社区依旧坚持每日与我们电话联系、关心慰问：“您今天身体怎么样啊？状况如何？如果需要扔垃圾，请把垃圾整理好放在门口，我们会有专人上门回收。”特别是孔庆蕊，由于前段时间的沟通接触，我们成了好朋友。观察期满后，社区组织我们进行核酸检测，全程无缝衔接。社区工作者的贴心服务，让我们感受到浓浓的人情味，体会到了“北京温暖”。我们与社区之间的关系更近了。

记者：回到社区后，你们是否参与了社区战疫行动？

陈伯智、刘瑾：抗疫期间，我们积极响应陶然亭街道党工委的倡议，通过朋友圈发布战疫日记、抖音视频等方式成为引导群众的“宣传员”。我们发布的相关朋友圈单条获得200余次点赞，记录我俩作为武汉志愿者的抗疫时光的抖音视频吸引了600万人次观看。

如今，每当经过小区门口，看到张贴在墙上的陶然亭街道壹瓶社区“战疫先锋榜”时，我们就感到心中充满了力量和温暖。我们用行动响应壹瓶社区“上下壹心，共守瓶安”的倡议，努力成为“战疫先锋”，回报街道及社区的关爱。

（特约记者：费秋林、刘晓明　责任编辑：闫正宇）

孙伯骜：
真情服务传递“朝阳温度”

孙伯骜，男，1990年2月出生，群众，西班牙（中国）校友会成员。系疫情防控志愿者。

孙伯骜留学于西班牙，回国后从事旅游行业。

国内疫情得到控制后，入境进京人员逐渐增多，“外防输入”成为北京战疫的重点任务。孙伯骜主动加入“国门守卫战线”，参加新国展集中转运中心朝阳区驻点和朝阳区集中医学观察酒店的服务工作。从登记、转运到解释防疫政策、协助解决临时问题，他利用自己的语言优势，用西班牙语和英语做好沟通、翻译工作。

记者：疫情发生后，您是怎么想到去一线参加志愿服务的？

孙伯骜：我看到了西班牙（中国）校友会发的志愿服务招募，因为我曾经学过西班牙语，觉得能学以致用，为祖国贡献一份力量，所以没有考虑太多，就主动报名了。

记者：您在新国展集中转运中心的主要工作是什么？

孙伯骜：主要是负责英语和西班牙语的翻译、前台登记接待，也就是将旅客的信息数据录入系统，如果出现确诊病例，方便及时确定密切接触者。

同时还要给对方解释相关的集中医学观察政策。

记者：志愿服务中有什么印象比较深刻的事情吗？

孙伯骜：有一次，我看到一个刚入境的外籍女孩拉着很重的箱子，站在入口处，显得有些不知所措。我上去询问她情况，她告诉我，她有些不安。她既害怕自己在飞机上被传染，又怕给身边的人带来风险，说着说着她的眼泪就掉了下来。我知道，我必须得先安抚她的情绪。这个女孩是阿根廷人，我之前因为工作的关系曾多次去过她生活的城市，我就从这点切入，和她交谈起来，一点儿一点儿让她从紧张的情绪中脱离出来。当她情绪稳定一些，我才开始给她心平气和地解释转运中心的流程、集中医学观察酒店的情况、需要注意的事项、费用等细节问题，一点儿一点儿地打消她的顾虑。

通过这次经历，我发现自己承担的并不只是一个翻译或者前台登记员的任务，还需要耐心地去安抚入境人员，让他们了解政策要求，并且保持平静的心情。毕竟经过几十个小时的舟车劳顿，大家都疲惫不堪，如果情绪上有波动，我们的工作就更难开展了。我一直说，一定要用真情服务传递“朝阳温度”。

记者：能具体讲讲您刚才提到的“朝阳温度”吗。

孙伯骜：由于入境外国人多，朝阳区不管是登记人数、转运的难度，还是酒店和后勤的协调，都承担了巨大的压力。在这种压力下，朝阳区坚持服务好每一位旅客，比如，区委组织部特意为进京旅客提供了爱心包，里面有一次性手套、口罩、消毒湿巾，还有饼干和矿泉水。爱心包里的这些东西看似普通，但对于拖着极其疲惫的身体来到转运中心的旅客来说，却如有了一种到家的温馨感。舟车劳顿之后，一瓶水、一块饼干、一个全新的口罩，就是旅客最需要的东西。这就是“朝阳温度”的一种体现，不管你走到哪里，不管你经历了什么，走到朝阳区的登记区，你就已经回家了。

记者：您后来转去朝阳区集中医学观察酒店志愿服务，主要负责什么工作呢?

孙伯骜：集中医学观察酒店是专门承接和转运外籍人士，这里的工作和新国展集中转运中心不同。我在这里承担的工作非常繁多，从引导外籍人员进入酒店填写各种表格，到集中观察期间外籍人员的种种需求，都要有翻译来对接沟通，工作繁重且琐碎。虽然志愿服务很繁重，但是我也在这里感受到了“朝阳温度”。

记者：请您讲讲您作为志愿者感受到了哪些“朝阳温度”。

孙伯骜：在新国展集中转运中心，我们主要对接的是朝阳区委组织部。每天组织部的人员都会跟我一起奋战在一线，及时帮我们协调解决各种问题，大到联系外交部门确定客人情况、协调集中医学观察酒店，小到帮我们准备物资，一直支持着我们翻译登记人员的工作，可以说是我们最坚强的后盾。

在集中医学观察酒店，我们的工作主要是由朝阳区人民政府外事办公室负责。外办的人员和我们一起在酒店值守，随时和其他外交部门协调各种问题，统筹整体工作，他们的工作非常辛苦，经常工作到深夜。

让我印象特别深刻的是，入境进京人员入住集中医学观察酒店后，需要协调医院来对观察期满人员进行核酸检测。由于待检测的人太多，我们非常害怕出现观察期满后不能及时检测的情况。我们把担心的问题汇报给外办。外办领导马上协调其他部门和医院，建立了检测的提前汇报沟通机制，大大提高了效率，降低了沟通成本。

（特约记者：刘良琼　责任编辑：徐玲玲）

杨 祥、张 琳：

倍感温暖的返京历程

杨祥，男，1989年12月出生，群众，V1视觉创始人之一。张琳，女，1992年10月出生，群众。杨祥、张琳夫妇居住在朝阳区十八里店乡吕家营村自主城小区，系疫情期间自武汉返京居民。

春节前回到武汉老家的杨祥夫妇，被突如其来的疫情打乱了回京计划。

“得知北京启动滞留武汉人员返京工作时，我们夫妻俩既兴奋又担心。”杨祥夫妇对记者说，“非常感谢社区工作人员对我们返京的帮助。”

记者：你们在疫情期间亲历了武汉封城和抗疫的过程，感受应该很深吧？能谈谈你们在武汉的经历吗？

杨祥、张琳：身为武汉人，我们对这场突如其来的疫情有很深的感触，这段经历会令我们终生难忘。我们全村人都非常重视疫情防控工作，在村党支部的带领下，各家门口、街道两旁贴满了宣传标语，春节期间全村人没有一个人出去拜年。在生活物资最紧张的时候，各地向武汉输送生活必需品，如肉、菜、奶、蛋等，质高价廉。村党支部书记积极地为我们协调生活物资并送货到家，让我们深刻体会到“人民至上”不是口头上说说，而是用具体行动落实的。

在全国人民的共同努力下，终于迎来了武汉解封，令人振奋、鼓舞！我们就是在这样的情况下返回北京的。

记者：能谈谈您的返京历程和感受吗？

杨祥、张琳：返京之前，我们咨询了十八里店乡吕家营村委会和自主城物业公司，工作人员们耐心地为我讲解了返京流程，告诉我们需要准备的材料，我们在很短的时间内就完成了报备手续。

我们一家三口从武汉启程，一路上吕家营村工作人员时刻关注我们的行程，因有幼儿同行，工作人员还特意提醒我们做好防护，看护好宝宝。是他们的“24小时在线”保障了我们顺利进京。

进京后，我们一下火车就看到工作人员举着牌子接我们，并告知接下来的环节和流程。工作人员说，社区工作人员会第一时间在小区门口接待，帮我们办理居家观察所需手续，并且建立观察人员微信群，每天都会在群里进行“两询两问”，即问体温、问需求。物业管家、保洁人员以及商超志愿者也都在观察群里，为我们这些居家观察人员购买日常生活用品并送货上门、生活垃圾处理等无接触服务。

我们担心邻居会因为我们是从武汉回来的而戴“有色眼镜”看我们。工作人员说早已做好社区居民的思想工作，大家会一起共渡难关。这让我们感觉到北京抗疫工作的专业化、规范化和人性化。

记者：回家时，听说你们遇到了非常紧急的情况？

杨祥、张琳：吕家营村工作人员准备用专车接我们回社区时，突然发现宝宝发高烧了。我们夫妻俩吓坏了，担心宝宝感染新冠肺炎。工作人员一边安抚我们紧张的情绪，一边拨打了120急救电话，把我们和宝宝送到首都儿科研究所附属儿童医院。当晚，吕家营村党支部李书记安排工作人员和社区物业领导到医院看望我们，并带来了水果和食品。医院有要求不能探视，虽然没有见面，但他们的关心让我们倍感温暖。

医务人员事无巨细地照料着我们，不仅帮我们送餐、送热水，还给我们做心理疏导，安抚我们紧张不安的情绪，他们还贴心地给宝宝带来玩具。看着宝宝的笑脸，我们安心不少，也更积极乐观起来。我们在医院共待了3天，做了2次核酸检测，结果均为阴性。

记者：在居家观察期间，村里为你们提供了哪些帮助？

杨祥、张琳：离开医院后，吕家营村工作人员将我们接回社区。自主城物业工作人员在社区大门迎接我们回家，还为我们准备了生活用品，包括蔬菜、水果、米面等。

在居家观察期间，社区工作人员每天询问我们的身体健康情况。除了提供定时上门收取生活垃圾、定时为我们的生活环境进行消毒等服务外，还帮我们收取快递。

让我们感动的还有，自主城物业公司和吕家营村专门为湖北返京人员建立“点对点帮扶工作群”，让我们这样的返京人员能及时了解北京疫情形势和防控工作要求。群里有很多湖北籍老乡，大家通过这个平台进行交流，互相鼓励、互相支持，充满了正能量。

记者：现在回头看，你们对这一段难忘的经历有什么感悟吗？

杨祥、张琳：整个抗疫过程让我们感受到了一线工作者的担当。作为一个在北京创业的武汉人，深知创业不易，现在我们的公司已经逐渐稳定了下来，并且有了一定的基础，希望能够尽自己所能为社会做一些贡献。

疫情无情，人间有爱，武汉是一座英雄的城市，中国是一个伟大的国家！这次疫情让我们更加懂得：热爱祖国，珍惜生命，善待他人，学会感恩！

（特约记者：胡莹　责任编辑：徐玲玲）

刘雨晴：

观察又关爱　温暖一直在

刘雨晴，女，1994年9月出生，群众，美国哥伦比亚大学学生。系疫情期间自境外返京人员。

“办理完入住手续后，酒店工作人员给我们每个人送上了一份小礼物。”

记者采访时，刘雨晴回忆起2020年3月21日回国第一天到达北京万世名流酒店集中观察点时的情景，仍觉得很温暖：“因为到酒店时已经凌晨4点了，朝阳区新国展转运专班工作人员仍然在忙碌着。他们考虑到我们在飞机上可能不敢吃东西，特意给我们准备了小蛋糕，我觉得很贴心。”

记者：按照北京疫情防控的要求，境外进京人员需要进行集中医学观察，回国之前你有没有什么顾虑？

刘雨晴：回国之前，我很排斥14天集中医学观察，因为觉得不是住在自己家里，而是在陌生的酒店，担心会有不方便的地方，比如吃的会不会不好，日常用品能不能满足个人需求。但是，入住后，我发现酒店房间很干净，餐食搭配得很健康，服务也很到位，慢慢就打消了顾虑。

我很感谢万世名流酒店所有工作人员对我们的照顾。帮助我们解决各种生活需求的前台工作人员、每天送餐和收餐的工作人员，还有每天询问体温的工作人员，正是因为他们耐心细致的工作，我的14天观察生活才过得非常顺利。

我印象特别深刻的是集中观察的第7天，我喝完了酒店统一派发的水，便打电话给前台工作人员要再买一些水。我听得出来电话那头的工作人员马上要下班了，但是他说："得赶快给人家送去呀，要不然人家没水喝了。"我当时特别感动，工作人员是在尽最大的努力，来满足我们的需求。

记者：集中观察期间，有没有遇到什么不方便的事？

刘雨晴：我住在5层，是酒店的最高层，第一周的三餐都是最后才送到我们楼层，有时候拿到晚饭已经是晚上8点钟了。于是，我留了字条给送餐的人员，说希望他们能调整送餐时间。我的要求马上得到了回应，第二天我们最高层的人员在晚上6点钟就拿到了餐点。在这么短的时间内，酒店就能快速调整，我相信背后一定是很多人的共同努力。我真心祝愿所有工作人员身体健康，未来的日子里一切顺利，感谢他们陪我度过难忘的14天。

在快结束集中观察的时候，我们每个人都归心似箭。由于我们同一批进来的人员是凌晨4点才入住的，对哪天结束观察有疑问。酒店的工作人员似乎很了解我们归心似箭的心情，在离观察期结束还有3天的时候，就给我们每个人发放了集中观察结束通知，上面写明了离开时间，还有集中观察后会拿到通知等内容。可以说想到了我们的前面。

集中观察结束的前一个晚上，工作人员还为我们包了饺子，让我们有一种离家远行前的感觉。

记者：集中观察14天，有家不能回，你们一定会有心理上的不适应吧？这时你是怎么进行调整的？

刘雨晴：在观察期过半的时候，一些人出现了不安、烦躁的情绪。一方面是因为很久没有出房门，憋在房间里难受，另一方面是听到有同航班回来的前后座乘客有疑似病例，很害怕。虽然当时我没有出现这些心理问题，但是工作人员告诉我，他们安排了心理疏导专线，如果有任何不安烦躁的情绪，可以寻求帮助。

14天集中医学观察，说长不长，说短不短。我最大的感受是，观察又关爱，温暖一直在。现在让我回味无穷的还是观察期间的饭菜。在回国隔离观察前，我和同伴都很担心，我们的餐食会不会很简陋，不能满足我们刚从国外回来的“中国胃”。没想到，每天的配菜都是荤素搭配，早晨甚至有多种主食可以选择。早中晚都有餐后水果，确保我们的营养均衡。期待每天的盒饭到来，并且分享每天的饭菜，成了我和同时观察的伙伴们每天最愉快的时刻。

（特约记者：宋文雅　责任编辑：徐玲玲）

王木香：

扎根社区护家园

王木香，女，1973年9月生，中共党员，北京市公安局海淀分局西三旗派出所一级警长兼龙樾社区党支部副书记。2020年荣获“全国抗击新冠肺炎疫情先进个人”、全国“公安抗疫巾帼先锋”称号。

疫情防控工作启动以来，王木香把群众生命安全和身体健康作为头等大事，充分发挥公安主力军作用，每天带领各类社区防控力量全天候驻扎在社区，全力守好疫情防控“第一关”。

记者：坚持不懈做好疫情防控工作关键靠社区。在疫情防控期间，作为社区民警，面对社区住户人多且杂的情况，您是如何做好战疫工作的？

王木香：这次战疫，我最大的感受就是社区工作一定要做在平日，用在战时。这几年，市公安局推出派出所“两队一室”改革，就是通过多种形式加强基层基础工作，花大力气做好基层治理。接手社区工作后，我做的第一件事就是对辖区3000多户居民逐一入户走访，对辖区所有单位建立台账和档案，我自己设计了16类71本台账，每一本都认真填写，逐一核准。走访建账的过程，也是我“知社区”“融社区”的过程。所以当疫情来临时，我们仅用3天时间，就摸清了辖区3000多户居民的基本情况。这些日常积累的、有着大量翔实可靠数据的基础台账，给我们的战时工作提供了有力支撑，让我们工作起来有条不紊。所以说，平常把基层工作做扎实，再大的突发事件我们也有信心、有能力应对好。

记者：社区疫情防控工作错综复杂，点多面广。您在工作中遇到的最大困难是什么？您又是如何去解决的？

王木香：社区疫情防控工作最大的困难就是人手不够。我所在的社区包含3个小区，还有一片平房区，人手方面可谓捉襟见肘。作为社区党支部副书记，我推动居委会封闭小区和平房区出入口，每个小区和平房区只保留1个出入口。同时，按照“1+1+5+N+X”模式，组织发动居委会干部、警辅人员、保安员、“双报到”党员和志愿者组成130余人的社区警务团队力量，全天候驻扎社区。通过组织开展卡口值守、巡逻防控等工作，规范小区出入口登记制度，严格落实人员登记，筑牢了社区联防联控、群防群控的关键防线。

记者：疫情防控工作中，群众都会主动配合你的工作吗？遇到不配合的群众，您是怎么说服他们的？

王木香：这次疫情防控工作，让我更加深刻地认识到，社区工作一定要依靠群众、发动群众。在疫情初期，我们深入群众开展疫情防控宣传。可以说，绝大多数群众对我们的工作是理解和支持的，很多居民自发地加入到志愿者队伍中，协助做好测量体温、人员登记、安全防范等工作。疫情防控措施确实给群众的生活带来了一些不便，这就需要我们耐心地做好解释说明工作。比如有次值班，我遇到一位快递小哥，他对戴口罩这个问题有些抵触。我就跟他讲，我是在维护社区安全，你是在保障居民生活，我们都在为战疫而努力。作为逆行者，你为很多人服务，更应该带头做好自我防护。我的话很快得到了他的理解，他非常配合地戴上了口罩。

记者：社区民警的职责就是维护治安秩序，护佑群众平安。疫情暴发以后，违法犯罪活动是否有所减少？

王木香：疫情期间，大家都减少了户外活动，各类违法犯罪案件确实有所减少。但是，由于网络购物的增多，快递员无法“手递手”交付快递，导致盗窃快递案件时有发生。针对这一情况，我们在每个小区门口都安装了快递存放架，物业在小区门口设置摄像头。通过视频追踪、走访摸排，我会同派出所打击办案队共破获盗窃快递案件4起，抓获盗窃嫌疑人4人，为7名群众找回了被盗物品。

记者：在这次战疫斗争中，有没有什么让您难忘的故事？

王木香：最难忘的感受就是，群众的信任比金子还珍贵。有件事我印象很深，一位女士和中介公司的房屋租赁合同到期，中介催着搬家，这位女士无处可搬，焦急万分，双方因此发生了纠纷。为找到一个双方都能接受的解决办法，我就跟中介说，能不能等疫情过了再让这位女士搬家，我愿意为她提供担保。中介一看警官出面，就答应了。女士激动地对我说：“您是真心实意为老百姓办事儿的好警官。”作为民警、社区党支部副书记，一定要懂得换位思考，理解群众的难处，要设身处地为他们解决实际困难。这样，很多问题就会迎刃而解，我们的工作也会赢得群众的理解和支持。

作为首都公安民警中的一员，我将以参加全国抗击新冠肺炎疫情表彰大会为起点，在今后的工作中，不忘初心，牢记使命，牢记习近平总书记在中国人民警察警旗授旗仪式上的重要训词精神，把“对党忠诚、服务人民、执法公正、纪律严明”深深镌刻在心里，扎实做好本职工作。

（特约记者：李长溪　责任编辑：陈宁）

溪小军：

用心才有最好的服务

溪小军，男，1983年10月出生，群众，长城物业集团股份有限公司北京物业管理分公司项目经理。2017年起担任海淀区锦秋家园小区项目经理。

“这次疫情防控让我深深体会到了三个转变：工作从‘平时’到‘战时’的转变，服务从‘小区门’到‘家门’的转变，居民从‘质疑’到‘信任’的转变。”

在锦秋家园小区物业公司办公室，溪小军深有体会地告诉记者：“用心才有最好的服务，才能有这三个转变。”

记者：在疫情防控之初，锦秋家园物业是怎么做的？

溪小军： 当时防控形势十分严峻，社区党组织第一时间成立了“战旗”党支部，带领物业和社区、业委会、志愿者以及驻区单位等共同投入到社区防控工作中。接到防控任务后，我立刻布置建起安全屏障，用最短的时间完成小区的封闭，三个大门只留一个，所有安保力量都集中在一个出入口。当时，物资储备严重不足，我安排4名在京员工进行扫街式采购。同时，挖掘身边资源，发动业主提供物资采购渠道，通过物料供应商紧急订购口罩、消毒液等物资。经过多方筹集购买，我们第一时间为“战时”状态备好了“弹药”。仅用一天时间，小区防控实现了24小时值守，物业还参加了社区组织的逐户排查、登记测温、公共区域消毒等工作。

记者：进入“战时”状态就意味着必须全力以赴打胜仗。当时你们遇到的最大问题是什么？如何解决的？

溪小军：最大的问题是人手不够。有一个小保安听说要24小时值守时，立刻打了退堂鼓。我非常理解他。只有18岁，刚刚离开父母，第一次遇到这么大的事，怎么能不慌呢？但是，我不能坐视他的退缩影响队伍的士气。我和他谈心，一边安慰化解他的紧张情绪，一边给他讲物业工作人员的职责和使命。我说，咱们做了这个工作，就要服务保障好小区和业主安全。在疫情面前，我们谁都没有退路。随后，我也和他的父母电话沟通，取得了他们的支持。就这样，这个小伙子留了下来。现在，他已成为防控一线上的一名主力。

记者：在疫情防控阻击战中，你们在为社区居民服务方面有哪些特色做法呢？

溪小军：其实算不上特色，我觉得最重要的就是服务意识的转变，从过去看住小区门到服务上家门的转变。为了保障小区居民正常生活，减少业主出行，让大家足不出户可以吃上新鲜蔬菜瓜果，我们联系小区周边商家和蔬菜基地，定制蔬菜、水果套餐包，推出“贴心服务送到家”。小区内987户业主只要头一天下午6点前电话或微信预订，供应商次日凌晨准时送货，我们物业一早就能送上门。我们还把业主的快递、外卖及时送到家，为居家观察的业主购买生活必需品等，平均每天上门服务40余次。

这么做下来，物业工作人员很辛苦，但是却可以让小区居民更安心、放心地“宅”在家里，既解决了快递、外卖不能进小区的不便，又能最大限度地避免与外来人员接触。一个个小家组成了小区大家，对于我们物业人来说，就是要做好“小家”“大家”的守护者。

记者：疫情防控期间，一些防控措施会给居民生活带来不便，你们是如

何做到与社区居民和谐相处的？

溪小军：防控初期，一些业主对小区的防控措施不适应、不理解，有的言行还很激烈。做完一次消毒，有的人说闻不见味儿，有的人说太呛了，还有人说次数不够，等等。给我们的感觉是，无论怎么做都有人不满意。物业人员每天从早到晚工作，付出那么多，听了之后感觉一肚子委屈。我想，只要有人觉得我们做得不够好，就说明工作还有不到位的地方，我们就要耐心地跟业主沟通解释。

后来，通过社区不断做工作，我们的工作进一步规范提高，那些有意见的业主看到了物业人的付出和坚守，也从开始的不支持、不配合转变为理解、认可、称赞。小区一位大姐特意给我们送来了口罩、酒精和护目镜等。2月6日上午，有一名业主自发在群里以红包形式组织对物业人员的慰问捐款，活动一直持续到第二天凌晨。一句句“谢谢，你们辛苦了”“要保护好自己”的暖心话语，沉甸甸的红包，使我们感觉所有付出都是值得的！

我于2020年5月初调往北京大学肖家河教职工住宅区担任项目经理。新发地疫情发生后，物业服务中心马上落实防控要求，封闭小区的两个出入口，只保留一个，协助对小区业主进行统计筛查，确保小区业主们的安全。不管在哪个社区工作，对我来讲，工作标准不会变，我会通过自己和团队的努力让业主感受我们真诚的服务。

记者：整个防控过程中您最大的收获是什么？

溪小军：疫情防控让我看到了党组织超强的组织动员能力和凝聚力，看到了党员在特殊时期表现出的使命和担当，这是我最大的感触。我在疫情防控期间也提交了入党申请书，希望通过自己不断地努力，争取早日加入中国共产党。

（特约记者：王永生　责任编辑：宋丽群）

杨永胜：

全力兜住村民民生底线

杨永胜，男，1974年9月出生，中共党员，北京市丰台区卢沟桥乡周庄子村党总支书记、村委会主任。

新冠肺炎疫情发生以来，杨永胜带领村“两委”班子成员，开展“1+1”全面摸排、“1+n”宣传引导、“1+10”居家观察服务等，动员多方力量，依托科技手段，筑牢疫情防控的“彩虹”防线。

记者：疫情暴发初期，周庄子村面临什么样的局面，你们采取了什么对策？

杨永胜：周庄子村正处于城市化转型进程中，是北京市城乡结合部50个重点村之一，既有拆迁上楼的农民，也有农转居的居民，还有买房进入小区的城市居民和租住小区的外来务工人员。主要特点有“三高”，辖区人口密度高、房屋出租率高、外来人口比例高。社会治理的不确定因素多，情况复杂。

大年三十晚上，我们召开村“两委”和集体经济组织班子会，成立村疫情防控工作领导小组，全面部署防疫工作。首要任务是敲门摸底建账。村班子成员带头，与楼门长一起，挨家挨户登记，凡是湖北、湖北武汉的，台账上标红色；有湖北、湖北武汉接触史的，标黄色；没出京，也没有接触史的，标绿色；联系不上的，标白色。一圈下来，表上密密麻麻、五颜六色。有人开玩笑说：“我们这次是‘彩虹行动’呀。”大家觉得这个说法很好，在疫情防控那么紧张的形势下，有点儿革命乐观主义的味道。于是，我们就把周庄子村疫情防控工作命名为“彩虹行动”。

记者：城乡结合部农村开展疫情防控工作有哪些新特点？

杨永胜：城乡结合部地区的农村是城中有村、村中有城。相比城市社区，统筹资源能力和方式有很多不同。我们主要依靠集体经济组织，基本公共服务都是自力更生、自给自足，小区物业是村里的，村“两委”统筹调度，人员、物资配备不足的问题相对较少。相应的，我们也承担了更多稳经济、保民生的责任。

我们村集体收入主要靠租赁。为落实城市新规划，已经拆除原村集体产业29.2万平方米，新的产业还没有形成，加上受这次疫情冲击，村集体收入大幅度下降。但是，村里还有1100多张嘴等着吃饭。俗话说，“大河有水小河满”，我们要做的却是“大河无水小河也不能干”，这也是“彩虹行动”关键的一环。没钱生活，人心不稳；没钱保障，防疫措施也很难落地。

我们三套班子统一思想，积极筹措资金，千方百计确保村民的收入不减一分、福利不少一毫、报销不少一厘，并且每月按时发放，全力兜住民生底线。在防疫物资紧缺的那段时间，统一为村民购置消毒液、体温计等，发放米面油等生活物资，消除村民后顾之忧，凝聚了人心。

记者：对于加强党建引领农村社会治理，你有什么新的感悟或体会？

杨永胜：这次疫情防控工作为我们完善农村社会治理提供了很好的契机。比如，原来不愿跟村里合作的单位、企业等，现在都纳入党建协调委员会；原来管不了的各类单位现在都建立了日常沟通联系；原来底账不清、情况不明的外来人员，现在都建立了台账。这些都为加强社会治理提供了大数据支撑。

经过这次疫情防控，对于党建引领农村社会治理，我感受较深的有4点：

一是必须打破农村地域限制，实现多元共治。党建引领下，多方参与，统筹推进城乡结合部地区基层党建和社会治理，发挥党建协调委员会作用。我们把各种资源整合起来，充分运用“居村联手”“商企合作”等党建工作模式，破除了现有的“村自为战”的规划发展模式和党建工作模式。区、乡两级单位下派干部，有效充实我们基层工作力量，帮助解决了不少困难和问题。下一步要借这个契机，建立机关和村党组织结对联建机制，打通上下沟通渠道，为我们村社会治理争取更多的关注和支持。

二是要加大科技支撑力度，实现智慧治理。疫情防控初始阶段，我们搞“彩虹行动”，用传统的人海战术去摸底排查，难免效率低下。实现农村社会治理转型升级，应让数字治理“多跑腿”。我们开发了“智慧周庄子”应用程序，研究大数据、人脸识别、感应测温、监控“技防”等智慧管理手段，工作效率大大提升。

三是要打造基层干部队伍，打牢治理基础。社会治理是对人的治理，也是靠人的治理。村干部在重大任务中充分历练，才能在关键时刻站出来、挺上去、扛得住。打造一支适应城乡结合部地区社会治理要求的村干部队伍，是我们村党建工作的一项重要任务。

四是要坚持党建引领集体经济发展，增强抗风险能力。我们不能单靠租赁收入，要充分挖掘村域资源，优化产业结构，寻求新经济增长点，进一步把村民组织起来、资源整合起来、产业发展起来，真正实现资源变资产、资金变股金、村民变股东，使基层党组织更有凝聚力，村子更有精气神，村民更有归属感。

（特约记者：沈庆晓　责任编辑：方丹敏）

芦婉华：

党员的先锋模范作用就是“凡人善举”

芦婉华，女，1951年1月出生，中共党员，北京市丰台区右安门窦珍志愿服务联合会会长、党支部书记。曾荣获“北京市优秀共产党员”“北京市社会领域优秀共产党员”“丰台区优秀社区工作者”“丰台区优秀党务工作者”等称号。

“谢谢你们！我给你们作揖了！”当60多岁的志愿者上门给社区80多岁的老人送菜时，老人激动得连声感谢。

在新冠肺炎疫情防控工作中，北京市丰台区右安门窦珍志愿服务联合会（以下简称“窦志联”）成立志愿助老会，为居家观察及行动有困难的老年人提供日常生活物资采买、配送服务。老年志愿者们彰显了“服务别人、快乐自己”的志愿服务理念。芦婉华把这些服务称为“小老帮老老”。

记者：这次疫情防控工作中，大部分志愿者都是以社区为单位进行动员的，你们为什么要通过志愿服务协会的形式进行发动呢？

芦婉华：“窦志联”成立于2014年，由右安门街道各社区的窦珍志愿服务队组成，共有社会志愿者500余人。疫情防控初期，右安门街道工委号召“三起来”，即党旗飘起来、党组织动起来、党员站出来。有很多志愿者主动与我联系，要求参加防控工作。一位70多岁的老同志说：“这也许就是我最后一次参加服务了。我是党员，不能错过。”

“窦志联”也第一时间向街道工委请战。按照街道工委把志愿者力量化整为零派到各社区防控第一线的要求，我们制定了《化整为零参与社区防控志愿服务方案》。2月6日，“窦志联”向辖区全体志愿者发出《参与社区防疫值守倡议书》，党员志愿者积极响应，带动300多名志愿者奔赴社区防疫工作一线。

记者：“窦志联”组织志愿者参与疫情防控有哪些特点呢？

芦婉华：我们有三个方面的优势。

一是组织化程度高。我们多次组织培训，严格标准，统一规范。为了克服大家的恐惧心理，我们请专业的心理老师做培训。在力量分配上，我们统筹调度，向“三无”小区较多的社区倾斜。

二是服务专业。疫情期间，我们设立卡口值守岗，对进出小区人员进行登记、测温；防控宣传岗，向辖区居民普及防疫政策及相关知识；服务配送岗，成立志愿助老会，为居家观察及行动不便的老年人提供日常生活物资采买、配送服务，“小老帮老老”，服务更顺畅；后勤保障岗，为防疫一线人员提供物资搬运、交通运输、餐饮保障等后勤服务；心理咨询岗，线上线下结合为老年人答疑解惑、开展心理辅导，缓解老年人对疫情的恐惧和紧张情绪等。

三是保障到位。我们坚持“两个服务”的理念，即志愿者服务社区居民，联合会服务志愿者。我们向志愿者宣传普及防疫知识，举办心理辅导培训，为志愿者提供免费防疫保险。我们还协调右安门百姓服务中心义务为志愿者们送菜，消除他们的后顾之忧。

记者：您作为“窦志联”党支部书记，是如何坚持党建引领志愿服务的？

芦婉华：我们主要从三个方面坚持党建引领。

一是加强思想武装，组织志愿者认真学习贯彻习近平总书记有关疫情防控工作的重要指示、批示精神，提高政治觉悟，统一思想认识。

二是号召党员带头，充分发挥党员志愿者的先锋模范作用，带头参与，带头到最艰苦、最危险的小区卡口值守，用身边榜样的力量带动其他志愿者。我们的队长、党员李洁珍的老伴住院了，她依然坚持值班站岗，一天都没休息。大家都说，党员的先锋模范作用就是“凡人善举”。

三是党组织联建互动，整合右安门辖区医院、敬老院、体育协会等单位，打造党建引领志愿服务平台，形成党建引领、党员带头、各方联动、全社会志愿接力、同心抗疫的窦珍志愿服务模式。

记者：经过这次疫情防控工作，您对“窦志联”今后的发展有什么新的设想?

芦婉华：“窦志联”的志愿者们秉承窦珍老人11年扫桥服务社区的“凡人善举”精神，为北京的防疫工作贡献了老年人的力量。我有几个感受较深，一是“窦志联”要统筹调配志愿服务资源、力量，灵活高效应对各种风险挑战，未来要更加深入地参与到共建共治共享的社区治理新格局中。二是坚持党委领导、社会协同，围绕中心工作开展志愿服务。我们要建立一支以联合会志愿者为主体的“蓝色桶边人队伍”，为居民提供生活垃圾分类专业服务。三是推动志愿服务队伍专业化发展。要从重在参与，转变为按照社会公众需求，精准设计实施多样化的专业服务内容，增强服务的针对性和实效性。

（特约记者：孙悦　责任编辑：方丹敏）

安建民：
爱心物业助抗疫

安建民，男，1965年9月出生，中共党员，首开集团旗下北京首华物业管理有限公司物业三处党支部书记、经理。

新冠肺炎疫情发生后，安建民带领公司物业三处全体党员和工作人员履职尽责，全面落实联防联控措施，为守住社区疫情防控第一道防线付出了艰苦努力。

记者：作为物业管理人员，您在疫情防控中做了哪些工作？

安建民：我们是一家集物业管理，电梯安装、改造、维修，锅炉改造、维修，建安施工和房地产经纪等多种业务范围于一体的综合物业服务公司。物业三处负责管理中国中医科学院项目部、贸促会项目部等近20个项目部，管理面积达260万平方米，有员工近500人，其中党员有18名。

2020年1月25日，按照首开集团和首华物业公司疫情防控要求，我们成立了新冠肺炎疫情防控工作领导小组，制订精细的应急预案，详细划分了责任区。从2月1日上午8点开始，服务的社区全部实行封闭式管理，社区门岗24小时派保安人员值守。要求每个项目部都要配合社区做好进出小区人员的体温测量、外来人员登记工作，特别要关注湖北省车牌的车辆进出小区情况。

记者：在物业三处下属的近20个项目部的疫情防控工作中，您认为最特别的是哪一个？

安建民： 那肯定是中国中医科学院项目部。这个项目部管理的建筑面积近7万平方米。中国中医科学院在防疫期间承担着重要的中医药科研开发任务。为他们守住疫情防控的第一道防线，作为物业管理人员，我们觉得这个任务既光荣又艰巨。

我们对做好这个项目部的疫情防控工作准备了大量资金和物资，我也多次到现场办公。1月26日大年初二一大早，我就和领导班子成员一起赶到项目部所在的东直门内南小街进行工作部署，给他们带去了26桶消毒液和11个消杀喷雾器。同时，对项目负责人提出了防疫要求，规定对楼梯间、楼梯把手、楼门把手、电梯间等重点区域，每天至少要进行两次消毒。

记者：奋战在防疫一线的物业员工很辛苦，咱们公司为他们做了哪些保障工作？

安建民： 多年来，我在物业三处一直倡导“家文化”，在这个大家庭中每个员工都是家人。疫情防控期间，为了让工作人员安心在岗值守，我们为他们购买了方便面、鸡蛋、火腿肠等食品，还买了棉大衣、电暖气、雨靴等物资。我们常到防疫一线慰问员工，问问他们有什么困难，叮嘱大家做好防护，有困难及时反映，我们尽全力帮助解决。元宵节那天，我们还煮了热腾腾的汤圆和饺子，送到一线物业防疫人员手中，把组织的关怀和问候传递到员工心里。

记者：6月11日新发地疫情发生后，物业三处为抗击疫情及保障居民生命健康安全付出了哪些努力？

安建民： 我们的万柳园项目部地处新村街道，距离新发地批发市场仅有4公里。新发地疫情发生后，我第一时间赶到万柳园项目部安排工作，并带去了大量的防护服和消毒液。我与项目经理一起进行了人员配置安排，查看了小区各处的封闭管理情况。我安排安保人员每天值守在小区的大门和小区内重要位置，要求每一个值守人员严格执行测温、查证、验码、登记等措施；重点做好公共场所的清洁消毒，每天进行三遍消杀；叮嘱工作人员要做好个人防护；要求工作人员配合社区做好居民居家观察和核酸检测服务工作。同时，物业三处的其他项目部也以最严格的标准开展疫情防控工作，全力保障居民的生命健康安全。

记者：作为物业三处的党支部书记，您在疫情防控工作中是如何发挥模范带头作用的？

安建民：作为党支部书记，我既要推动支部发挥战斗堡垒作用，又必须发挥党员先锋模范作用。2020年我55岁了，同事们都说不像，说我干起工作来像“铁人”。疫情防控以来，我一直连轴转，从1月27日开始，无论风雨雪雾，我没有休息过一天，每天下午和晚上都会去各个项目部检查防疫管控情况，及时发现问题、解决问题。

2月6日，北京出现降雪。我安排完扫雪铲冰工作后，和各部室的党员干部一起去为社区的重点道路、出入口和公共区域扫雪铲冰，保障居民安全出行。

物业三处党员虽然不多，但个个是骨干，人人是旗帜。为了更好地发挥党员干部的先锋模范作用，我们特别组建了两个小分队，分别下沉到门头沟信园项目部和中医科学院项目部，支援他们的疫情防控工作。小分队的下沉支援，得到了社区的高度认可，他们还专门送来了表扬信。物业人员下沉到基层支援防疫这个举措，加深了物业管理人员和社区居民的沟通联系，增进了彼此间的感情。

“大道至简做物业，就是要真心实意为居民，踏踏实实做实事。”这是我常和物业工作人员说的一句话。我们也一直朝着这个目标努力着。

（特约记者：邢立浩　责任编辑：王晓方）

王　耕：
与群众在一起就有无穷力量

王耕，男，1972年6月出生，中共党员，中共北京市房山区委城关街道工委书记。

走在城东社区检测岗慰问一线值守人员的王耕，指着岗上悬挂的争创“零感染”社区的牌子，对值守人员说，“感谢大家为争创‘零感染’社区做出的努力，大家再继续坚持下去，就一定能守护好我们的家园！”铿锵话语中透露出抗击新冠肺炎疫情的必胜决心，让一旁的记者深受感染。

记者：听说在战疫最吃紧的那段日子里，您每天忙完工作不管多晚，都会到各个卡口转一圈。在深入一线的过程中，您最突出的感受是什么？

王耕：城关街道是房山区委区政府原驻地，是老城区，常住人口约10万，流动人口2.4万，人口基数大、流动人口占比高，这些实际情况给防疫工作带来很大压力。

每天抽空转转卡口，我心里才踏实。到一线看望慰问值守人员，嘱咐他们做好保暖和防护，也是想给大家鼓鼓劲儿。虽然只有几句话，但我认为非常有必要，大家听了心里是暖的，工作起来也更有劲头。在战疫的日子里，我最大的感受就是，党员干部必须时刻与群众站在一起，与群众站在一起，就有无穷力量。

2020年1月21日、23日、25日这三天，我们连续召开了紧急会议，分析疫情防控形势、提出要求。

与此同时，派出机关党员干部下沉一线，与村（社区）工作人员、志愿者一起开展扎实的防疫工作，用实际行动给社区和居民带去战胜疫情的勇气和信心，群防群控的强大合力就是在这个过程中逐渐凝聚起来的。

记者：在疫情防控中，您是如何带领党员干部时刻与群众站在一起，发挥群防群控优势的？

王耕：首先，用机制保证。我们把辖区分成五大片区，建立“班子成员包片、普通干部包社区、网格员包楼”的三级网络责任体系，形成了横到边、纵到底的疫情防控网。在此基础上，把街道217名机关干部分编成组，下沉一线，充实到力量薄弱的社区，采取7×24小时“战时”值守。特别是新发地疫情发生后，我们立即组织机关干部、各社区（村）党员等开展“敲门行动”，进行拉网式排查，并且专门抽调了20名党员干部成立核酸检测协调工作组，平均每天排查检测1500余人，坚决遏制了疫情扩散蔓延。

特别是，我们坚持党建引领街道各项工作，积极发挥党建品牌优势，在潜移默化中既夯实了党群关系，也凝聚了战疫力量。比如，永安西里社区党支部依托“西里老街坊”党建品牌，以楼栋为单位，发动党员、居民代表、楼门组长、热心群众等150多人，组建了“西里老街坊”志愿服务队，参与卡口值守、人员登记、测量体温等工作，涌现出“父子兵”“母女花”“夫妻档”“全家福”等感人组合。永兴达社区党支部依托“永兴商户联盟”党建品牌，制定了《商户联盟公约》，与辖区170家商户签订联盟承诺书，每周定期开展防控宣传、环境卫生治理、防疫消杀、“一米线”自查互查等活动。同时，广泛动员整合各方力量，从军转安置人员中选拔24名30岁以下的优秀青年组成应急分队；号召辖区教育系统的134名青年教师志愿者参与卡口值守；在各村（社区）防控一线设立党员先锋岗、共青团员先锋岗、志愿者服务岗，组织上千名党员群众参与联防联控工作。

虽然这次疫情防控时间长、压力大，但党员群众共同参与，我们的工作自然就有了底气和韧劲。

记者：各基层党组织都把服务关爱群众作为凝聚民心、共同抗疫的出发点和落脚点。在这方面，你们是怎么做的？居民们的反应如何？

王耕：筑牢疫情防控的“红色堡垒”，关键在于党群同心。党员和群众不仅要站到一起，更要把心靠在一起，劲儿用在一起。为了做到“隔离不隔爱”，北街社区党支部书记带领“两委”干部为居家观察人员送去装有松柳、韭菜等种苗的箱子，居家观察人员看着它们生根、发芽、长大，最终收获一抹绿油油的“春色”，还可以根据箱子上的联系方式随时反映诉求。这些举措让大家很感动，不少居民在观察期满后，第一时间主动向社区报名当志愿者。

记者：这次战疫经历给您今后的工作带来哪些启示？

王耕：这次疫情防控不仅是对领导干部能力的考验，也是对基层治理水平的检验。我深刻地体会到：党员干部要真正下沉一线，沉到群众中间，放下架子、扑下身子、融入群众，多听群众的呼声，特别是群众对“接诉即办”、人居环境整治等各项基层治理工作的意见建议，要找准突破口，推进群众自治、社会共治，不断提升基层治理精细化程度，打造共建共治共享的社会治理格局，这样就能把疫情防控中凝聚的工作合力转化为基层治理的强大动力。

（特约记者：卜晓朴　责任编辑：马春梅）

王利芬：

追求入党就要干得让人口服心服

王利芬，女，1981年2月出生，北京市房山区窦店镇河口村工作人员。由于在疫情防控期间表现突出，2020年2月24日被党组织接收为中共预备党员。

1月24日，河口村启动新冠肺炎疫情防控工作，王利芬主动承担了疫情防控工作联系人职责，对村内住户、企业人员情况逐一进行摸排登记，建立不同类别的信息台账上报。种植农业大棚的湖北返京人员中出现确诊病例后，王利芬主动承担起为居家观察人员送蔬菜和生活必需品的任务，为缩小感染范围提供了有力保障。

在河口村村北农业设施大棚内，记者采访了王利芬。

记者：您是村里疫情防控工作的联络人，主要负责哪些工作？

王利芬：村里防控工作的各项信息台账都在我这儿，需要及时给镇防控办上报数据。另外，我还承担了居家观察人员体温测量、生活服务、心理疏导等工作。

最开始那段儿是最忙的。每天不管刮风下雨，我都要骑电动车为村民运送生活物资，到邻村快递驿站取快递、送快递。天冷的时候，冻得我的腿都不能打弯儿了，但我从没想过退缩。疫情发生后的最初三四个月里，我一天都没有休息。我是一名入党积极分子，既然要求入党就要干得让人心服口服，所以我越忙越有干劲儿。

记者：河口村出现两例新冠肺炎确诊病例后，疫情没有扩散。您觉得村里做的哪些工作是阻断疫情扩散的关键？

王利芬：我们村情况特殊，总共有300多栋设施大棚，都是租给外地人的，其中湖北人居多。村里的确诊病例李某夫妻是大年初二上午从湖北回来的，村委会立刻要求他们采取居家观察措施。1月30日上午，他们体温都正常，但是下午2点左右，李某上报体温是36.9℃，到了3点多，李某说出现胸闷、咳嗽，体温升到37.6℃。我立刻通知镇防控组，由镇里带他们去了医院。

2月3日，李某确诊了。出现确诊病例后，集中观察这个环节至关重要。我们村设置了集中医学观察点，我对村里42个活动房进行了编号管理，保证集中观察人员之间不互相接触。每天，我会帮助他们从邻村快递驿站取快递、采购物资，并通过电话和他们聊天，消除他们的心理压力。他们都特别信任我，见了面就像亲人一样。

记者：您和集中医学观察的密切接触者接触最多，可以说是离危险最近的人，您不怕吗？

王利芬：村里出现确诊病例后，大家都特别恐慌，害怕和密切接触者接触。我心里也焦虑，开始时连续好几个晚上都没怎么睡觉。但是我想，既然承担了这件事，就不能因为有困难而退缩，负责就要负到底。

出现确诊病例后，村里立即筹建集中医学观察点。建活动房那天，还下着大雪，我和村里的工作人员一直盯到半夜，真的是太忙了，来不及想害怕的事。其实，当时我更怕的是别人怕我，这会让恐慌情绪蔓延。好在我身边的人特别支持我，让我很受感动。在一起工作的张婶怕我没时间吃早饭，每天都从家里给我带鸡蛋、包子，放到我桌上。老公也特别支持我，在我最忙的那段时间，他学会了做饭，天天照顾孩子，带着孩子上网课。孩子也让我很省心，自己一个人在家也能上网课，很有自制力。

慢慢地，大家越来越相互信任。在应对新发地疫情时，我们及时组织人员进行排查，带队做核酸检测，那几天特别热，但是村里人都很配合。现在，疫情防控趋于常态化，但还远没有到松松劲、歇歇脚的时候，需要时刻防止疫情的反弹。

记者：大家对您在疫情防控中的表现非常认可，您也在疫情期间火线入党，感觉入党前后自己有没有什么变化？

王利芬：说实话，入党这件事对我来说不只是一份荣誉、一个组织的认可，更是一份沉甸甸的责任。我感觉自己的压力更大了，因为我不仅要干好工作，心里边还得时刻想着为村民干实事、干好事。这次为集中观察人员服务，我就坚持一个更高的标准，就是尽自己所能服务好群众。现在我明显能感觉到，他们和我越来越亲了，也更支持我的工作了。

记者：结合这次疫情防控，您对村里今后的发展有什么建议？

王利芬：我觉得党支部要继续发挥牵头抓总的作用，党员在关键时刻必须要站出来。党员就是要把实惠让给村民，就是要多付出、多服务。

通过这次疫情防控，我感觉村里的管理水平有了提升，村里的凝聚力越来越强，可以说是一呼百应。党支部和村民的关系也越来越融洽，利用这种融洽的关系，我们可以把垃圾分类、拆除违建等比较难开展的工作再推一推，让村里的环境再上一个台阶。

（特约记者：侯有越　责任编辑：陈宁）

刘克龙：

用我们的“辛苦指数”换来社区的“安全指数”

刘克龙，男，1982年7月出生，中共党员，中共北京市房山区委组织部党员教育管理科副科长。系下沉参加社区（村）疫情防控干部。

2月13日，刘克龙下沉到窦店镇世界名园社区参加新冠肺炎疫情防控工作。世界名园是在建小区，当时还未建立社区党组织和居委会。世界名园社区临时党支部成立后，刘克龙担任了支部书记。

记者：您是区里派来的下沉干部，怎么下沉之后成了社区临时党支部书记了？

刘克龙：说实话，我刚来社区的时候，还真有点蒙。社区还没有成立党组织和居委会，防控工作主要靠物业公司负责，力量相对不足，所以压力很大。为了改变这种被动局面，我和物业公司商定先建立“世界名园社区疫情防控临时党支部筹备组”，吸纳了7名物业公司党员参与进来，并起草了关于成立社区疫情防控临时党支部的请示。2月21日，窦店镇党委批准了我们的请示，社区有了党组织，疫情防控也就有了依靠。

“家”有了，就得让党员们回家。为了尽快让社区党员参与到疫情防控工作中来，我们及时与附近山水汇豪苑、田家园等小区党支部沟通，找回了居住在世界名园却在其他小区报到的7名党员。同时，通过业主微信群、入户走访等方式，一边宣传疫情防控措施，一边摸排党员情况，又“发掘”出23名党员。目前，社区党支部共有包括物业公司、社区和“双报到”的党员31人。在疫情防控工作中，党员们都发挥了先锋模范作用。镇党委和社区的党员们比较信任我，让我当了临时党支部书记。

记者：社区居住人员比较复杂，我看您岁数也不大，是怎么赢得大家信任的呢？

刘克龙：要让大家信任我，第一件事就是要带头干。我既然下沉到社区，就要以社区为家，用我们的“辛苦指数”换来社区的“安全指数”。我给自己定了个规矩：“朝七晚九”，每天早晨7点出门，晚上9点回家。我想，只有让居民们天天看得见我，大家“心里”才能有我。我对自己有个要求，每天早、中、晚三个高峰时段都要在社区卡口值守，这不仅能掌握第一手信息，还能及时处理突发问题。

第二就是要主动干。19号楼的一位老大爷70多岁了，是位独居老人，患有糖尿病。一天，他常用的胰岛素等药物没有了，但他的医保定点医院选在了石景山，无法在社区卫生服务中心取药。得知这个情况，我就主动联系良乡医院，很快帮老人解决了用药问题。人心都是肉长的，居民觉得我们支部一班人是真心实意为大家服务的，就越来越支持我们。

第三个就是要发挥自己的长处。之前，我在区疫情防控领导小组社区防控组工作，熟悉政策，物业人员和居民有啥不懂的都来问我，把我当“政策手册”了。

我觉得，只要对居民一心一意，踏踏实实干，居民们是会信任我们的。

记者：我们感觉到社区居民们对疫情防控工作很满意。您认为做好哪些工作最重要？

刘克龙：我觉得有两个工作最重要。第一是坚持党建引领，让党员们发挥作用。当时，党员回社区报到后，我们干的第一件事就是为每名党员配发党员徽章，让他们把身份亮出来。之后，党支部组织开展了顶岗执勤、“周末大扫除”、“我为防控疫情献一计”等活动，还设置了“党员志愿服务岗”，有效增强了党员的归属感和参与防控工作的积极性。第二就是政策执行到位。社区疫情防控工作刚开始，市里就印发了规范性文件，防控措施什么需要干，什么不能干，说得清楚明了。我们就认认真真执行到位。在执行政策的时候，我们坚持问题导向，及时发现和解决出现的问题，确保各项措施落细落实。

记者：通过与镇党委、社区居民和物业工作人员交流，我能听得出来，大家对您都很认可，这很不容易。您是怎么做到的呢？

刘克龙：我想，无论干什么工作都要心底无私，真心实意干实事。我坚持两个原则。第一是行得正。我要求我们所有的防疫账目都要做到清晰明了，发放一个口罩、一副手套都要做好登记。还有就是物资比较紧张，要会过“紧日子”。第二就是坚持原则。比如，社区A区有停车位730个，但登记在册车辆有1000多辆。疫情期间，车辆全都聚集在小区内部，消防通道出现了拥堵。门外有免费停车的地方，总共没几步，有的居民不愿意去。有位业主家有3辆车，非要办理3张车证，经过多次沟通，他仍不理解，并扬言要四处告状。支部班子讨论后决定，拒绝了他的不合理要求。对此，社区业主们纷纷表示支持。

（特约记者：侯有越　责任编辑：蔡庆悦）

高艳辉：
处理好群众的难事，我才能睡安稳

高艳辉，女，1974年10月出生，中共党员，北京市通州区中仓街道莲花寺社区党总支书记、居委会主任。曾荣获北京市第四届“首都最美社工”、通州区“优秀街巷长”、“社会工作领军人才”等称号。

“今天是周末，人流量较大，外出一定要戴好口罩。”“垃圾分类，人人有责。咱们一定要爱护社区环境，垃圾要按类别倾倒。”从除夕到现在，高艳辉一直处在加班状态，创新推出“疫情民情图”“居民议事厅”“吹响感情哨”等工作机制，织牢了疫情防控网。

记者：掌握数据信息是做好防控工作的关键。您提出绘制“疫情民情图”为社区抗击疫情发挥了什么作用？

高艳辉：在疫情初期，摸清底数最为重要。莲花寺社区地处通州区南大街地区，辖区总人口5070人，回族居民占70%。社区干部在调取居家观察人员情况时，总是要翻阅一本本的台账查询，非常烦琐。我就想，如果这些信息能像沙盘一样一目了然就好了，能方便地把握动态。于是，我就有了制作“疫情民情图”的想法。

为了将“疫情民情图”数据做得更精准，我带领工作人员，对社区开展了多次大摸排。我们把摸排数据提供给辖区内的明峰社会组织，请他们通过技术手段把1800多个门牌号按照社区布局绘制出来。您现在看到的这张莲花寺社区“疫情民情图”长3.6米、宽1.8米，我们用不同的颜色标签对住户进行了分类管理，其中粉色代表返京已出观察期的人员，黄色代表处在观察期的居民，浅粉色代表疫情高风险地区回来的人员……凡是与防疫有关的信息，在这张图上都能查到。“疫情民情图”为疫情防控提供了第一手信息。

记者：您推出的“居民议事厅”工作法，可以有效调动居民参与防疫的积极性。这个“居民议事厅”是如何运转的？

高艳辉：我们社区平房区居多，出入口多，人员管理难。疫情初期，社区党总支在第一时间通过安放围栏、设置卡口，对辖区16条胡同实行了封闭管理。胡同封闭了，生活不能封闭啊，居民们的日常所需必须保障。我们把社区划分为5个网格，每个网格设立一个“居民议事厅”，成员由“胡同主事”组成，接收居民诉求，组织开展志愿服务。

6月7日，社区党总支组织下沉干部、在职党员、居民志愿者等30余人，对辖区的通道、绿化带等公共区域进行卫生清理和消杀。这次“环境清理日”活动，就是社区党总支“居民议事厅”收到居民的建议后开展的。这个活动既发挥了居民做主参与社区治理的积极性，又保证了辖区环境问题不反弹，赢得了居民们的好评。我们还开办了“流动居民议事厅”，及时劝阻不戴口罩外出或扎堆聊天的居民，宣传科学防疫知识。

记者：“吹响感情哨”这项工作机制是怎么建立的？在服务居民方面发挥了什么样的作用？

高艳辉：“吹响感情哨”其实是“三声哨”，为的就是全力保障服务群众正常生产生活。第一声哨，是吹好“服务哨”。在相关人员居家观察期间，我们组织社区工作人员电话询问及时了解他们的各类需求。了解需求后，我们立即吹哨，确保他们居家观察期间生活不受影响。

第二声哨，是要吹好“部门哨”。从大年初三开始，南大街实行了封闭式管理。很快就发现执勤的一些问题，比如夜里气温较低，值班人员怎么保暖，去哪儿喝热水，等等。面对问题，我吹响了“部门哨”，各部门纷纷来社区报到。市政一所帮助我们在卡口搭建了两个简易房。北京潞电公司为我们拉电线、接电源、安装射灯，值守人员的保暖和热水都有了保障。

第三声哨，就是要吹好“助力哨”。疫情发生后，路口值勤的很多志愿者中午没有时间回家做午饭。我向社区里的百年老字号清真餐厅小楼饭店吹哨请求帮忙。饭店老板特别爽快地同意了。从大年初三到现在，每天中午，“小楼饭店”都为志愿者们送餐，解决了大家的午饭问题。

记者：6月11日北京新发地疫情发生后，您是如何组织大家快速应对的？

高艳辉：北京疫情形势有所好转，响应等级调为三级后，大家都有松一口气的感觉。新发地疫情发生后，虽然来得突然，但是我的团队有着近半年社区疫情防控经验，工作开展得有条不紊。我们利用疫情防控期间建立的微信群第一时间进行摸排，然后按照上级要求，有序地组织社区防疫一线人员进行核酸检测。这个过程中，印象最深的是我们社区的检测被安排在了中午时段，当时有好几个志愿者的电话都打不通，为了保证大家都能参与检测，我就骑着自行车挨家去通知。通过本次疫情，社区和居民的关系更近了一步。我们工作虽然很辛苦，但是因为有居民的支持，心里感觉特别踏实。

探索这些工作机制，目的就是防控好疫情、服务好居民。社区是一个大家庭，只有处理好群众的难事，我才能睡个安稳觉。大家满意了，我们的辛苦就没白费。

（特约记者：付媛媛　责任编辑：高维海）

薛娅楠：
把自己嫁给社区的“好闺女”

薛娅楠，女，1983年6月出生，中共党员，北京市顺义区空港街道中粮祥云社区党支部书记、居委会主任。曾荣获“北京市社会领域优秀共产党员”“顺义区巾帼标兵”等称号。

“阿姨，您今天的身体状况如何？有快递需要我们给您拿吗？”新冠肺炎疫情防控期间，薛娅楠奔走忙碌在社区。像这样温暖的话，她每天都要说上好多遍。在居民眼中，薛娅楠就是一个把自己嫁给了社区的“好闺女”。

记者：中粮祥云社区是一个多元化社区。做好疫情防控，对于只有13名工作人员的社区来说是个不小的考验吧？

薛娅楠：从2020年1月25日接到疫情防控任务开始，我们全员放弃休假，迅速开启了“战斗”模式。

最重要的就是全面彻底大排查。13名工作人员要在短时间内摸清2000多户居民和400多户商户的情况，确实是一个巨大的考验。在微信工作群里发出动员通知后，当天就收到了多名党员、楼门长、志愿者的“请战书”，我们特别感动。

经过商量，我们形成了一套“联系—核实—入账—跟踪”全流程闭环管理方案。随后进行了地毯式排查。在居民排查方面，研发了微信小程序，在各门岗处张贴来（返）京人员信息登记二维码，并通过电话、入户、微信等方式与居民取得联系，根据不同人群建立了境内返京、境外返京、外籍境内返京、外籍境外返京、机组人员境内返京、机组人员境外返京、湖北返京、武汉返京、未离京等共9本工作台账。排查商户工作的难度前所未有。从联系店铺负责人到商户群统计，从微信公众号发通知到去商户门前张贴通知，从原有底册排查到与每户电话核实，我们终于摸清了辖区商户的外出动向，形成了专项台账。短短几日，10本台账在手，我们后续防疫工作的底气更足了。

社区实行封闭管理后，为了克服人手不足的挑战，我们发挥在职党员“双报到”工作机制、国企干部下沉社区、“战疫有我”志愿服务平台的作用，吸纳多方力量参与社区防控工作，成立了一支设有人员登记组、信息追踪组、环境消毒组、人文关怀组的30人防控主力队伍，实行三班倒24小时有人盯守的无缝衔接模式。

新发地疫情发生后，社区疫情防控工作面临新的考验。我们对去过高风险区域的人员进行摸排，第一时间带着这些人去空港医院做核酸检测，而且还要确保他们这段时间做好居家观察。

记者：在抗击疫情阻击战中，减少人员流动是行之有效的重要举措，你们在社区封闭管理上采取了哪些措施？

薛娅楠：疫情防控期间，我们严格实行社区封闭式管理，出入口由18个减少到11个。社区不仅有商圈，周边还有很多知名国际学校，又紧邻首都国际机场，租住在本社区的人员数量相当大。随着返京人员增多以及陆续复工复产，人员管理问题日渐突出。

针对人员出入管理问题，我们制作了“三色”出入证，居民凭出入证和身份证实名制进入。针对外卖、快递人员，我们采取“AB证”管理，严格管理进入小区的派件员，还设立临时快递存放处，并按楼栋标号，方便居民无接触取件。在民航机组人员管理上，我们建立了机组人员管理群，机组人员有飞行任务时需要将飞行任务单发至微信群提前报备。

记者：抗疫情，党旗飘，我先行，你们如何发挥党组织和党员作用，筑牢疫情防控的堡垒？取得了哪些实效？

薛娅楠：我们在疫情防控一线成立“社区+物业+民警+党员+志愿者”组成的临时党支部，设立5个党员先锋岗，让党员在防疫一线守初心、担使命。党员刘晓芳一到周末和下班时间，就到出入口参与值守；“夫妻档”社区志愿者江崇山和张秀云“请战”参与宣传防控知识、为居民测体温查证件，默默贡献着家庭力量；一些党员商户和“e心益意”商户还采取“代买”方式，为有需要的家庭提供送需上门服务，用“不见面的爱”消除居民生活上的后顾之忧。

临时党支部，作用“不临时”，凝聚了社区防疫的中坚力量，彰显了支部的战斗堡垒作用，党员用爱谱写奉献篇章，社区治理效能得到了明显提升。

记者：通过这次疫情防控，您对常态化社区治理有什么新的认识？总结出哪些好经验？

薛娅楠：这次疫情防控取得的成果，使我们对社区治理有了一些新的认识。我们会进一步探索封闭式管理常态化的具体措施，改进“三色出入证+AB证”管理模式，营造安全、放心的社区居住环境。我们要持续创新科技手段，助力智慧社区建设。我最深的感悟是，社区治理归根结底需要多方共治，只有充分发挥党建引领作用，推动各方力量参与，搭建社区协商共治平台，加强社区治理体系建设，才能更好地打造“共建共治共享”的社会治理格局。

（特约记者：张小星　责任编辑：李爽）

杜　宇：
社区就是居民的“娘家”

杜宇，男，1989年5月出生，中共党员，中国航空制造技术研究院复材中心工程师。居住地为北京市顺义区双丰街道花溪渡社区。2020年春节期间回湖北省鄂州老家探亲。系疫情期间自湖北返京居民。

以往，平时工作忙碌的杜宇几乎没有跟社区工作人员打过交道。新冠肺炎疫情发生后，回湖北老家探亲返京的他与所在的双丰街道花溪渡社区的联系紧密了起来，社区工作人员的贴心服务让他感受到了家的温暖，对社区党组织也有了更深的了解和理解。

记者：您回湖北老家过年的这段时间，社区工作人员一直与您有联系吗？您回到北京，社区工作人员是怎么迎接您的？

杜宇：春节前，我回到湖北老家过年，大年初二，就接到了社区工作人员打来的电话，询问我的身体状况和返京计划。当时，我还没确定返京时间，留下电话后，我们一直保持联系。工作人员经常打电话关心我的健康状况，还问我生活上有什么难处，并给我详细介绍了返京的政策要求。我准备回京时，提前与社区取得了联系，他们就指导我在“京心相助”小程序上填写相关信息。

3月29日，我乘坐返京专列从鄂州返京。5个多小时的行程，社区工作人员一直和我互通信息，跟进返程情况。到达北京西站以后，顺义区专门派大巴车接我们回家。刚到社区，早就等在大门口的社区工作人员为我送上了鲜花、酒精和温度计等温馨礼包，还为我准备了盒饭和小零食，并主动帮我拿行李。他们对我说："欢迎回家，路上辛苦了，好好休息，有什么需要就和我们说！"社区的贴心服务让我特别感动，心里暖暖的。

记者：在居家观察期间，社区为您提供了哪些服务？您怎么评价社区的工作？

杜宇：社区的服务，我用两个词概括，就是"暖心"和"细致"，我非常满意。通过这次亲身接触，我觉得社区的工作与我们每个人息息相关，社区就是居民的"娘家"。在两周的居家观察期间，我们的各项需求都有人响应、有人处理。社区工作人员每天和我微信联系，问得特别细致，比如有没有需要扔的垃圾，有没有需要取的快递、外卖，等等。

在家的这段时间，有一天我特别想吃火锅，就从网上买了肉、菜、调料和其他一些生活用品。下单的时候没觉得多，可当工作人员帮我把快递送到家门口的时候，我才看到是沉甸甸的一大包，涮的肉冰碴还没化呢。当时我特别不好意思，觉得太麻烦他们了，直说"抱歉"。工作人员却说："没事儿，您有需求随时找我们。"居家观察期间，社区工作人员每天为我监测体温、询问情况、收取快递、代买代送、垃圾清理，我真的是发自内心地对他们充满了敬意。

记者：社区的工作连着千家万户，虽然琐碎，却非常重要。疫情防控期间，据您了解，社区还做了哪些工作？

杜宇：除了为居家观察人员提供服务，据我了解，社区还做了很多工作，如出入证办理、门岗值守、政策信息宣传、公共区域消杀等工作。

6月11日新发地疫情发生后，社区关于疫情防控工作投入得更多了，在电梯间内张贴并及时更新存在风险的区域通知，告知大家去过相关点位的要及时和社区联系。电梯里的消毒水味道每天都可以闻到，平常觉得有点儿刺鼻，但是这种时候闻着就觉得很安心。6月份后伏天也到了，正是天气最热的时候，上下班在园区里都能看到社区工作人员、志愿者们忙碌在不同的岗位上。

常态化防控后，社区工作人员除了继续做好疫情防控，还开展了社区环境整治、垃圾分类宣传、楼道消防安全检查等工作。

不管是天寒地冻的风雪天，还是令人汗流浃背的烈日下，社区工作人员始终都在岗位上坚守，社区的每个角落都能看到他们忙碌的身影，每个需要帮助的居民都能享受到他们细心的服务。我真切地体会到，社区工作人员做好服务工作真的很不容易，他们就是社区的“守护神”。

记者：作为居民，您对社区的管理服务工作还有什么新期待？以后也会积极参与到社区建设中吗？

杜宇：作为社区居民，我希望社区安稳和谐、环境优美、服务完善、文明有序；也希望社区多组织居民参与各类活动，比如志愿服务、文娱活动等。我母亲退休了，听说北京的社区服务好，也希望到北京来居住。

我是一名党员，平时也关注一些基层社会治理的话题。社区是党和政府联系群众、服务群众的“最后一公里”，是党和政府的“神经末梢”和“毛细血管”，发挥着重要作用。一个社区就是一个抗疫堡垒，这次疫情防控就充分显示了社区工作的重要性。今后，我要积极参与到社区建设中，发挥一名在职党员的作用，力所能及地参加志愿服务，全力支持配合社区工作，把我们的“娘家”建设得更温馨。

（特约记者：鞠昌昊　责任编辑：李爽）

孔洁莹：

温暖的回京之路

孔洁莹，女，1980年2月出生，中国香港居民。家有五口人，长期居住在顺义区空港街道优山美地社区。系疫情期间自香港返京居民。

“组织有序、解答有据、关爱有力，真是一趟温暖的回京之路！”2020年年初，孔洁莹因家庭紧急事务回到香港处理，4月下旬从香港返回北京。孔洁莹亲身见证了新冠肺炎疫情期间北京市对返京人员采取的严格防控措施和社区工作人员提供的贴心服务。

记者：疫情期间，您在香港时，是如何了解到北京疫情防控的相关政策的呢？

孔洁莹：2020年年初，因为家里老人病故，我带着3个孩子匆匆返回香港。料理完老人的后事，4月初我打算返京。当时，听说北京疫情防控措施非常严格，我爱人就到社区帮我咨询相关返京流程。

听我爱人说，社区工作人员拿出了他们自己绘制的流程图，告诉我爱人，从香港回来需要集中观察14天，还一边指着图一边详细讲解返京流程。工作人员还把私人手机号告诉我爱人，又添加了微信，以便我们回来时及时告知新政策。听了我爱人的转述，原本还担心不能回京的我，立即决定尽快返京。

记者：按照规定，您回来后需要进行集中观察，观察期满后还需要居家观察，这个过程遇到过什么困难吗？

孔洁莹：我们能回京，要感谢社区工作人员细致的政策解答。为了不耽误我们回京的行程，社区工作人员添加了我的微信，第一时间了解我们的身体状况，还在微信上提前指导填写了相关信息。

4月26日下午，我带着孩子乘飞机抵达北京。我们在首都国际机场和集中观察的酒店进行了两次核酸检测，结果都是阴性。社区派专人负责，帮我们详细填报个人信息。他们做的每一步工作都会和我沟通，还拍了照片跟我核对。这样，我们直接签字就行，省了很多麻烦。每一件小事、每一个步骤，他们都做得特别细致。

从酒店集中观察转为居家观察时，社区又提前联系我爱人，入户检查我家的居住条件，并为我们安装了门磁扣。4月29日，社区工作人员将我们四口顺利接回了社区。

记者：您带着3个孩子返京，这一路上社区工作人员一直与您保持联系吗？他们是怎么安抚您和孩子的情绪的？

孔洁莹：返京这一路，我有过焦虑，带着3个孩子，最小的才4岁，生怕在途中接触到感染者。返京前，社区工作人员就提醒我做好防护，注意卫生，还鼓励我说："为了孩子，你要坚强点，你的身后有强大的祖国和负责任的政府工作人员，我们会尽最大努力保证你们一家的安全。"听了这些话，我心里感到很温暖。

记者：您一家人按要求进行了多日的居家观察，在这过程中，社区工作人员为你们提供了哪些服务？

孔洁莹：从集中观察的酒店回到社区时，刚一进社区，工作人员就给我们发放了《居家观察人员个人防护六字法》《居家消毒注意事项》这些防疫小册子，提醒我们每日消毒、上报体温，没有特殊情况不要出门走动。

每天，我都会给自己和孩子们测量体温，通过微信进行上报，社区为我们建立了健康档案。在这期间，卫生院的工作人员会不定时地入户测量体温，督促我们按时消毒。看到他们对我们的健康安危如此认真负责，我真的非常佩服和感激。

我们全家严格按照规定完成“14+7”的居家观察，这期间无数次被社区工作人员所感动。赶上下雨天，他们会提醒我们关窗户，物业有专人帮我们处理生活垃圾，就连快递也是由社区或物业工作人员及时为我们送到家门口……他们像家人一样关心着我们。居家观察的这段日子，我们享受到的是社区贴心的“VIP服务”。

记者：从您返京后的经历看，您对社区疫情防控工作最深的感触是什么？

孔洁莹：可以用4个词来形容：一是专业，每次我向社区咨询疫情防控的相关政策，工作人员都能解释得很明白，让我很踏实。二是热情，不管什么时候，只要有需求，他们都会第一时间为我们解决问题。三是细致，社区有专人负责联系我们，为我们提供精细化服务，居家观察期满后，社区还为我们准备了鲜花和蛋糕。这些暖心的服务，让我感觉生活在空港街道这个大家庭里，很温馨。四是迅速，新发地疫情发生后，社区迅速行动起来，利用居民微信群、张贴最新通知、宣传海报等多种形式，发布疫情防控官方信息，对5月30日以来曾去过新发地批发市场的人员进行全面排查、核酸检测，并对辖区所有单位进行环境采样以及从业人员核酸检测工作。

疫情防控期间，听着《我和我的祖国》这首歌，我们真切为自己是中国人感到自豪，更为各级政府抗击疫情的各项有效举措点赞。我把这次疫情防控的感受分享给香港的家人，让他们了解祖国对港人的关怀和爱。今后，我也会积极地参与到社区建设中。

（特约记者：张小星　责任编辑：李爽）

王 媛：
感恩捐赠引来爱心接龙

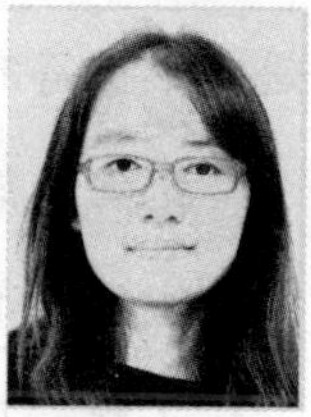

王媛，女，1982年1月出生，群众，北京市大兴区长子营镇上黎城营村村民。

2019年年初，王媛3岁的儿子不幸被确诊为白血病，故平时王媛一家都佩戴口罩。

2020年大年初一，得知村民因买不到口罩而焦虑，王媛主动联系村党支部，第一时间将家中储备的4箱960个N95“救命”口罩捐给了村里，一时感动了很多人，北京电视台、《北京日报》等30余家主流媒体进行了报道。

记者：新冠肺炎疫情初期，您第一时间捐赠爱心口罩的故事感动了很多人。当时，全国口罩脱销，您不担心自己家的口罩不够用吗？

王媛：说实话，最初我也很担心，因为这次疫情有很大的不确定性。大年三十晚上，我爸打电话说，村里计划实施封闭管理，出门要求佩戴口罩，但是药店、网上都抢不到口罩，有钱都没地方买，村民普遍很着急。我家里因为孩子身体原因，储存了一些口罩，我想正好拿出来解大家的燃眉之急。正月初一早上，就委托我爸把4箱口罩送到村党支部。

其实，这么做主要是想回馈乡邻。2019年年初我家孩子被诊断为白血病，当时感觉天要塌下来了，一家人特别痛苦无助。这时候，乡亲们给了我们很多支持，给了我们温暖。我们村有惠民政策，在得知我家孩子生病后，村党支部送来5000元大病救助金，减轻了我们的经济压力。

后来，乡亲们知道了孩子生病的事，很多人伸出援手。有捐款的，也有送蔬果、送物资的，镇村领导干部过节时也会来看望我们。从村里到区里，大家给了我们太多感动，让我们增加了面对困难的力量。这种恩情，我家真是挺难报答的。比起大家给予我们的关怀，我做的这些微不足道。

记者：您的爱心故事被报道后发生了连锁反应，在全镇掀起爱心接龙热潮，发生了很多感人故事，您怎么看?

王媛：那段时间我常在医院陪孩子治疗，我是在朋友圈和“凤河岸上长子营”微信公众号上看到这些感人故事的。

我知道，每个人都在做一些力所能及的抗击疫情的事情。为了感谢一线执勤人员的辛勤付出，很多企业、党员、群众捐口罩、酒精、方便面、水果，一些爱心合作社、种植户把自家种的菜、加工的豆芽等捐给各家各户，缓解疫情初期群众买菜难的问题。

我知道，随着爱心捐助不断涌现，镇村微信群出现了更多活跃的“龙”——满溢爱心的接龙。村舞蹈队、足球队、青年志愿者等社会团体走到街头，参与志愿巡逻、清扫消毒等防疫工作。周末时，平时在外上班的在职党员、团员主动到卡口值守，替换一线防疫人员。听邻村同学说，由于夜晚比较冷，一次值班室的电暖气坏了，卡口值班人员在村民群里发了条求助令，需要借一个救急，一时间，很多村民争先恐后送来自家的电暖气。这场“电暖气的聚会”令人动容。

我还知道，有村民主动给一线防疫人员送来军大衣御寒。带着这份信任和嘱托，“大衣哥”经常出现在村庄的各个角落值守。

这样的故事还有很多。在这里，我想给大家点个赞，爱心的延伸温暖了许多人，让大家更亲密团结。

至于我，只是起到了一个催化剂的作用。

记者：您父亲是一名村干部，据说一直坚守在防疫一线，您担心吗？您如何评价村里的防疫工作？

王媛：说不担心是假的。那时每天看到确诊人数不断增长，心里也慌过。从正月初一开始，我爸他们这些村干部和工作人员挨家挨户发放宣传材料，地毯式摸排返京人员，为村庄消毒，经常忙到半夜。不过，听说镇政府定期发放口罩、手套、中药代茶饮等防疫物资，领导干部在村里现场指导，还录制广播宣传防疫知识、实时追踪返京人员情况、告知每天防疫重点和“六必查”清单等，村里的防疫工作非常有序。为了降低大家去医院被交叉感染的风险，镇卫生院把流动医疗车开到村里，送医进村，送药上门。另外，村党支部对出租房屋房东做工作，一户一户地捋，一人一人地掰，发动房东劝解村里的200多名流动人口暂缓返京。新发地疫情发生后，村里迅速开展新一轮“敲门行动”，组织村民进行核酸检测。6月天里，顶着烈日，党员干部来回奔波，真像打仗一样。看到他们脱下防护服后湿透的身影，真的很心疼。正是党员干部的履职尽责，换来了村庄防疫工作的良好局面，现在我们镇没有一个确诊病例，我的担忧最后也就没有了。

记者：现在您家孩子的情况怎么样？口罩够用吗？

王媛：目前孩子还在化疗期，病情相对稳定。口罩够用，当时我们留了一部分。后来，区领导听说孩子的事情后，委托镇领导送来了2000个KN95型口罩。没想到我只是做了这么一件小事，却让这么多人挂念。真的非常感谢党和政府，作为大兴人、长子营人，真的挺自豪！

（特约记者：万文平、张东华　责任编辑：林苗苗）

朱智铭：

人在囧途　有爱相伴

朱智铭，男，1964 年 2 月出生，中共党员，北京市平谷中学第四党支部书记，化学高级教师。系疫情期间自湖北返京居民。

《人在囧途　有爱相伴》，是平谷中学朱智铭老师以自己自湖北回京的暖心回家路经历写成的日记。日记从一个侧面生动地记载了平谷区对返京人员的暖心服务和人文关怀。

记者：您春节前返回了湖北家中，是什么让您义无反顾地在新冠肺炎疫情初期就返回了北京？

朱智铭：首先是不想耽误上班。因为疫情严重，武汉已于1月23日封城，我所在的城市估计也会跟进采取措施，所以早走早主动，晚走就会很被动。其次，是来自单位和同事的支持，平谷中学的周晓东副校长、李丽红副书记，黄松峪中学的副校长郭亚丽和年级主任分别给我和我爱人打来了问候电话，他们也支持我们及时返回平谷，这使我特别安心。

按照学校的要求，我们向我家所在的平谷区兴谷园居委会如实报告我的回京想法，居委会批准了我们的返京要求并跟我们建立了微信联系，约定正月初二（1月26日）返回平谷。

记者：您在返京途中，有没有遇到什么印象深刻的事情，或者说您的心理有什么样的变化？

朱智铭：返京途中虽然很累也很紧张，但是我们也并非孤军奋战。返程千余里，我和爱人的电话铃声一直响个不停。平谷中学、黄松峪中学的校领导们一直在关心我们、鼓励我们。

刚进兴谷园的大门一会儿，居委会就给我们送来了防疫用品，并和我们建立了微信联系，以方便每天填写返京人员居家观察信息。居委会负责人走的时候承诺为我们采买生活必需品，“在平谷的生活不用担忧”——这个承诺，消除了我和爱人的焦虑。我们也第一时间把这个消息分享给一直牵挂我们的年迈的父母。

记者：在您返京后，您所在的社区对您进行了怎样的管理，您对他们所做的工作满意吗？

朱智铭：正月初三（1月27日），我们一家人在兴谷园家中开始了居家观察生活。在居家观察期间，我们每天都在感受着来自大家的温暖和关照。

居委会张野副主任为我们采买生活必需品，学校的领导、同事，居委会、社区卫生院多方都在关注着我俩的情况。我最大的感受是，他们所有工作都是为了大家的健康，而不是来自对我们的恐惧。

平谷中学和黄松峪中学的校长每天亲自联系我们，关心我们一家人的身体状况和生活需求，并反复叮嘱有问题和需求及时联系；很多同事也常常问我是否有什么需要，愿意帮忙采购；同住一个小区的卢仲伟老师更是直接搬了水果和蔬菜放在我家门口，敲敲门就离开……

2月3日，正当我们担心家里的消毒液用完了不好意思让居委会同志给买时，张野副主任给我们送来了口罩、医用手套，还有84消毒液……我们的内心真是有说不出的感动。

2月9日，兴谷街道卫生科的同志、居委会主任通过检查确认，正式给我们下发了观察期满通知书。

记者：居家观察期间有没有给您带来什么新的感悟？思想上有什么变化吗？

朱智铭：从1月27日至2月9日，居家观察时间14天，思想变化是缓慢而积极的。

刚开始，比较紧张。因为疫情的发展越来越严重，每天关注的都是疫情信息：小区怎么样了？平谷怎么样了？北京怎么样了？湖北怎么样了？

经过观察和思考，我们的心情在慢慢放松平静下来，步入有规律的居家观察生活。我是一名党龄超过30年的党员，我坚信党中央一定能带领全国人民战胜疫情，这道坎一定能过去。有了信心，理性思考和行动开始主导我的居家观察生活，我制订了学习、生活和锻炼计划并认真执行。

记者：在疫情期间，区教委和学校对您有没有什么关心的举措？

朱智铭：疫情期间，区教委和学校的疫情信息管理非常细致而且有人情味。

1月23日，按照教委和学校的有关要求，我上报了离京和回京的有关信息。

1月23日当天，教委和学校针对我和妻子的情况制订了管理预案。

1月26日早晨，我们决定当天自驾车返京。教委第六包校组白玉洁科长嘱咐我们一天测两次体温，有情况及时联系，到家后主动居家观察14天，配合属地做好居家观察消毒等工作。

1月26日当天，学校有关同志分别与我们取得了联系，了解返京路上情况、身体状况，同时为我们做好心理疏导，让我们注意保护好自己，到家后配合属地工作。

1月26日晚上6点左右，我们到达了平谷家中。居家观察期间，学校负责同志每天都联系我们，关心我们的身体状况和生活需求。

直到现在，我们的身体都很健康。非常感谢学校、教委和属地社区对我们的关心和帮助。

（特约记者：屈媛媛　责任编辑：孙昶）

孙左霞：
当好指挥员、战斗员和服务员

孙左霞，女，1968年8月出生，中共党员，北京市怀柔区龙山街道望怀社区党委书记、居委会主任。曾荣获“首都优秀社工”“北京市先进社区居委会主任”“怀柔区优秀共产党员”等称号。

在新冠肺炎疫情防控的战场上，孙左霞担负“指挥员”职责、扛起“战斗员”担当、奉献“服务员”真情，带领社区广大党员群众筑牢了社区群防群治的铜墙铁壁。

记者：作为一个典型的“三无”社区，你们是如何落实封闭式管理要求的？

孙左霞：望怀社区是典型的“三无”社区：没有物业，没有保安，没有封闭式大门。老旧小区占主体，有50栋楼2691户7000多人。辖区内村居交错，四通八达，疫情防控最大的挑战就在这里。

面对社区的实际情况，我们因地制宜，靠前指挥，把50栋楼分成三种模式分类管控。第一种，只有一个出入口的小区，一个大院里有五六栋楼的，在大门口安装一个临时大门，派人值守；第二种，有多个出入口的小区，多口合一；第三种，有8栋楼是独栋，实行“钥匙管理”，安装临时性大门，给常住人口每户发钥匙，再安排一个志愿者守门，谁忘锁门了提醒一下，谁带着外人来了进行劝阻，有突发情况及时发现及时上报。

记者：“社区一家亲”，既是理念，更是行动。你们是如何动员组织各方力量参与到社区疫情防控工作中的?

孙左霞：疫情防控，社区干部要带头。我要求党委班子成员以上率下，带头坚守岗位、带头摸排值守，统筹推动、查缺补漏。要求社区19名工作人员全部下沉网格，全天一线值守办公，对于摸排出的重点人，监管责任到人、联系到户，每天监测体温，发现异常及时上报并采取相应措施。

社区工作离不开驻区单位和居民的理解和支持。疫情发生以来，我们坚持党建引领，积极动员辖区党建协调委员会成员单位和在职党员参与疫情防控值守，社区组建了“三岗”疫情防控体系。一是设立居家观察、密接人员岗。这些人由社区工作者进行点对点、一对一服务，每天打电话问体温、问需求，不管蔬菜还是生活用品，社工负责送到家门口。二是设立小区门口执勤岗。在防控点位设置岗长，负责点位值守人员的培训和监督检查工作，值守人员做到认证不认人。三是设立流动巡逻岗，社区5名班子成员和街道包片干部组成巡逻队，白天和晚上4次巡逻。要求巡查时发现问题必须就地解决，不能带回来。

社区工作仅仅依靠居委会是做不好的，疫情防控工作更是如此。我们社区的“六大员”是防控工作的主力军。200多名在职党员、84名区管下派干部、48名环卫工人、230余名社区直管党员、楼门长、居民志愿者都参与了防控值守，他们既是值班员、宣传员、信息员，也是送货员，他们用无私大爱和坚定行动诠释了“社区一家亲”的理念，也使得我们这样一个“三无”社区，疫情防控工作得以平稳有序开展。

记者：请您具体说说发挥党建协调委员会成员单位积极性参与防控工作的情况。

孙左霞：正是看到辖区资源对社区建设的重大意义，在平时的工作中，我就有意识向这方面倾注精力，借助街道党建协调委员会的机制和平台，采取主动上门的方式，与他们建立了良好的共建关系。在联合区域内各单位党组织参与社区环境整治，提升小区居住环境和群众满意度的基础上，我每年主持召开一次党建协调委员会成员单位和居民代表座谈会，建立了居民需求和单位资源、服务三项清单，搭建了居民的“诉求直通车”，将单位的资源优势转化运用到为民服务的具体行动上，让辖区居民受益。比如，怀柔五中的会议室成为我们社区党委的党员活动阵地，每年，我们都会联合区司法局开展法制宣传进社区活动，给居民进行普法宣传，等等。

记者：通过这次疫情防控，您对“三无”小区常态化防控和封闭式管理有什么新思考？

孙左霞：目前，社区疫情防控已进入常态化，但新发地疫情又给我们敲响了警钟，再次坚定了“疫情尚未远离，防控不能放松”的决心，也加快了小区封闭式管理的步伐。针对独立楼院，我们安装了大门、护栏和监控设备，落实“技防”措施，同时发动辖区单位、在职党员和居民志愿者，调动他们参与社区建设和治理的积极性。

这次疫情防控，我们把能封闭的路口都封闭了，能锁的大门都锁上了，给居民出行带来了很多不便，但是他们没有任何怨言，我体会到，在疫情防控工作上，都能做到求大同存小异。所以，我认为培养居民代表对做好社区工作很重要，社区需要有这么一群人，带领业主开展居民议事协商，对社区建设集思广益、真诚付出，培养居民的主人翁精神。这样，我们的工作就会得到更多的理解和支持。

（特约记者：杜爱英　责任编辑：孙昶）

王淑平：

党支部要做老百姓的主心骨

王淑平，女，1956年5月出生，中共党员，北京市密云区溪翁庄镇尖岩村党支部第一书记。北京市第十五届人大代表。

新冠肺炎疫情发生后，王淑平带领村“两委”干部，精心部署，周密安排，建立起全村联动、协调通畅的组织领导体系，以重点部位、重点人群盯防为主的防控体系，以及各负其责、各尽其能的责任体系，迅速形成了党员带头、人人行动、严防死守、科学防控的生动局面。

记者：抓重大任务落实是试金石，也是磨刀石。请您介绍一下尖岩村党支部在这次疫情防控中是如何发挥作用的。

王淑平：基层党组织能力强不强，在重大任务面前最能看得出来。尖岩村是全国文明村，尖岩村党支部两次被评为密云区先进基层党组织。疫情防控事关全村老百姓的生命安全和身体健康，党支部在这个时候就是要做老百姓的主心骨，替他们想最重要的事。

我们重点做了三方面工作：一是我们在全镇最先实行封闭管理，最先实行24小时值守，最先实行测温登记。二是加强宣传引导。通过入户、“村村响”广播、横幅、微信群等方式，教育引导村民不聚集、戴口罩、勤洗手、少外出，村民对封闭管理措施的积极配合就是教育效果的体现。三是突出重点。疫情防控的关键是看住人，尤其是流动人口和外出未返京人员。按照区里“扫街”“敲门”工作要求，我们前后3次逐家逐户排查，建立工作台账，通过村干部、党员、村民代表“一对一”联系，准确掌握未返京人员动态，并加强返京人员管理服务。新发地疫情发生后，我们第一时间转入“战时”状态，把区里反馈的涉新发地人员和村里的民俗户作为工作重点，做到排查全部到位、核酸检测应检尽检。

疫情防控的过程也是农村社会治理的过程。通过疫情防控，我们在加强村级建设管理方面，也有不少收获，体会最深的有两个方面：通过开展爱国卫生运动，村民自觉整治房前屋后卫生，全村的环境建设水平和村民的环保意识得到明显提升；通过入户摸排，村里更加准确全面地掌握了人员信息，为精细化管理提供了基础数据。

记者：尖岩村三年前在密云区率先实行了“党员街长制”，请您介绍一下这一制度在疫情防控中的实施效果。

王淑平：我们村有10名街长，疫情防控工作启动后，他们主动请缨，参与防控管理，发挥党支部助手的作用。我把他们的工作总结为“三积极”。一是积极做好所包片区的入户宣传和人员劝导工作。在“扫街”“敲门”行动中，他们深入各家各户，做好统计，做好宣传教育。10名街长自发成立“文明劝导巡逻队”，经过劝导，村里聚集聊天、不戴口罩、扎堆打牌的人几乎没有了。二是积极参与卡口值守。10名党员街长都是在第一时间报名参加卡口执勤，随着疫情防控战线不断延长，他们的带动作用更为明显。三是积极参与包户工作。针对未返京人员，他们不厌其烦，每天联系一次，详细了解返京动向；针对返京居家观察人员，则是做好日常监测和日常生活用品代买等工作，切切实实送去党组织的关怀。

记者：在这次疫情防控中，村民纷纷捐款捐物，实现了100%参与。请问是什么原因让全村群众有这么高的参与积极性？

王淑平：群众是我们打赢疫情防控阻击战的坚强后盾。疫情之初，就常有人上村委会打听捐款的事儿，也常有人为卡口人员送物资。党支部号召党员、群众自愿捐款捐物时，大家更是积极响应，捐款捐物折合人民币近10万元。

能够实现全员参与自觉捐款捐物，我想主要有以下几个原因：一是大家被全国上下齐心抗疫的壮举所感染，激发了共同守护家园的参与热情。二是党支部和党员干部带头作用发挥得好，我们的辛苦和汗水老百姓都看在眼里，感动了大家，才能有党有号召、群众有行动的效果。三是党支部这几年来积极推动危房改造、路面硬化、环境美化等工作，把好事办到了老百姓心坎上，村里凡事都公开透明，群众都很信赖党支部，更加愿意听支部话、跟党走。

记者：尖岩村在统筹抓好疫情防控和村民增收致富方面，采取了哪些具体措施？

王淑平：疫情的确对老百姓的收入产生了很大影响。作为一个民俗村，我们的餐饮住宿收入没有了，设在密云水库观景台的摊位也关闭了。为尽可能降低疫情的影响，我们重点做了民俗户培训工作，近100户民俗户分4批参加了镇里组织的专题培训班。应急响应等级降为二级之后，我们又组织40多人到新城子、河南寨等镇的典型民俗户参观学习精品民宿的经营模式和理念。同时，我们对各民俗户复工条件进行严格审核，确保安全开放。五一、端午期间，全村共接待游客1200余人次。另外，党支部还请来种植专家和能手，培训指导村民种植绿色有机蔬菜，拓宽增收渠道。

（特约记者：于琪　责任编辑：任征）

乔淑芬：
53号院的“乔管家”

乔淑芬，女，1958年4月出生，中共党员，北京市延庆区香水园街道宣传文化组织员。30余年来致力于志愿服务，曾荣获“北京市优秀文化志愿者”“首都社区志愿者之星”“延庆区金牌志愿者”等称号。系疫情防控志愿者。

2020年2月1日，“乔管家先锋岗”志愿服务队成立了。这支由乔淑芬发起、队员平均年龄60岁的志愿者队伍，参与社区防控，忙碌于延庆区香水园街道川北西社区的每个角落，汇聚起一股让组织放心、给群众暖心的志愿力量。

记者：听说您已经坚持做了30多年的志愿服务了，可以说一下您参与志愿服务活动的初衷吗？

乔淑芬：记得那是1985年，我还在一家企业上班。一次偶然的机会，我来到敬老院。老人们渴望被关心的眼神触动了我。后来，只要一有时间，我就去敬老院看望这些孤寡老人，跟他们聊聊天，为他们洗洗衣服、梳梳头。时间久了，老人们都亲切地叫我“闺女”。这一声闺女，叫得我心里热乎乎的。为了给他们提供更多的帮助，我开始发动更多的人到敬老院参加志愿服务活动。从那以后，志愿服务也成为我生活中不可或缺的一部分。2003年，我作为发起人成立了长城蓝文艺助老助残志愿服务队，每年都要到养老院、残疾人温馨家园、特殊教育学校等地方参与公益演出近百场。

记者：新冠肺炎疫情防控工作既辛苦又有一定危险性，您为什么要成立“乔管家先锋岗”投身抗疫工作呢？

乔淑芬：疫情发生后，我持续关注着社区的防疫工作。我所在的川北西社区是老旧小区，老年人占比偏大，外来租户也不少，这些因素都给社区疫情防控工作带来了不少压力。一天，我去社区党委开会，听说整个社区需要值守的大门有3个，需要值守独门独院有3个。社区值守需要从早7点一直忙到晚11点，而居委会就那么几个人，就算加上包居科室、志愿单位、物业公司，人手也根本不够用。“不能等，不能靠。作为一名共产党员，我们要发挥党员的先锋模范作用，自己动手，管好我们的小院，保护好居民的健康。”我立刻开始组织动员大家参与到社区防疫工作中来。2月1日，我们长城蓝文艺助老助残志愿服务队的13名队员和53号院的5名居民志愿者组成的“乔管家先锋岗”正式成立了，承担起53号院的疫情防控卡口值守任务。

记者：“乔管家先锋岗”志愿者的平均年龄已经60岁了，您能讲讲你们都承担了哪些具体工作吗？

乔淑芬：虽然队员们的平均年龄60岁，但干起活儿来任劳任怨，一点儿也不比年轻人差。在这次疫情防控工作中，“乔管家先锋岗”的队员主要承担人员情况摸排和社区值守两项工作。从2月1日开始上岗，每天分5个班次值守，每班3人，最早7点上岗，最晚到晚11点结束。二、三月份的延庆还是很冷的，其间还下了几场大雪。队员们里边穿着羽绒服，外边套着棉马甲，脚上穿着雪地靴，即便如此，3个小时下来人也早就冻透了。6月11日，新发地疫情突发，“乔管家先锋岗”再一次顶着烈日酷暑，扛起卡口值守任务。虽然志愿者们年纪偏大，但没有人打退堂鼓，相反大家还发挥对小区熟悉的优势，用“老熟人”的身份进行人员情况摸排，把工作做实做细。

记者：您有文艺特长，疫情防控中您这一特长发挥了哪些作用？

乔淑芬：我一边在小区值守，一边请远在河北香河的王从民老师编写了京东大鼓《今年春节不平凡》，作为延庆区文化馆的空中课堂内容进行播放，为大家普及疫情防疫知识。此外，我还排演录制了京东大鼓《劝》《盼》《捐款》《自强大爱》等节目，将防疫知识和抗疫期间涌现出来的感人事迹用群众喜闻乐见的方式表现出来。

记者：听说队员们也受到过一些委屈，您作为“乔管家”是怎么处理的呢？

乔淑芬：疫情防控期间，社区严格的防疫要求给居民出行带来了一些不便。少数居民对防疫规定不理解、发牢骚，有的还骂我们神经病，“天天都出入小区，干吗非要每天测体温?”队员们耐心地跟居民解释。个别队员也有闹情绪的时候，我就跟他们讲白衣天使奋战在抗疫一线的故事，“他们舍小家为大家，有的甚至献出了宝贵的生命，跟他们比，我们受这一点点委屈又算什么？只要小区居民安全了，我们的付出就是值得的！”再遇到类似情况，队员们就会互相鼓励。

不理解我们的居民只是少数，大多数还是支持我们工作的。我们也遇到过很多暖心的事。队员们的无私奉献感动了小院居民，大家纷纷给我们送来口罩等防护用品，提醒我们保护好自身安全，让我们心里暖暖的。我们会一直坚持开展志愿服务，走进更多需要我们的地方，让文明之花在妫川大地盛开，让志愿之光温暖社区居民的心灵。

（特约记者：宋玉霞　责任编辑：魏晔玲）

杜达洋：
用心用情筑防线

杜达洋，男，1988 年 9 月出生，中共党员，北京经济技术开发区地区协同事务局干部。系下沉参加社区（村）疫情防控干部。

"这小伙儿太棒了！"听说记者要采访杜达洋，博兴街道好景国际党建工作站站长刘泽江夸个不停。

春节前几天杜达洋刚把父母从老家河北接到北京，可是正月初一他又把他们送了回去。"爸、妈，儿子不能陪您二老了，你们照顾好自己！"记者见到杜达洋时仍然能感觉到，想到分别时对父母说的话，他心里还是有着深深的愧疚。

记者：您下沉的好景国际小区属于商务楼宇性质，社区工作基础很弱。请您说说当时的情况。

杜达洋：新冠肺炎疫情出现后，博兴街道工委在春节火速成立了好景国际党建工作站，接手小区防疫工作。正月初六，我就下沉到这里与街道的同志并肩作战。

好景国际是个商住两用小区，存在开办企业和居民自住两种情况。这个小区是2010年交房的，在与物业公司核实相关信息的时候，总户数、总人口数、开办企业数量等信息非常有限。10年时间，楼宇里开办企业、入住业主的信息变化太大了。要做到底数清，摸底工作特别困难。我和同事们只能从2010年刚交房时候保存的户主初始台账查起，逐一地给业主打电话确认信息。有些房子是房东委托中介进行出租的，房子里住的是谁、住了几个人，连房东也不清楚。加上外地务工人员春节后陆续返京，怎么样才能又快又好地摸清小区居民和企业情况，同时做好防控工作，成了横在我和同事们面前的一道难关。

记者：您和同志们是怎么克服困难高质量完成对小区人员摸排工作的？

杜达洋：在入户摸排中，有的住户不配合，我们就在门口和居民聊天，耐心细致地向住户询问、讲解，用真诚感动他们，争取每个居民的理解支持。大家连续工作，经常加班到晚上10点。通过一周时间的门口排查、上门登记，我和同事们挨家挨户摸排了小区1400多户居民的情况。

一本本台账从无到有，一个个业主群相继建立，为后续的工作打下了牢固的基础。新发地疫情出现后，社区接到核酸检测工作任务，仅用不到两天的时间，就将全体居民通知到位，并迅速组织800余名居民进行了检测。

记者：下沉工作中，您最深的感受是什么？

杜达洋：好景国际小区中有不少企业，且人员密集、流动性很大，这也是社区疫情防控工作的重点、难点。为了更好管理，街道工委在疫情期间建立临时党支部，把社区工作人员，北京经济技术开发区管委会、博兴街道的下沉干部统一编入临时党支部，组成一支先锋队。这支队伍里大多是“80后”“90后”的年轻人，所有人都放弃了春节假期休息，冲在防疫工作一线，为千余户家庭拉起了安全防护线。即便大家工作很累，疲惫不堪，但是面对复杂而艰巨的疫情工作，所有人员依然是打起十二分的精神积极应战。

我下沉的小区每天有近2500人次进出，每天面对这么多人，如何既能做到服务居民，又能做到坚守原则，这就对自己的工作方法提出了非常高的要求。个别居民为了图省事或者逃避居家观察，试图蒙混过关。在我值守过程中，就检查出了数十起借用出入证的行为。在办理出入证的过程中，有多起居民通过新办手机卡或借用他人手机查询行程，欲隐瞒外出行程的行为，被我及时发现。

防控初期，会遇到居民言辞激烈甚至野蛮冲卡的情况。我就在想是不是我们自身有不妥不到位的地方。为了解决这个难题，每次为居民登记时，我都会问一下对我们的工作有什么建议。在这个环节，我们发现部分居民不知道小区有党组织，以为我们就是临时来站岗。我于是建议党员在岗时佩戴党员徽章亮明身份，并以党组织名义发放宣传页，来展现党组织的决心，增加居民的安心。这样的改变取得了良好的效果，用心用情筑起了社区安全防线。

记者：听说小区的“老外”对咱们小区封闭管理工作也很支持？请您说说老外的故事。

杜达洋：小区内居住着10余名外籍人员。在疫情最严重、社区管控最为严格的阶段，部分外籍人员对社区封闭管理、要求戴口罩的规定并不是很理解。有一次，在我值守的时候，发现一名外籍人员将自己的出入证借给了朋友。在让其填写保证书确保不再发生类似行为的过程中，这名外籍人员出现了抵触情绪。后来通过与其细致交流，我了解到原来是由于文化认知的差异。我说，检查出入证是为了防控社区外的人员进入，进而保障社区每一名居民的健康安全。他表示理解，并消除了误解。“We will beat the disease”（我们会战胜疾病），我始终记得他离开工作站时笑着说的这句话。现在，我们曾服务过的外国人见到我们时都会心一笑，或打个招呼。疫情防控不分国家、不分文化、不分种族，我们的共同目标就是战胜病毒。

（特约记者：闫泽宇　责任编辑：徐玲玲）

后　记

《首都社区防疫百人访谈录》一书由北京新冠肺炎疫情防控工作领导小组社区防控组、中共北京市委组织部策划和组织编写。北京市党的建设研究所联合中共北京市委前线杂志社承担具体的组织编写任务。

在编写、出版过程中，各区委组织部、市委北京经济技术开发区工委组织人事部推荐访谈对象并提供丰富充实的访谈基础材料。市委前线杂志社特约记者完成采访,《北京支部生活》杂志编辑记者对采访材料进行编辑加工。北京出版集团主题图书出版事业部的同志为本书的出版付出了辛勤努力。

由于时间较紧，本书难免存在纰漏或不足之处，敬请读者批评指正。

本书编写组

2020年9月